森鷗外論

現象と精神

小林幸夫著

国研出版

森鷗外論——現象と精神

目次

I

戦争と森鷗外

森鷗外と日清・日露戦争

戦意昂揚と戦記速報を旨として博文館から旬刊で出された雑誌『日清戦争実記』第三十八編（明治28年9月7日）の口絵には、八字の口髭を左右に張った凛然たる鷗外の写真が名刺判で載っている。「陸軍軍医監森林太郎君」と記されたこの一枚の写真は、当時の鷗外のあり方を如実に語って過たない。というのも、日清戦争時における鷗外は、まさしく軍医としてその使命を十全に果たすべく奮闘していたのである。その具体を示すものに、上官石黒忠悳に宛てた報告書『日清役自紀』『台湾総督府医報草藁』がある。この四十八回に及ぶ精密な報告で注目されることは、伝染病患者が多く出てその隔離、後送に追われていることと、凍傷患者がかなり出たため「方今ノ務実ニ禦寒ヨリ急ナルハ莫シ」と進言していることである。参謀本部編『明治廿七八年　日清戦史』などの基礎資料から算定した大江志乃夫[注1]によれば、脚気（当時は伝染病とされた）、赤痢、マラリア、コレラ、凍傷の五大病症の患者が入院患者の五十八・五パーセントを占め、戦没者の約九割が戦病死者であった。凱旋後の鷗外の活動を見ると、衛生学の普及と凍傷対策の研究に力を入れており、鷗外が日清戦争から持ち返ったものはおそらく「疾病との戦争」（大江）という感慨であり、軍医としてのより強固な使命感であったように思われる。

第二軍軍医部長として日露戦争に従軍した折にも職掌から上官小池正直に宛てて百四十六通の報告（『第二軍軍医部長臨時報告』）をしている。患者の発生状況、死傷者の傷名、衛生機関の組織などの報告が主で、日清戦争のときのような交通事情の巨細な報告や熱気はない。伝染病も「尚熄滅セズト雖トモ流行蔓延ノ状ヲ呈スルニ至ラズ」という状態で猛威を振わなかった。大江の算定(注2)によれば、マラリアとコレラは激減し、凍傷も十三位に下がった。脚気、赤痢はまだ多く、新たに腸チフスと急性胃腸カタルが出て来たものの、衛生指導と予防措置が徹底されて、戦没軍人中に戦病者の占める割合は二十六・三パーセントに下がった。鷗外に即して言えば、彼の努力はここに実を結んだわけで、シーマン（Seaman, L.L.）が『The Real Triumph of Japan』（London 1906）で言う「日本の勝利は日本衛生学の勝利(注3)」という感慨を鷗外は有《も》ったかもしれない。

このように、衛生学者、軍医森林太郎にとっての二つの対外戦争は、軍隊衛生学の未熟から成熟に至る道と符合し、その職掌と使命を誠実に遂行する時間であった。そして、そのような成熟の過程で大きな未解決として残ったのが、日露戦争においても最も多くの患者を出した脚気であった。軍医としての最高職医務局長就任とともに設立した臨時脚気病調査会は、衛生学者、軍医としての最後の大きな仕事であり、彼の戦争体験と深く関わる、いわば衛生学者、軍医としての戦後であった。

軍医鷗外は、衛生学者であると同時に軍事研究家としての側面とそれに伴う広い視野とを有っていた。ドイツ留学時代からクラウゼウィッツを学んでおり、日清戦争勃発時においてすでに日本はこれからも戦争をしないでは進んで行けないことを見抜いていた。『傍観機関』（明治26年5月～27年8月）に続くかたちで戦地から送られた『徂征余録』（明治27年10月）の中で、日清戦争を「空前絶後」と言った大日本衛生団首謀者に対して「絶後とは何ぞ。彼徒は日清戦後、日本人は決して復た戦ふことなしとおもへるか。否、彼徒の文盲なる」と難じ、日本の将来に対する展望を示している。おそらく鷗外の矜持は「軍医の精神は即ち軍人の精神のみ」（『軍医の精神』明治26年5月(注4)）という考え方にあったと思われ、このような強固な軍人意識が、日露戦争前における『露国戦役年表』（明治37年1月）などの研究に表われてくるものと思われる。

ところで、日清戦争の直前は世をあげて国権主義に靡いていた。後に非戦論者となる内村鑑三も戦争肯定者であった。鷗外も『徂征余録』で日本の軍制の進歩を自負していることなどからすれば、正義の戦いであるという風潮に疑念はなく、当然のこととしてごく自然に従軍したものと思われる。

ところが、日露開戦前の鷗外は全くちがう。交戦を声高らかに唱え、『人種哲学梗槩』（明治36年10月）、『黄禍論梗概』（明治37年5月）の二著を出版している。幸徳秋水をはじめとする非戦論が一方にあったことを考えると、鷗外は日清戦争のときとは異なり、選択した上で開戦を主張していると言える。それらの中で鷗外は、白人の黄色人種に対する軽侮を批判し、旅大の租借はロシアの侵略であると認定し、「人道に従ひ、国際法を破ること、殆ど人の意料の外に出づるを」と激怒する。そして「黄禍」があるのではなく言うならば「白禍」だ、と主張する。明らかに鷗外はロシアの非道を根拠として日本の正義を前面に押し出している。これはナショナリズムと言ってよいものであるが、おそらく政治や経済のレベルもしくは民衆レベルのナショナリズムとは異なり、鷗外独自の体験と深く関わるところから来たものであったと考えられる。鷗外がここでこだわっているのは〈平等〉と〈約束〉であり、この〈平等〉は、彼がドイツ留学時代にカールスルーエの国際赤十字会議で、またナウマンとの論争で、日本及び東洋への差別に激しく抵抗したことにその淵源を求めることができる。鷗外が〈コスモポリット〉という言葉を手に入れていたことを考えれば、彼はいわばコスモポリタニズムの視座から戦争肯定に向かったのである。〈約束〉の方で言えば鷗外の考えはまことに一貫していて、交戦中の明治三十八（一九〇五）年三月、ロシアの赤十字社員の後送問題の全権を執った際、軍の意向に反対して条約どおり医師や看護婦を返している。[注5] ここに鷗外の倫理とかつての国際赤十字会議への見返しを認めてよいように思う。

さて、鷗外の問題から言えば、このようにコスモポリタニズムをその基底として主体的に戦争に参加したからこそ、戦中において大きく考え方生き方を変えねばならないことになった。その意味で日露戦争が鷗外に与えたものは日清戦争の比ではなかった。日清戦争時に記された『徂征日記』に較べ日露戦争時の『うた日記』に精神の密度を感じるのも、あながち詩歌の力によるばかりではない。詩「新墓《にひはか》」（明治37年11月18日）では、両軍の戦死者の墓に、「おなじ涙を　灑ぎけり／こすもぽりいと　悪むてふ／怜悧しき博士　な咎めそ」とコスモポリットの心位を叙し、開戦当初、詩「第二軍」（明治37年3月27日）などで見せた昂揚はすでに消えて、決死兵の悲惨を目の当たりにして戦争の不毛と虚無を嗅ぎつけてしまった鷗外が佇むだけである。コスモポリタニズムが交戦の論理と結び付いていたとき鷗外は悠容と従軍できたが、そのコスモポリタニズムが兵卒の無残な死と結び付いてしまったとき、精神の上で鷗外における肯定としての日露戦争は終わった、と言っていい。

では、鷗外は自らの挫折をどう乗り越えていったのか。詳細は別稿に譲り[注6]、いま簡単に言えば、かつて小倉左遷の折『鷗外漁史とは誰ぞ』（明治33年1月）で取った方法――自らの過去を〈死〉という形で葬り去ることによって自己が過去に左右されずに十全に生き生きできる方法、これを使い、再生したのである。それは武人から文人への転換であった。戦争肯定に関わる過去を葬った詩「あこがれ」（明治38年7月7日）を境にして鷗外は詩歌の新風を求めて活動しはじめ、短歌、詩とともに新体詩論を書き、妹小金井喜美子宛書簡では、「いよよ極端なる新派の走るところまでわれも走りて見んとする」（明治三十八年八月七日附）と激しい闘志を見せるのである。

こうして凱旋した鷗外が、その明治三十九（一九〇六）年と翌年にかけて新しい詩を試み、四十一年の歌作を経て四十二年、『半日』以下の小説で文壇に復帰し文学の道を歩んでゆくことを考えると、鷗外はこの日露戦争体験によって文学を自己と切り結ぶ形で獲得したのであり、日露戦争とは、鷗外をして衛生学者、軍医から文学者へと転じさせた事件でもあったのである。

それだけではない。日露戦争は戦後を生きる鷗外に脈々と生きている。それが窺われるものに短編『鼠坂』（明治45年4月）がある[注7]。日露の戦争成金が豪邸を建て、その新築祝いの夜に客の一人が死ぬ話である。ここで鷗外は非戦闘員の犯罪を告発し、被侵略者への同情を匂わせ、成金を批判する。そこには、戦闘員の悲惨な死の陰で犯罪を犯し暴利を貪って戦後をぬくぬくと生きる者への、激しい抗議が見える。

かつて鷗外は詩「脣の血」（明治37年5月27日）の最終聯を次のように叙した。

誰かいふ　万骨枯れて　功成ると
将帥の　目にも涙は　あるものを
侯伯は　よしや富貴に　老いんとも
南山の　脣の血を　忘れめや

「脣の血」とは、突撃命令の出た決死兵が、敵の機関銃の前にばたばたと斃れる味方を見て脣を咬みしめ、その切れた脣から出た血のことである。『鼠坂』の成金の富貴とその罰せられないさまは、将軍や侯爵伯爵の富貴なる老いに重なる。鷗外の目は一兵卒の位置を外《はず》さずに、生きている。鷗外は戦後を戦時下の目で生きているのである。そして、おそらく乃木希典の生き方のみが身近なところで鷗外の信念に叶ったのである。乃木殉死に対する反応にも、鷗外と戦争の脈絡が深く関わっていたように思えてならない。

注1・2　大江志乃夫『日露戦争の軍事史的研究』（岩波書店、昭和51年11月）
注3　丸山博の講演「森鷗外と医学」に対する野田宇太郎の発言（『鷗外』第16号、昭和50年1月）
注4　鷗外の署名はないが、『陸軍軍医学会雑誌』に発表された後、翌月の『衛生療病志』に再掲載されたことからすると、鷗外が書いた可能性が高い。
注5　山田弘倫『軍医森鷗外』（文松堂書店、昭和18年6月）に詳しい。
注6　拙稿「森鷗外と日露戦争――『うた日記』の意味」（『上智大学国文学論集』第13号、昭和55年2月、後『日本文学研究資料

新集13　森鷗外・初期作品の世界』有精堂、昭和62年11月、に再録)。本書所収。

注7　拙稿「森鷗外『鼠坂』論――ミステリーの意匠――」(村松定孝編『幻想文学　伝統と近代』、双文社出版、平成1年5月)参照。本書所収(「鼠坂」論――ミステリーの意匠、と改題)。

第二軍軍医部長としての森鷗外

鷗外森林太郎は、ロシアへの宣戦が布告された約一ケ月後の明治三十七年三月六日、第二軍軍医部長を命ぜられて日露戦争に従軍した。新橋を発ったのが三月二十一日、約一ケ月広島に滞在して、四月二十一日宇品から船で満州へ向った。その日作った詩歌の中に次の一首がある。

大君の　任《まけ》のまにまに　くすりばこ
もたぬ薬師《くすし》と　なりてわれ行く

万葉集の官職拝命の歌を踏まえて、天皇への忠誠を表現した一見明朗な歌であるが、「くすりばこ　もたぬ薬師」には、司令部付きの監督官であることへの自嘲の響きがあり、簡単には双手を挙げぬ鷗外の姿がある。これらの詩歌は凱旋後『うた日記』（明治40年9月刊）として纏められ、鷗外の日露戦争における動静や心情の変化を知る貴重な資料となっている。

一方、軍医部長としての職掌上書き残したものに、上官小池正直に宛てた百四十六通（外に紛失したものが三十八通ある）に及ぶ報告書『第二軍軍医部長臨時報告』がある。岩波書店版『鷗外全集』（第34巻、昭和49年11月）で約二百五十頁を要する大部のもので、『うた日記』の私性や抒情性とは全く異なり、公的で記録性にその中心があり、それだからこそ、かえってリアルに戦争の緊迫感や戦争の推移が伝わってくる。進軍と戦闘を繰り返した奉天会戦までは、進軍によって刻々変わる衛生機関各部の所在地の報告、患者の発生状況を主とする衛生概況の報告、戦闘死傷将校の一覧、衛生部員の死傷一覧、諸機関への鷗外の訓示などが、入り乱れかつ立て続けに報告される。それに対し、第二軍において事実上戦闘がなくなった奉天会戦以降は、旬報の形で、宿営地・給水・被服・患者の状況・気象など項目別にきちんと整理されて報告されている。奉天会戦以前と以後の軍のたたずまいの違い及び鷗外の任務のあり方の違いは一目瞭然であり、記録の面白さと力がここにある。

ところで、この報告において際立つのは、防寒、凍傷防止に関する数々の実験と訓示である。たとえば林式煖爐、伊藤式煖室の試験、人工毛皮外套と新式防寒外套との比較試験、夜間立哨実験などが行われ、人工毛皮外套の優秀性を立証したり、歩哨については、別途発表の『凍冱仮死ノ一実撿』（明治38年4月）において「三十分交代ノ歩哨ハ現ニ規定シアル服装ヲ以テ氷点下約二十度風力弱ノ寒ニ耐フルコトヲ得」との判断を示したりしている。また、児玉総参謀長の命による報告には、「低気温ノ戦闘及衛生勤務」についての詳細な記述や意見があり、非戦闘員鷗外は、後衛から軍隊衛生学者として戦闘員が凍傷にやられずに活動できるよう最善の努力、自己の分からの戦争参加をしているのである。軍医森鷗外における日露戦争とは、敵軍との戦いではなく、凍傷という病気との戦いであり、自己の衛生学者としての力量との戦いであったとも言える。そして、凍傷に関しては鷗外は勝った。患者は日清戦争時に較べて激減し、第二軍司令官奥保鞏は、「我第二軍ハ此冬季ノ大部分ニ於ケル対陣中凍傷ヲ出スコト甚ダ少ク又黒溝台附近会戦ニ参加セルモノモ凍傷殆ド絶無ナルヲ得タルハ各部団隊長ノ注意周到ナルノ致ス所ナルヲ信ズ」と誇らかに訓示している。

凍傷対策と並んで日露戦争中に鷗外が果たした大きな仕事は、露国赤十字社員の後送問題の解決である。奉天の戦いに敗れたロシア軍は五つの赤十字病院を残した。赤十字条約には「各員其職ヲ罷ムル時ハ占領軍隊ヨリ敵軍ノ前哨ニ之ヲ送致スベシ」とあるにもかかわらず、軍は前哨へやらず営口から帰そうとしたため、国際法侵犯の問題が起きた。全権を執った鷗外は軍に掛け合い、ついに条約どおり前哨線から彼らを帰還させたのである。この件は『第百七回臨時報告』（明治38年3月22日）、賀古鶴所宛書簡（明治三十八年四月三日附）に窺われ、山田弘倫『軍医森鷗外』（昭和18年6月、文松堂書店）に詳しい。一時は軍とロシアとの間に立って、一部は前哨あとは宮口へという折衷案で事態を切り抜けようとした鷗外であるが、「条約無視」の声を聞くや敢然と当初の考えを主張する。この果敢さは、従軍直前にロシアを批判して、「人道に逆ひ、国際法を破ること、殆ど人の意料の外に出づるを」（『黄禍論梗概』、明治37年5月）と条約の履行を楯に取って交戦を主張した鷗外の基本姿勢が凛然と甦った感が深い。国際法を最上位に置く鷗外の考えは、国家のエゴを超えて世界的地球的であり、コスモポリタンとしての鷗外の姿をより鮮明にするものと言えよう。

鷗外が〈平等〉を思考の原理として保持して来たことは、遠くはナウマンとの論争やカールスルーエの国際赤十字会議での発言、近くはロシアとの交戦の理由、兵卒の死の上に富貴に老いるであろう侯伯に対する疑問（詩「唇の血」）など一貫しており、「唇の血」とともに『うた日記』に収められた詩「新墓」では、林立する敵味方双方の白木の墓標に「おなじ涙を灑《そそ》ぐ」「こすもぽりいと」の心位を明確に叙している。戦闘後の戦場掃除も衛生部の大きな仕事であり、鷗外は奉天会戦後の報告において、「我屍体ハ大部分火葬ニ付シ一部土葬シ標木ヲ樹立セリ敵ノ屍体ハ掩壕ヲ応用シ或ハ新ニ孔ヲ穿チ多クハ十乃至三十屍ヲ共ニ埋没セリ又一屍毎ニ埋没セル箇所モアリキ標木ヲ樹立スル――我ニ仝ジ」と記しており、敵も味方もひとしなみに見る発想を突きつけられる機会は多かったものと思われる。

さて、日露戦争における日本の勝利を、シーマンは「日本の勝利は日本衛生学の勝利」（『The Real Triumph of Japan』London 1906）と言っているそうである。たしかに戦没者における戦病死者の割合が日清戦争では九割であったのに対し、日露戦争では三割に充たなかった。戦闘内容が大きく異なるので少し差し引いたにしても、凍傷や伝染病の激減は明らかであり、ことに凍傷における鷗外の貢献は大きかった。ただ、脚気はまだ原因が解明されていなかったこともあって相変わらず多かった。鷗外は第九十九回の報告（明治38年2月7日）においてその予防策として「労働の適度」と「麦及雑穀ノ供給」をあげているが、庶民の経験上の知恵にすぎない麦飯の効果については、冷淡であったようだ。

第一師団の軍医部長に任ぜられた鶴田禎次郎の日記『鶴田軍医総監日露戦役従軍日誌』（昭和11年6月、陸軍軍医団）の明治三十七年四月八日の条には、「横井第三師団軍医部長と共に麦飯給与の件を森軍医部長に勧めたるも返事なし」とあり、実験医学に準拠した鷗外の姿が彷彿とする。なお、臨時報告冒頭の「第二軍外科方鍼」は、この鶴田に鷗外が起草を依頼し、それに手を加えて出来上ったもので、鶴田の文章は同日記の明治三十七年三月二十八日の条に『銃創療法梗概』として載っている。

鷗外は戦闘終結後も実験をしたり報告書を書いたりして越年し、「凱旋や　元旦に乗る　上り汽車」の一句を認めて明治三十九年一月十二日、新橋に凱旋帰国した。戦時中、職掌と使命を誠実に遂行した鷗外は、新たに文学者としての姿勢を固めて新橋に立ち、文壇再活躍に向けてスタートを切るが、軍医としての森鷗外の戦後は、残された大問題、脚気の解明であった。臨時脚気病調査会の設立は、軍医にして衛生学者森鷗外の苦い戦争体験に関わる最後の大きな仕事であった。

森鷗外と日露戦争
――『うた日記』の意味

1　武人鷗外

日露戦争従軍の折々に記された詩歌をまとめた鷗外の『うた日記』（明治40年9月刊）の本文は、詩「第二軍」から始まる。鷗外の所属する第二軍は、戦地に赴く前の約一ケ月を広島で過ごした。「第二軍」はそのとき作られたものである。この詩はまず将兵に配布されることによって世に出たようである。(注1) その後五月には佐々木信綱の歌誌『心の花』に掲載され、(注2) 翌年二月には日露戦争詩歌のアンソロジー『山櫻集』に収録されている。(注3) このように「第二軍」が戦時中にかなり流布しているのは、以下に述べるような公的な性格に依るものと思われる。

この詩の書かれたのが、出征まもない明治三十七年三月の二十七日、その八日後の妻しげ子（この時期の宛名は「しげ子」――小林、注）宛書簡に鷗外は次のように記している。

あまり長く滞留して居ると兵隊がつまらないことをしてならないから早く舟にのりたいものだよ。
（四月四日附）

戦地へ向かうまでの間一ケ所に兵が特別為す事もなく長逗留していると、「つまらないことをして」「悪い病」

（四月七日附しげ子宛書簡）を有《も》ったりするらしい。それとともに、このような長逗留は確実に戦争からの疎隔感を齎し戦意を奪う。これらの事情を考慮すると、三好行雄などの言う「第二軍の上層部から依頼され[注4]」たという「第二軍」の成立状況への推測は、正鵠を得ているものと思われる。そして将兵に配布することによって、戦意を保ち行動を制御しようと試みたものと考えられる。このような実用性に詩「第二軍」の公的性格が認められるのである。

「第二軍」は、

海《うみ》の氷《ひ》こごる　北国《ほくこく》も
春風《はるかぜ》いまぞ　吹《ふ》きわたる
三百年来《ねんらい》　跋扈《ばつこ》せし
ろしやを討《う》たん　時《とき》は来《き》ぬ

と書き起こし、以下五聯に亘ってロシアの他国侵略の歴史を批判を籠めて叙述する。その後現下の清国の危機がそのまま日本の危機へと波及することを述べ、

本国《ほんごく》のため　君《きみ》がため
子孫《しそん》のための　戦《たゝかひ》ぞ
いざ押《お》し立《た》てよ　聯隊旗《れんたいき》
いざ吹《ふ》きすさめ　喇叭《らつぱ》の音

と将兵の戦意を鼓舞し、最終聯で

見《み》よ開闢《かいびやく》の　むかしより
勝《か》たではやまぬ　日本兵《にほんへい》

その精鋭《せいえい》を　すぐりたる
奥大将《おくたいしやう》の　第《だい》二軍《ぐん》

と日本の不滅を謳い、その精鋭たる第二軍を讃美して結ぶ。

第一聯で、ロシア征伐の到来を声高らかに宣告する。そして一テンポ置いて始めるロシアの悪の行状に対する漸層法的叙述は、読者にこの戦争が悪に対する正義の戦いであるという観念を、徐々に呼び起こしながら確認させてゆく。それと同時に、敵国ロシアに対する怒りを増幅させて戦意を沸き立たせる。このような二重の効果を有っている。なにげない歴史的叙述が、交戦に論理的支柱を与え、士気を高めてゆくという、いわば理性と感情とを同時に覚醒させる巧妙な役割を担っている。それゆえ、この熱せられた感情が最終二聯の強烈な戦意の鼓舞へと行き着くとき、読み手の心にいやがうえにも感動の昂まりを呼び起こす。このような意味で「第二軍」は、軍歌または出陣の歌としてまさに第一級の雄篇と呼ぶにふさわしい作品である。

さて、この評価とは別に「第二軍」を『うた日記』の他の詩篇と比較してみると、ここにはいわば〈観念としての戦争〉しか存在しないことに気づく。そのことは、出征前後の鷗外の立場と心のありようを明確に示している。それゆえ、「第二軍」には、単に民族の感情を代弁する公的な詩として片付けられない鷗外の私性が潜んでいる。逆説的に言えば、「第二軍」には鷗外の全知全能が公的なスタイルを借りて凝集されているのである。

鷗外は、戦前においてロシアを含む西欧列強の医事、軍事、歴史、文化等を熱心に研究している。それらの成果は、『心頭語』（明治33年2月～34年2月）や『続心頭語』（明治34年8月～12月）に断片の形をとって表われている。他にも『ベルツ氏談話中軍事及政治ニ関スル事件大略』（明治32年7月）、『普通教育の軍人精神に及ぼす影響』（明治33年7月）、『フリイドリヒ・パウルゼン氏倫理説の梗概』（明治33年12月）、『倫理学説の岐路』（明治34年1月）、『戦論』（明治34年6月刊）、『北清事件の一面の観察』（明治35年5月）、『洋学の盛衰を論ず』（明治35年6月）

などがある。ロシアそのものに関する研究には、『千八百十二年拿破崙第一世露国侵入時の軍隊病類』（明治36年12月〜37年1月）、『露国戦役年表』（明治37年1月）、『露国人の防寒法』（明治37年2月）がある。

これらの研究の中で、詩「第二軍」に何らかの形で投影されているものにまず『露国戦役年表』がある。十五世紀初頭から一八九八年の旅順大連租借までのロシアの対外関係を年表にしたもので、「第二軍」の延々五聯に亘るロシアの他国侵略の歴史描写は、これを淵源にしているものと思われる。また、悪を駆逐する正義の戦いであるということを交戦の論理として兵卒を律してゆく「第二軍」の方向性は、『北清事件の一面の観察』の中で吐かれた鷗外の認識、「軍紀の厳粛といふもの丶、道義心なくして能く維持せらる丶者に非ざることを忘る可からず」に依拠するものと考えられる。

さて鷗外は、このような研究を踏まえて交戦前にいかなる立場に立っていたのであろうか。それを知るには戦争勃発の前年、国語漢文学会で行った演説『人種哲学梗槩』（明治26年6月6日）と、早稲田大学で行った講義『黄禍論梗概』（明治26年11月28日）を見なければならない。

・其の此の書の梗概を作りて煩を憚らざるは、読者をして白人の口を藉る所以を知らしめんと欲するのみ。
・予は読者をして、白人のいかに吾人軽侮せるかを知らしめんと欲せしなり。夫れ侮を受けて自ら知らざるもの、争でか能く侮を禦ぐ策を講ぜん。

これは『黄禍論梗概』（明治37年5月）が出版された際附せられた「例言」（同年三月識）の中の言葉である。さらに本文においては、

吾人は嫌《いや》でも白人と反対に立つ運命を持つて居ることを自覚せねばなりませず、これを自覚すれば、所謂黄禍の研究は即ち敵情の偵察でムりまして、兵家に申させると、彼を知る一端なのでムります。（中略）人種哲学も黄禍論と同様に敵情の偵察でありります（後略）

と述べている。鷗外はここで兵家孫子の「彼を知り己を知れば、百戦して殆からず。彼を知らずして己を知れば、一勝一負す。彼を知らず己を知らざれば、戦ふ毎に必ず殆し」（「謀攻篇」）[注5]という有名な言と同じ地平に立ち、敵情を知ることこそが戦争の第一歩なのであるということをアピールしている。これは鷗外一流の戦闘的啓蒙であり、知識人の良心であった。その信念の強さゆえ、「之を読みて興味なし」とか、「梗概博士」などと嘲笑されてもいっこうに怯まず、「予は未来に於いても、此種梗概を続刊して、世人の嘲を甘んじ受けんことを期す」（「例言」）と言い放つ。目先の功利に捕われることなく常に根本を見据えようとする鷗外の慧眼を見取ることができる。

さて鷗外は、『人種哲学梗槩』において、白人ことにアーリア人を優越とする人種哲学を、「どれもどれも我田に水を引いた、身勝手の思想に本づいて居」る「偏見」であると断定を下したあと、続く『黄禍論梗概』の「例言」において、

青眼もて白人を視、白眼もて黄人を視る。乃ち新語を造り出して黄禍と云ふ。安ぞ知らん、北のかた愛琿に五千の清人を駆りて、黒龍江水に赴きて死せしめ、南のかた旅大を蚕食して、陽に租借と称するは、人道に逆ひ、国際法を破ること、殆ど人の意料の外に出づるを。予は世界に白禍あるを知る。而して黄禍あるを知らず。

と記す。ここに、人道に悖る白人と対決するのは必然であり必須であると判断を下す武人鷗外がまぎれもなく存在する。「予は世界に白禍あるを知る。而して黄禍あるを知らず」——この語気は強く、確信に満ちている。また「北のかた」云々の言辞は、そのまま「第二軍」の第四聯及び第六聯と重なり合う。この「例言」の書かれたのが明治三十七年の三月、その下旬の二十七日に「第二軍」は書かれている。したがって詩「第二軍」は、『黄禍論梗概』「例言」の詩的形象化されたものと見てよいであろう。

ともあれ鷗外は、西欧研究の結果ロシアの極悪非道に白禍を認め、それを倫理及び理性的根拠として戦争を肯定していったのである。そして、このような鷗外の戦争に至る私的な営みがあったからこそ、「第二軍」という詩が

生まれた、と見るべきである。

ところで、『人種哲学梗槩』や『黄禍論梗概』に見られる、白人の黄色人（=東洋）蔑視に対する鷗外の憤怒は、ドイツ留学時代にカールスルーエの国際赤十字会議で行った、東洋を弁護し平等を求める演説、またミュンヘンで発表した、日本を下等と評価するナウマンへの反駁文『日本の実状』と同質のものと思われる。開化の差こそ歴然としているものの、東洋が安易に侮蔑されてよいということはない。このような根本的な原理に鷗外の目は注がれている。ここに表われた鷗外の考え方は、後に自ら認めるに至るコスモポリット的なもの（注6）と思われる。世界市民主義などと訳されるコスモポリタニズムは、平等を基調に人類の調和を目指すものであり、鷗外の正義感はまさにこの思想と臍の緒を繋いでいたのである。

このように見てくると、鷗外の交戦の論理と戦争の肯定は、いまだ自覚されないにしろ、いわばコスモポリット的な根本認識から発していたと言うことができる。血で血を洗う実際の戦闘に直面する以前の鷗外においては、コスモポリタニズム的見地と戦争の肯定とが論理的に整合を見ていたのである。

さて、このように確乎たる信念を有っていた鷗外の書く詩歌はどのようなものであったろうか。

そら晴《は》れて　日《ひ》あきらか
鏡《かがみ》のごとき　うな原《ばら》を
ゆたかに舟《ふね》は　すべりゆく

これは、戦地に向かう途上の八幡丸船上で書かれた詩「でつくのひる」（明治37年4月21日作）の冒頭である。晴天とともに鷗外の心も一点の翳りもなく澄み渡っている。光輝に満ちた海原を颯爽と進む船の描写、その悠容とした旋律に意気軒昂な鷗外の心持が伝わってくる。他にも「老船長」（明治37年4月24日作）、「擡頭見喜《かふべをもたげてよろこびをみる》」（明治37年5月9日作）など、〈観念としての戦争〉しか有しないこの時期の鷗外の詩歌は、おおむね明朗なトーンを湛えている。

2　肉体としての戦争

明治三十七年五月八日、鷗外は遼東半島の東岸猴児石から上陸し、しばらく董家屯に駐屯した。その折、鷗外に一つの事件が起きる。その様子を森於菟は次のように伝えている。

第二司令官奥大将以下幕僚が南山の砦に赴かれて、後に残つた司令部には少数の者しかなく衛兵は僅かに一箇小隊であつた所、其の真夜中に哨兵のあやまりから敵襲が伝へられた。残つたものの中では父が上長官であつたので、防備の指揮をすべく刀を執つて宿舎を出たのである。敵は終に来らなかつたが、戦役を通じて父が死を覚悟したのは此時だけであつたと云ふ。(注7)

この体験は、すぐさま「敵襲」(明治37年5月17日作)として詩的形象化された。その前半では敵兵を待つべく畑の中に折り伏しているところまでを簡潔に叙し、後半では、

青空《あをぞら》に　またたくや星《ほし》　二《ふた》つ三《み》つ
あはれ星《ほし》　父母《ちちはは》うから　うまいせる
我宿《わがやど》の　上《うへ》に照《て》るらん　星《ほし》さらば
をりしもあれ　畦道《あぜみち》つたふ　影《かげ》くろし
止《と》まれ誰《た》そ　軍《ぐん》の憲兵《けんぺい》　状況《じょうきゃう》は

哨兵《せうへい》の　あやまりなりき　さなりしか
待《ま》ちぬれど　死《し》ぬべきときは　来《こ》ざりけり
ともし火《び》を　けしてい出《い》でにし　宿営《しゅくえい》に
おのがじし　ことばはなくて　帰《かへ》りゆく

と書き綴る。

夜空にまたたく星、それは故郷の家族と戦地にいる自分とを同時に照らしている。この星を通路として鷗外は家族に決別を告げる。星を見上げる視線の透徹とそれに包蔵された想念の醸し出す文学性もさることながら、続く最終二聯はみごとな文学的高みに到達している。分かち書きされた憲兵との会話の息詰まる緊迫感とその一つずつほぐれゆく様子、さらに最終行の「おのがじし　ことばはなくて　帰りゆく」という脱力感、心の空虚への推移――これは人間精神の脈絡のありようを感じさせて已むことがない。特に後者は、人間の心の深淵を感じさせる、貴重なリアリティー溢れる表現である。けだしこの詩の醍醐味はここにあると言ってよいだろう。

この詩の後には反歌風の歌が二首添えられているが、その一つに次のようなものがある。

まのあたり　死《し》の大王《おほきみ》　怖《お》ぢざりし
おのがこころを　にくみけるかな

死を目前にしてその恐怖に畏縮せず取り乱しもしない自分の心を詠ったものであるが、この歌には様々の意味合いが籠められているように思われる。その第一は、「にくみけるかな」と叙しつつもその背後に武人、上官として立派に振る舞えたという安堵感を揺曳させていることである。それは、〈我が態度壮なり〉という一種の自負の表出と言ってよいかもしれない。第二にこの歌は、死が迫っているという現実を前にして微塵も動揺しない自分自身を発見したことを示している。つまり、鷗外は死を前にして生き延びたいという焦燥の起きなかった己を知ったのである。そして第三には、「にくみけるかな」という言葉に鷗外の忸怩たるものが表現されていることである。「死《しに》の大王《おほきみ》」に「怖《お》ぢ」なかったからこそ「にくむ」のだという歌の脈絡は、逆に死に対して怖じけづけば憎む感情は沸き上がってこないということを示唆している。とすれば、鷗外の心の中には、いざ死に直面したときには一介の人間として動揺し怖じけづきもするだろうという、軍人としての危惧とも言うべき自己認識があったものと思われる。それが現実には予測を裏切って動揺も畏縮もしなかったのである。このような脈絡の上での「にくみ」であったことは、鷗外が人間として生き延びたいという直截な感情――本音を流露できなかった自分自身の硬化を忸怩たる思いで眺めていることを物語っている。

ともあれ鷗外は死が目前に見え隠れする局面において、自分という存在を初めて突き放して見ることができた。それによってめったに得られない死に対する心の体験と自己の再認識を得ることができた。いわば、鷗外は人間としての本音と、これまでの地位職掌に基づく思考と生き方によって形づくられた己の存在とに対面したのである。この「敵襲」を境に『うた日記』の詩歌は大きく変容を始め、私性を濃厚にしてゆく。

「敵襲」のあった月の二十五日、鷗外は初めて戦闘に参与する。死傷者四千三百と言われる南山の戦闘である。その様子は「唇の血」（明治37年5月27日作）として描かれている。

土嚢《つちぶくろ》　十重《とへ》に二十重《はたへ》に　つみかさね
屋上《やのうへ》を　おほふ土《つち》さへ　厚《あつ》ければ
わが送《おく》る　榴霰弾《りうさんだん》の　甲斐《かひ》もなく
敵《てき》は猶《なほ》　散兵壕《さんぺいがう》を　棄《す》てざりき

剰《あまつさ》へ　嚢《ふくろ》の隙《すき》の　射眼《しやがん》より
打出《うちいだ》す　小銃《こづつ》にまじる　機関砲《きくわんはう》
一卒進《そつすす》めば一卒僵《そつたふ》れ　隊伍《たいご》進めば隊伍僵《たいごたふ》る
隊長《たいちやう》も　流石《さすが》ためらふ　折《をり》しもあれ

一騎《き》あり　肖金山上《せうきんさんじやう》より駆歩《くほ》し来《きた》る
命令《めいれい》は　突撃《とつげき》とこそ　聞《きこ》えけれ
師団旅団《しだんりよだん》に伝《つた》へ　旅団聯隊《りよだんれんたい》に伝《つた》ふ
隊長《たいちやう》は　士気今《しきいま》いかにと　うかがひぬ

時《とき》はこれ　五月《ぐわつ》二十五日《にち》　午後《ごご》の天《てん》
常《つね》ならば　耳熱《みみねつ》すべき　徒歩兵《とほへい》の
顔色《がんしよく》は　蒼然《さうぜん》として　目《め》かがやき
咬《か》みしむる　下唇《したくちびる》に　血《ち》にじめり

戦略何《せんりやくなん》の用《よう》ぞ　戦術《せんじゆつ》はた何《なん》の用《よう》ぞ
勝敗《しようはい》の　機《き》はただ存《そん》す　此刹那《このせつな》に
健気《けなげ》なり　屍《かばね》こえゆく　つはものよ

御旗《みはた》をば　南山《なんざん》の上《うへ》に　立《た》てにけり
誰《たれ》かいふ　万骨枯《ばんこつか》れて　功成《こうな》ると
将帥《しやうすゐ》の　目《め》にも涙《なみだ》は　あるものを
侯伯《こうはく》は　よしや富貴《ふうき》に　老《お》いんとも
南山《なんざん》の　唇《くちびる》の血《ち》を　忘《わす》れめや

第二聯の「機関砲」とは機関銃のことであり、日本軍にはない未知の兵器であった。そして第四聯の「顔色は蒼然として　目かがやき／咬みしむる　下唇に　血にじめり」と描写される「徒歩兵」は、実は決死兵であった。「各隊の前方を進んで地雷を瀬踏みしていく」(注8)のである。鷗外はこの壮絶な戦いを司令部の置かれた肖金山から展望していた。(注9)「唇の血」はこのような後衛の視点から書かれたものであるが、その緊迫性と複雑な事実を細大漏らさず簡潔に叙す鷗外の手腕には舌を巻かざるをえない。

さて問題は次の二点にある。一つは「徒歩兵」の悲壮な描写であり、一つは「将帥」「侯伯」への思い入れの叙述である。この問題を考えるに当たっては、作者鷗外がこの詩に登場させた人物をいかに描きそれにいかなる感情を賦与しているか――その相関を見取ることがよいと思われる。

この詩の登場人物は、固有名詞ではなく軍隊における階級の総称で書かれている。すなわち「隊長」(聯隊長)、「徒歩兵」、「将帥」「侯伯」(将相)の三者である。

「隊長」は、全滅する兵卒をまのあたりにして「流石ためらふ　折しもあれ」と描かれ、突撃命令には「士気今いかにと　うかがひぬ」と描写される。それは、幹部と兵卒との間に立って命令どおりに直接兵を動かす職掌に忠実な姿を描き出したものであって、「ためらふ」「うかがひぬ」という心情を伝える語にも鷗外の特別な思い入れは含まれていないと思われる。

次に「徒歩兵」は、志願兵として一旦は死を覚悟したにもかかわらずなお顔色蒼然として下唇が切れるほど強く噛み締めると描写され、さらに瀬踏みしながら屍を越えて前進する戦士たちに「健気なり」と私語を発す。この兵卒のクローズアップは強烈かつリアルであり、鷗外の垣間見た人間の心の修羅が真正面から表現されたもので、描写そのものに一つの主張が感じられる。また「健気」とは、年齢や体力などがあることを成すのに適合しないにもかかわらずなおかつ遣り遂げようとする状態を指す言葉である。「唇の血」の文脈で言えば、不合理を超えようとする意志を涙ながらに賞讃する語と言えようか。この勇士たちとて機関砲や地雷に対しては虫けら同然である。この自殺的行為を敢て遂行する精神そのものに「健気なり」という語は浴びせられている。このとき、鷗外は戦闘員の運命に全幅の同情を抱いている。少なくとも彼らの心性を共有しようとしている鷗外がいる。「健気」の一語にはいまの鷗外にはどうすることもできない無念と哀惜とが感じとれるのである。

さて、将相たちの描き方はどうかというと、そこには描写らしい描写はない。最終聯に表われる鷗外の感懐——その批判と願いの交錯した文脈の中に、「将帥」「侯伯」と職掌名及び地位身分名のみが表われるだけである。この願いとは、戦功という美名を上げるであろう将相たちに対する兵卒サイドに立った要求である。ここにおいて、鷗外は兵卒の死を忘れないで生きるべきであるというヒューマンな位置に立っている。それにしてもこの最終聯には一種不穏な響きがある。幾万という兵が死しまさに「万骨枯れ」果てたその結果、将相たちの「富貴」なる後半生が開ける。これは鷗外にとって不可抗力のことであるけれどもせめてその代償として兵卒の犠牲を忘れないでほしい——そうでなければ人道上あまりにも落差がありすぎる、と思ったのであろう。トルストイの『戦争と平和』を評した「兵の道義上要素（moralisches Element）に重きを置」[注10]いたという鷗外の言葉が、この「唇の血」にはぴったり当て嵌る。しかし、鷗外自身を含めて「玉来ぬところ」[注11]にいる将相たちに対する批判の意味合いは、それほど表立っていないにせよ払拭することはできない。戦後『うた日記』刊行の際、皇室に献上する話が持ち上がったが、鷗外が「侯伯は」以下の部分が問題になるのではないかと心配して取り止めになったという話を森於菟が伝えているように、[注12]「唇の血」にはあきらかに将相批判の意志があったのである。

ともかく、初めて現実の戦闘に参与して鷗外の戦争に対するこれまでの考えには幾筋ものひびが入った。すなわち、南山の戦闘はそれまで〈観念としての戦争〉しか知らなかった鷗外が、〈肉体としての戦争〉を獲得してゆく大きな事件であった。鷗外の精神と文学とはここに決定的な変容を見せるのである。

なお、「唇の血」には短歌と俳句が添えられている。

独滝《どくろく》の　みづは濁《にご》れり　濁《にご》れれど
洗《あら》ひし太刀《たち》は　霜《しも》と冴《さ》え冴《さ》ゆ

戦闘で血塗られた「太刀」も「独滝」（水杯）[注13]の水で洗うと真白な歯を立てる霜のように冴え返ってしまう、という意であろう。この歌の背後には、走り出してしまった戦争の有つ不可抗力のエネルギー——その運命に対する一種の断念が察し取れる。さらに「独滝の　みづ」の「濁」りと「太刀」の「冴」えとの懸隔に、凛乎としたもの、鬼気迫る殺気のようなものが揺曳しているように感じられるのであるが、いかがであろうか。そして、

瞑目《めいもく》す　畔《あぜ》の馬棟《ばりん》の　花《はな》のもと

の一句がそっと置かれる。これは死んでいった兵卒への手向けの句であり、虚ろな鷗外のたたずまいが伝わってくる。

3　戦争をめぐる思索

第二軍は、明治三十七年五月末の南山の戦闘を皮切りに六月、七月と立て続けに戦火を交えてゆく。そのような

中で八月二十三日、鷗外は「秋」という詩を書いた。

霖雨《ながあめ》はれて　澄《す》みわたる
月《つき》の光《ひかり》を　身《み》にあみて
さよ更《ふ》くるまで　やすらへる
榻《しぢ》のうへには　露《つゆ》ぞおく

雨上がりの月光清澄なとある夜更け、鷗外はしみじみと来し方を回想する。「あわ雪《ゆき》」降り敷く三月に出征し、南山の戦闘に与し、その後、利得寺、大石橋と連勝して今ここに生き永らえている、「春《はる》の夜《よ》の　夢《ゆめ》」も吹き飛んでしまうような壮絶な戦い「土《つち》」と「汗《あせ》」にまみれ「暑《あつ》さ」に焼かれた日々、そして「七千人《にん》」という犠牲を払ってきた戦争――このような煉獄の中を通り抜けて一瞬に秋となってしまった。そのような感慨を抱いた鷗外は最終聯で次のように叙す。

かなしきものと　さらぬだに
人《ひと》もいふ比《ころ》　わが胸《むね》に
わづかに残《のこ》る　慰藉《なぐさめ》は
門《かど》の外《と》に待《ま》つ　勝《か》ちいくさ

ここには、先に「独漉《どくろく》の」の歌に表われたような、走り出したら行き着くところまで止まることのない戦争という運命に対する断念がはっきりと表現されている。それに加えて、運命の枠内での最善としての戦争を希うほかはないという、いわば運命への諦観が存在するのを認めることができる。

〈肉体としての戦争〉に深々と漬かっていたこの時期の鷗外には、「ゆたかに舟《ふね》は　すべりゆく」（「でつくのひる」）と書いたような出征直後の生き生きとした姿はない。心は深く沈んで内なる孤独を感ぜしめるだけである。「秋」

の書かれた三日後に鞍山站の戦闘があり、続いて首山堡の戦いがある。そして九月には日露の関ヶ原と言われた遼陽の会戦に勝ち、十月の沙河会戦に入ったころ、鷗外は一つの作詩のピークを迎え、「たまくるところ」（13日作）、「ほりのうち」（17日作）「ぷろしゆちやい」（19日作）を書く。

「たまくるところ」は、通常は「玉来《たまこ》ぬところ」である司令部に突如敵の砲弾が飛んできて、常に自分たちは「たまくるところ」にいるのに司令部は……という兵卒の日頃の不満鬱積が一挙に晴れたことを詠っている。この長歌は、南山戦闘の決死兵の表情を描いた「唇の血」の系譜を引くものであるが、「唇の血」では兵卒の心の修羅を垣間見た驚きと痛恨の情が強かったのに対し、「たまくるところ」では兵卒の心理に深く測鉛を下ろし、顕わには見え難い微細な心理を掬い上げている。ここに鷗外の兵卒に対する思い入れの深化を見ることができる。ところでこの長歌の意義はもの言わぬ兵卒の心理を司令部サイドの人間が代弁しているところにある。そこには佐藤春夫の指摘する「一兵卒でないといふ反省」（注14）――そのうしろめたさのようなものが作用しているものと考えられる。そのありようは、次の「ほりのうち」、「ぷろしゆちやい」により顕著に表われる。いずれも兵卒の心理を読み取ろうとする意志で貫かれている。

「ほりのうち」は、とある雨の夕方、「腕射《かひない》られし　兵卒《へいそつ》」が鷗外の宿舎に迷い来たので、「わが床《とこ》に　ならび臥《ふ》さしめ」、その折第一線の様子を尋ねたが、兵は詳しく語ろうとはしない、という出来事を書いている。その最終部で、負傷兵が鷗外の問いに答えた言葉として、

思《おも》へば胸《むね》ぞ　痛《いた》むなる
かしこのさまは　帰《かへ》らん日《ひ》
妻《つま》に子《こ》どもに　母父《おもちち》に
われは語《かた》らじ　今《いま》ゆのち

　心《こころ》ひとつに　秘《ひ》めおきて

と書いているが、それはとりもなおさず鷗外が他人から戦場の様子を尋ねられたときに発する言葉でもあったろうと思われる。（注15）目を覆うような戦場の修羅と家族の団欒、それは出征者の有つ両極である。鷗外を含む誰しもが、家族は人間の地獄と無縁の幸福な存在であってほしいし、そういう家族にこそ自己の補償回復さるべき場を見出していたことであろう。

　鷗外は、これまでの詩歌で戦争犠牲者への同情から、日本兵、中国民衆、馬などに着目して自己の感懐を托してきたが、「ぷろしゆちやい」では敵国のロシア兵にまで思いを寄せる。「ぷろしゆちやい」とはロシア語で「Proshehaj」、「（永別の意味をこめた）さよなら」（注16）という言葉である。日本軍とロシア軍との間の「黍畑《きびばた》」に、ひとりの傷ついたロシア兵が「飢《うゑ》さむさいたつきに　悩《なや》まされつつ　よわる身《み》の幾日《いくひ》をか　すごし」ている。やがて瀕死のロシア兵は、敵味方双方の砲弾の飛び交う中、「ぷろしゆちやい」という一語を残して死んでゆく。その死にゆくロシア兵の死に至る一瞬の心理を鷗外は克明に描き出す。

　こはいかにとある夜半《よは》
　ここちさわやぎ
　いたつきはわすられて
　かすめりし目《め》さへ見《み》ゆ

　いづくにかわれ来《き》ぬる
　蠱《まじ》のすさびか
　目のまへの一間《ひとま》には

ともし火《び》の影《かげ》さやか
ただ中《なか》のさもわるは
今《いま》しそよめく
なつかしきまとゐかな
父母《ちちはは》よ妻《つま》よ子《こ》よ

あはれなり胸《むね》の血《ち》の
なごりのゆらぎ
熱《ねつ》もゆる 唇《くちびる》 ゆ
もれいづるぷろしゆちやい

死を目にしての心の動きなど、聞いて書ける性質のものではない。それゆえ、出来事の存否はともかく、ロシア兵の死にゆく心理の描出は全くの鷗外の想像と考えられる。また、ロシア兵の死んでゆく心境は、そのまま鷗外が予想した己の死に際の心理であるとも言える。そこで注目されることは、この死に際して「ほりのうち」でも指摘したような家族の団欒がやはり立ち表われるということである。鷗外の家庭では、出征当時「遺言」(注17)を書かざるを得ないような嫁と姑のすさまじい確執があり、鷗外の妻しげ子は一歳になったばかりの長女茉莉を連れて別居してしまった。戦地にいる者に体感を回復させる一つの極である家族が、鷗外においては二つに分裂していたのである。このような状況における家族の団欒だけに意味深長である。

お父《とう》様が生きて入らつしやつて、おれの兄弟が内にゐた頃の事を考へて見ると、内ぢゆうで誰も死んだらどうの、金がどうのといふやうな事を考へてゐたものはないのだ。年寄は年の寄るのを忘れて、子供の事を思つてゐる。子供は勉強して親を喜ばせるのを楽《たのしみ》にしてゐる。金も何もありやあしない。心と腕とが財産なのだ。それで内ぢゆう揃つて、奮闘的生活をしてゐたのだ。その時は希望の光が家に満ちてゐて、親子兄弟が顔を合せれば笑声が起つたものだ。

これは鷗外が後年の小説『半日』で主人公の高山博士に語らせた言葉である。今はもう存在しないこんな幸福な一家団欒を鷗外は夢みていたにちがいない。つまり、鷗外にとって一家団欒は心のユートピアだったのである。

さて、もう一つ注目されることは、戦争においては一種のタブーである敵兵への同情を表現していることである。このとき、鷗外の頭には敵味方という観念はなく、人間の死のみが強烈に映っていたのであろう。このような一個の人間をまずものごとの中心として考えてゆく人類愛、人間愛的な視点は、沙河対陣の折に書かれた詩篇「新墓《にひはか》」に受け継がれてゆく。それと同時に、鷗外は〈死〉そのものをしかと見据えて考える姿勢をますます強くしてゆくのである。

十一月十八日、鷗外は十里台子北方漫歩の帰り道に、山の麓一帯に林立している白い仮の墓を見つける。その時のことを書いたのが「新墓《にひはか》」である。

ふもとも繁《しじ》に　林《はやし》なす
しるしの杭《くひ》の　まだ白《しろ》き
かたばかりなる　おくつきに
並《な》みてぞ臥《ふ》せる　敵味方《てきみかた》
そを眺《なげ》めやる　束《つか》のまは

なさけもあたも　消《き》えはてて
おなじ列《つら》なる　にひはかに
おなじ涙《なみだ》を　灑《そそ》ぎけり

おびただしい数の敵味方双方の兵が埋められている光景を眺めやって「おなじ涙を　灑ぎけり」と叙したとき、鷗外は人間の根源的な悲しみに遭遇している。そして、〈死〉の前には敵も味方もない——そうきっぱりと言挙げしてしまったとき、鷗外は自らの心位が「こすもぽりいと」(Kosmopolit)と同質であることに気づき、最終四行の韜晦のフレーズを付けたのである。

こすもぽりいと　悪《にく》むてふ
伶俐《さかし》き博士《はかせ》　な咎《とが》めそ
わがかりそめの　こと草《ぐさ》は
衢《ちまた》に説《と》かん　道ならず

この「こすもぽりいと」という語の表出の意味は大きい。それは、鷗外の〈死〉を見つめる眼に新たなる原理が意識され始めたことを示すからである。〈観念としての戦争〉しか知らない出征前後の鷗外には、西洋の東洋に対する侮蔑は不平等で人道上許せない、という意味でのいまだ自覚されないコスモポリタニズムが彼の交戦の論理を形造っていたが、〈肉体としての戦争〉を知り、それをめぐる思索が深まるにつれ、〈死〉の前には敵も味方もない、という意味でのコスモポリタニズムが自覚を伴って立ち顕れたのである。

この詩のあと、鷗外の〈死〉を見つめるまなざしはいよいよ陰影を濃くしてゆき、一つの系譜が辿れるようになる。小金井良精（妹喜美子の夫）の弟の死を悼む「小金井壽慧造《こがねゐすゑざう》を弔《とぶら》ふ」、愛息のなきがらに劇的な対面をする将軍を描いた「乃木将軍」、さらに翌明治三十八年四月の「春」、七月の「あこがれ」へと続いてゆくのである。そこにはなべて静かに悩める鷗外の姿がある。

4　鷗外の死と再生

昨年来の対陣のまま、鷗外は明治三十八年の正月を十里河で迎える。その後一月末の黒溝台会戦、二月末から三月上旬にかけての奉天会戦に臨むが、この戦いを最後に鷗外においては事実上戦闘が終結する。それゆえ、前年の緊張とはうって変わり、かなり平穏な日々がこの一年を覆うのである。それとともに、戦争という非常事態における「即事即景的な機会詩」（竹盛天雄[注18]）である『うた日記』の詩歌は、その性格上制作の激減を見るに至る。鷗外の心の脈絡から言えば、「新墓」あたりから顕著になる内向――〈死〉をめぐる思索的逡巡が、外界に対する反応を鈍らせたということになろう。戦闘終結の過程と平行して進んだ鷗外の内面化は、ついに現実を超えて観念の世界へのめり込んでゆくのである。

奉天会戦後の露国赤十字社員の後送問題に全権を担ってみごとに事を果たしてから一ケ月の後、鷗外は詩篇「春」（明治38年4月23日作）を書いた。

春《はる》は来《き》て見《み》つ　海《うみ》の上《うへ》に
眠《ねぶ》れる波《なみ》の　底《そこ》ふかく
沈《しづ》みし舟《ふね》の　かずいくつ
いづれか仇《あた》の　軍《いくさ》ぶね
いづれかは我《わが》　閉塞船《へいそくせん》
羽振《はぶ》りゆたかに　鷗《かもめ》とぶ

春《はる》は来《き》て見《み》つ　野《の》の面《おも》に
仮《かり》の葬《はふり》を　あらたむと
ほる畑土《はたつち》の　香《か》ぞかをる
仇《あた》も味方《みかた》も　ひと色《いろ》の
雲《くも》と棚引《たなび》く　空《そら》とほし
緑《みどり》かすかに　柳《やなぎ》もゆ

生命の息吹を伝える「春」が「海の上に」「来て」は「羽振りゆたかに」「とぶ」「鷗」を「見」、「野の面に」「来て」は「緑かすかに」「も」える「柳」を「見」る。これはひときわ春らしいうららかな風景である。しかし、鷗外の春には同時に非日常的なものが組み込まれる。沈んだ敵味方の船であり、両軍の戦死者である。人間の営みを示すかのような春の風光と非日常的な〈死〉とを背中合わせに描き出した鷗外の心には、遠退《の》いた戦争が様々の思いを秘めて甦ってきたのであろう。「仇も味方も　ひと色の／雲と棚引く　空とほし」——この風景を見つめる鷗外のまなざしには何かしら強いものがある。雲と化した敵味方は、その具体性を失って鷗外の中で抽象化し、〈死〉という観念として保持されている。さらに鷗外は、空漠の中で〈死〉の雲と己との精神的距離を測っている。そのひとすじのまなざしは、虚空を貫いて何ものかに達しようとする意志を内包しているようにみえる。このような鷗外のまなざしは、六月二十日に書かれた雲をテーマとした短歌の連作へと繋がってゆく。

平和《へいわ》あらん　平和《へいわ》あらじの　あらそひに
耳《みみ》をそむけて　ただ雲《くも》をみる

このころ首脳部の間では、講和への微妙な動きがあった。第二軍副官として鷗外と歩を同じうした石光真清は、当時の様子を「このような首脳部の空気は下士卒の間にすぐ拡がった。土塀の裏で、営舎の隅で、あるいは崩れた民家の蔭で、三人五人と下士卒が集まって、ひそひそと語り合っているのである。」(注19)と記している。このような講和をめぐる兵卒の争論に鷗外は与しない。それは、鷗外の地位が講和が行われたとしてもすぐに帰国できるとはかぎらず、「役《ヤク》をかへられ、ばどうなるか自分の事はわからない」(注20)という兵卒と異なるものであったからとも考えられるが、それ以上に自分ではどうすることもできない公的な事柄から放たれようとする心が働いていたからだと思われる。つまり、鷗外の「雲をみる」行為には公的価値以上の私的な重みがあるといえよう。さらに前日作の短歌

かたるべき　いさをしあらねば　かくろひて
大木《おほき》のもとに　ひとりをらばや

と合わせて考えるとき、鷗外の厭戦と私的世界への沈潜はますます明瞭となるだろう。

このような鷗外の〈雲〉を見つめるまなざしの根本にあるもの――それを見出す鍵となる詩篇が七月七日に作られた「あこがれ」である。

馬藺《ばりん》の晩花《おそばな》　しじまる野《の》を
鈍色《にびいろ》ごろもと　夕《ゆふべ》おほふ
おもはずよ　人のかげ
垂《た》るるくろ髪《かみ》　ふさやかに
かこめり月《つき》の　淡《あは》き面《おも》

宣《の》らさく我《あ》こそ　係慕《あこがれ》なれ
ねがふは勝利《しょうり》か　敵《あた》みながら
あさ露《つゆ》と　消《き》えしめん

かうべあぐれば　　髪《かみ》ゆらぐ
ををしき相《さう》や　　いくさがみ

わが黙《もだ》あるみて　　またのらさく
平和《へいわ》か還《かへ》りて　　あひ見《み》んひと
わが身《み》には　　似《に》たらずや
玉《たま》のはだへに　　血《ち》ゆらぎて
熱《あつ》きうながし　　目《め》にあふる

なほ黙《もだ》あり稍《や》や　　ためらひつつ
あらずはつめたき　　死《し》やもとむる
あこがれの　　的《まと》として
可惜《あたら》し石《いし》と　　凝《こ》るすがた
うつぼまなざし　　空《そら》をみる

「ふさやかに」「くろ髪」「垂るる」「係慕」の化身は、さながら鷗外の「美術品ラシキ妻」(注21)しげを彷彿とさせるが、軍神の相貌を見せる彼女の詰問に対する応じ方が、鷗外の心のありようを明確にしている。第二聯の「勝利」とは、講和せずに戦争を続行し、満州の地からロシアを完全に締め出すことを指すものと思われる。しかしこの問い掛けには首肯しない。それゆえ第三聯の問い掛けがなされる。「平和」とは、講和条約を締結して戦争を終結させることを意味するのであろう。もしそうなれば遠からず帰国の道が開ける。このような内容を問うとき、「係慕」の化身は官能的な姿態をもって誘惑する。これは銃後を守る妻しげ子の投影であり、鷗外においては平和と妻とがダブルイメージとして捉えられていたものと考えられる。この問いにも鷗外は黙して語らない。そこで「係慕」の化身は、死を求めるのかと問い、今度は「可惜し石と　凝るすがた」と、「名誉の戦死を遂げた人の石像」(大屋幸世)(注22)に変身して迫る。ここで重要なことは、「係慕」の化身の問い方が「ためらひつつ」と密かに案じていた部分に突き当たったような事の重大性を匂わせる問い方であり、それに応える鷗外の態度が死へのあこがれを否定せずに「うつぼまなざし　空をみる」という、詩篇「春」や短歌「平和あらん……」に表われた雲を見つめるまなざしと同一の態度であることである。このような事の重大性と前後の脈絡を考え合わせると、ここに「うつぼまなざし」で「空をみる」鷗外は、確実に〈死〉にあこがれていると言うことができる。

それでは、鷗外が抱いた〈死の願望〉とは具体的にはどういうものであったのだろうか。「あこがれ」を仔細に読むと、最終聯の前四行と最終行「うつぼまなざし　空をみる」との間には、ストレートに〈死〉を願うというよりはその中に迷いのようなものが窺われる。そしてその様子は、十日後の七月十七日に書かれた短歌、

野《の》にさめて　さすかた知《し》らぬ　係慕《あこがれ》に
うつむきたてる　姫百合《ひめゆり》のはな

に直接表現されている。自ら向くべき方向を持ちえない姫百合、その迷いは、鷗外が現実の戦闘に触れていままでの自己が揺らぎ、主張を失って解体していることを示している。このような鷗外の心理から考えると、詩篇「あこがれ」に表われた〈死の願望〉は、鷗外が自ら〈身体的な死〉を志すものではなく、混迷から脱出する手段としての〈死〉の願い、過去を消去するためのいわば〈観念的な死〉への願望であったものと思われる。

ところで、〈観念的な死〉と言えば、鷗外は以前にも一度自らを精神的に殺している。それは今を去ること五年

前、小倉左遷の折のことである。鷗外は明治三十三年一月一日発表の『鷗外漁史とは誰ぞ』という一文で、「鷗外漁史こゝに死んだ」と文壇生活の廃止を宣言し、そのあと「予はその後も学んで居て、その進歩は跛鼈の行くが如きながらも、一日を過ぎれば一日の長を得て居る」と記し、それゆえに「我分身の」「鷗外は殺されても、予は決して死んでは居ない」と断言する。これは、鷗外が小倉左遷という文壇的危機に遭遇して、文壇活動をする自分（これを鷗外は「影」と言う）と自分という生身の存在（同じく「形」と言う）とを弁別して認識し、前者の呼称たる「鷗外漁史」に過去を背負わせて「討死」させ、「分身」の活動を停止することによって、後者の「予」が過去にこだわらず現在及び未来を生き生きと生きてゆけるように観念的操作を施したのである。ここに、鷗外は過去を一旦捨象することによって新しい生を摑み取ったのである。つまり、『鷗外漁史とは誰ぞ』における鷗外の〈死〉の決意と認識は、とりもなおさず新たな生へ向けての出発の表明であった。

このような鷗外の〈死〉に関わる前例を視野に入れるとき、詩篇「あこがれ」に認められた〈死の願望〉や拘泥は、にわかに『鷗外漁史とは誰ぞ』の一文に接近してくる。確乎たる交戦の論理を有ち意気軒昂たる武人であった鷗外が、実際の戦闘に参与するごとに変容を来し、走り出してしまった戦争の運命に諦念を有つことで戦争という公的世界から身を引き、しだいに〈死〉をめぐる思索の泥沼へと陥っていったとき、彼は小倉で行った転生を自らに課したのである。因に鷗外の生は常に〈死〉を媒介として飛躍している。詳説は避けるが明治天皇崩御の際の乃木大将の殉死事件は、小倉時代、日露戦中に続く鷗外第三の飛躍であった。

ところで、危機、不自由な状況における転生とは、その限られた環境を最大限に有効に使用することである。実際小倉時代において鷗外は、東京から彼を頼って移り住んだドイツ語学者福間博と独文を綿密に読み、小倉郊外の曹洞宗安国寺の住職玉水俊虠師から唯識論の講義を受ける。さらには宣教師ベルトランにフランス語を学んでいる。このような勉強への沈潜という「自己拡充」（竹盛天雄）(注23)の努力が鷗外の小倉における転生であった。

それでは、鷗外がこの日露戦争末期に行った転生とは、具体的には何であったのだろうか。詩篇「あこがれ」の書かれた翌日の七月八日、鷗外は妻しげ子宛書簡に次のように書いている。

すこしお頼《タノミ》みがあるよ。外でもないがあの花よめさんの写真のきものねえ。あれを袿《カケ》から小袖、帯、持《モチ》ものまで地質《ヂシツ》はなに、染色《ソメイロ》は何《ナニ》、何《ナン》のぬひもやうといふやうにわかるだけくはしくかいてよこしておくれ。仮名《カナ》ばかりでかいてよろしいのだから。出来《デキ》ないなんていふのではないよ。きつとだよ。きつとだよ。あばよ。

「花よめさんの写真」とは、鷗外の妻しげ子が六月に婚礼の時の衣装で写真を撮って送って寄こしたものである。この頼みに応じてしげ子は書付を送り、八月六日には既に鷗外のもとに届いている。(注24) そしてすぐさまそれを材料に短歌を作った。それは八月初旬とされる鷗外の妹小金井喜美子宛書簡にみえる。

緋綾《ヒリンズ》子に金糸銀糸のさうもやう五十四帖《テフ》も流転《ルテン》のすがた

これはそのうちの一首であるが、鷗外自身述べるように、「新派の女王鳳晶子」に挑戦するもので、『うた日記』集中のものとは明らかに成立事情を異にする。また、鷗外のこの種の歌は七月頃留守宅に送られたとされる書簡二通にも見られ、その数は十八首を数える。それらは、二ケ月後の九月、雑誌『明星』に「曼陀羅歌」「歌くらべ」と題して掲載される。そしてこのような作歌と平行して「㊙」と頭書した新体詩論を二通喜美子宛に送っている。(注25)
その一つに

そこで御相談だが、われ〳〵も一つ奮発して新詩連以上の新しい事をやりたいものだ。(七月二十八日附)

と新派興隆の野心が如実に認められている。もっとも、新派への志は早く七月十二日附賀古鶴所宛書簡に瞥見され、(注26) 後には八月七日附喜美子宛書簡で、「いよよ極端なる新派の走るところまでわれも走りて見んとする」とエスカレートしている。このように鷗外は七月以降新詩の興隆に向けて激しい闘志を燃やしている。そこで重要なことは、この詩歌論とその創作に亘る情熱が詩篇「あこがれ」の執筆に接続していることである。このことは、「あこがれ」

に認められた鷗外の再生の意志が、具体的には表現への意欲――新体詩における新派興隆にあったことを明確に示している。そして詩歌の創作ということは、万事に不如意な陣中において最も成就しやすい性質のものでもあった。以上縷々述べてきたように、四十四歳という壮年の鷗外に日露戦争が齎したものは、自らの生を文学に賭ける、つまり、本気で文学をするということであった。ここに『うた日記』の鷗外における最大の意味があったものと私は思う。そして、この決意なくして、凱旋以降の文学的営為はありえなかったものと確信するのである。

注1　稲垣達郎編『森鷗外必携』(学燈社、昭和44年4月)の「単行本書誌」に、「第二軍の歌」と題した発行日不明の洋紙一枚刷のもののあることが紹介されている。
注2　「第○軍の歌　森鷗外」として掲載されている。
注3　「第二軍の歌　陸軍軍医監森林太郎」として掲載されている。これについては大屋幸世が「〈無言〉の越境――『うた日記』管見――」(『文芸と批評』昭和51年7月)の冒頭で触れている。
注4　『シンポジウム日本文学13　森鷗外』(学生社、昭和52年2月)
注5　天野鎮雄『新釈漢文大系36　孫子呉子』(明治書院、昭和47年11月)に拠る。
なお、平川祐弘『和魂洋才の系譜』(河出書房新社、昭和51年9月)所収の「森鷗外と黄禍論」参照。
注6　本稿「3」の詩「新墓」最終聯参照。
注7　森於菟「父鷗外の陣中消息と凱旋」(『文藝』、昭和9年3月)
注8　棟田博「陸軍の進撃」(『歴史と人物』、昭和52年4月)
注9　佐藤春夫「日露戦争文献としての『うた日記』――植村清二氏の示教によりて――」(『文學』、昭和11年6月)参照。
注10　「妄語」(『萬年艸』、明治36年11月)。なお、佐藤春夫が『陣中の竪琴』(昭和書房、昭和9年6月)で触れている。
注11　『うた日記』の詩「たまくるところ」、及び本稿「3」参照。
注12　森於菟『父親としての森鷗外』(筑摩書房、昭和44年12月)の「父親としての森鷗外」の項参照。

注13　『日本近代文学大系11　森鷗外集Ⅰ』（角川書店、昭和49年9月）の頭注（三好行雄）に「酒を盛る器。水さかずきの意か」とある。今はこれに拠る。
注14　前記、注10、佐藤春夫『陣中の竪琴』。
注15　佐藤春夫『陣中の竪琴』に同様の指摘がいちはやく存在する。
注16　前記、注13、『日本近代文学大系11　森鷗外集Ⅰ』の頭注（三好行雄）。
注17　『鷗外全集』第三十八巻（岩波書店、昭和50年6月）所収の「遺言三種」の「第一」参照。
注18　竹盛天雄「鷗外・その輝き（一）」（『早稲田文学』、昭和52年6月）
注19　石光真清「文豪と軍神」（『望郷の歌』、中央公論社、昭和54年1月）
注20　明治三十八年十月三日附森しげ子宛書簡
注21　明治三十五年二月八日附賀古鶴所宛書簡
注22　大屋幸世「雲を見る眼――『うた日記』一瞥――」（『文芸と批評』、昭和51年1月）
注23　注18に同じ。
注24　明治三十八年八月六日附森しげ子宛書簡に、「二十二日夜の手紙ときもの、かき付けと二十六日の手紙と皆とゞいた。（中略）きもの、書付はよくわかつた。ありがとう」とある。
注25　『鷗外全集』第三十六巻（岩波書店、昭和50年3月）所収の書簡四九八、四九九。
注26　賀古鶴所の短歌を評したあと、「兄も新派でも起さんとせらる、にはあらずや」とある。

「夢がたり」論
――森鷗外の〈生〉のかたち

1　問題のありか

「夢がたり」とは、森鷗外の詩歌集『うた日記』の一章である。周知のごとく、『うた日記』は日露戦争に第二軍軍医部長として従軍した鷗外の陣中詠を集成したもので、凱旋後約一年半を経過した明治四十年九月、春陽堂から刊行された。全体は五章に分けられ、各章に序歌が冠せられるなど、配列構成に綿密な配慮が施されており、さらに四十六枚に及ぶ絵や写真が彩りを添えている。集中の大部分を占めるのが書名ともなった「うた日記」の章で、制作の日附の明示されている詩歌が時間に沿って配列され、鷗外の動静や感懐を伝える文字どおりの「うた日記」となっている。外に、ドイツ、ハンガリー詩人の戦争詩九篇を翻訳して収めた「隕石《ほしいし》」、戦場からの書信に認めた詩歌俳句の集成「あふさきるさ」、銃後を守る妻に成り代わって詠んだ詩歌をまとめた「無名草《ななしぐさ》」、そして小論でとり上げる「夢がたり」がある。

「夢がたり」は五篇の詩と一篇の長歌、さらに四十四首の短歌（序歌を含む）から成り、序歌一首、詩「夢」、長歌「蟋蟀《きりぎりす》」、詩「風と水と」、短歌十三首（小論ではこれを第一歌群と呼ぶ。以下同じ。）詩「わが墓」、詩「花園」、短歌十九首（第二歌群）、詩「笑《えみ》」、短歌十一首（第三歌群）、という具合に配列されている小ぢんまりとした章である。

この詩歌群に初めて評価の光を当てたのは大岡信（「森鷗外の『夢がたり』」、『国文学』、昭和44年4月・5月、後、改稿の上『明治・大正・昭和の詩人たち』、新潮社、昭和52年7月に、「森鷗外――『夢がたり』の妖しさ」と題して収められた）で、氏はそこに「濃密な内面的秘密の影」を感得し、

「石田治作」や「乃木将軍」のような作品によって代表される、従軍叙事詩的な鷗外、すなわち具体的、客観的で冷静沈着な歌いぶりにおいて近代詩の作者中屈指の人だった鷗外と並んで、内面に混沌たる暗部をもち、そこから噴きあげる曖昧なものを象徴的な歌いぶりによって包みこみつつ、主観的な「夢がたり」の造形に熱中しているもう一人の鷗外がいるということ

を指摘した。この見識と鋭い詩の解釈は、『うた日記』研究における画期的な業績と言ってよい。

そこで小論では、大岡論文に学びつつ、あくまでも作品の分析・解釈を基礎に、できるかぎり総合的な視野から大岡氏が充分には触れていない作品相互の有機的関係に言及し、さらに作品と作家との狭間を凝視することによって、鷗外の隠された心のかたち、秘部の構造を明らかにし、ひいては「夢がたり」の鷗外精神史における位相を見極めようとするものである。

2　女性の隔離

夢《ゆめ》

わが夢《ゆめ》の　曠野《あらの》には
汝《なれ》いかで　いでて見《み》ん

阿古屋貝《あこやがひ》　蔵《かく》せる珠《たま》
汝《な》が夢《ゆめ》の　楽園《らくゑん》に
ともすれば　われゆかん
清冷《せいれい》の　淵《ふち》なる魚《うを》

やさしき汝《な》が　夢《ゆめ》のかぎり
われ問《と》はずして知《し》る
草を縫《ぬ》ふ　谷間《たにま》の清水《しみづ》
樋《ひ》にこもる　小琴《をごと》のさや音《ね》
忌々《ゆゆ》しきわが　夢《ゆめ》のきはみ
汝《な》は問《と》はずもあれ
鳥落《とりお》つる　高嶺鳴沢《たかねなるさわ》
檝絶《かぢた》ゆる　荒海渦潮《あるみうづしほ》

これは、「夢がたり」の章の最初に置かれた作品である。「わが夢の曠野」の「夢」とはいったい何か。「われ」が希求する理想世界の意味では毛頭ない。なぜなら「われ」が折あらば行こう（「ともすれば　われゆかん」）と意志するのは「汝が夢の楽園」の方であるからだ。とすれば、それは「われ」の見た白日夢のごときものであり、「曠野」とはその「夢」が展開して見せた「われ」の存在空間の光景であろう。つまり、「われ」は自らの深層に眠っていた現実の存在認識を突き付けられたのである。その「われ」の住む「曠野」とは、具体的には最終の二行に表現された世界で、そこには殺生の気が立ち騰り、およそ生命を有つものの感情とか本能とか肉体とかいう柔らかい部分は硬直し、死に瀕しているかのようだ。それにひきかえ、「汝が夢の　楽園」とは、何とのびやかな明るさに満ちていることだろう。柔らかに繋った薄緑の草の間を冷たい清水が流れ、そのせせらぎが小琴のごとく谷間に谺する。それは生きとし生けるものの美質という美質に溢れた世界であり、生命をもつものが自己を回復することのできる神域でもあろう。

ところで、なぜかくも「われ」の世界と「汝」の世界とが背反し、隔絶を強いられているのだろうか。それは、この詩が「われ」の一方的な意識で成り立っていることに起因するらしい。行動するのも認知するのもみな「われ」であって、「汝」の主体性はほとんどと言ってよいほどない。たとえば、「われ」が「汝」の世界へ行こうとするのであって、「汝」が「われ」の世界に出て来ることは暗に断たれている（「汝いかで　いでて見ん」）。また、「われ」は「汝」の世界の一切を「問はずして知る」と言い、「われ」の世界を「汝は問はずもあれ」と言う。あなたの世界を聞かなくても知悉しているというのも一方的であれば、わたくしの世界を聞かないでほしいというのも甚だ一方的だ。明らかに「われ」は「汝」が「われ」の世界を知るのを恐れ、「汝」の「われ」の世界への参入を恐れている。それは、「われ」の世界に触るるや、「汝」の世界が「われ」にとって意味も機能も失ってしまうということであり、ここに「われ」と「汝」との間に横たわる一つの重要な関係がある。この「われ」の姿勢――「汝」の世界を絶対に「われ」の世界に触れさせず、全く無縁なものとして保存しておくこと――のために、実は「われ」の世界と「汝」の世界とは隔絶を強いられていたのであった。

では何故このような姿勢を取るのか。「われ」は自らの生きる世界が「鳥落」ち「檝絶ゆる」ほどの峻厳な「曠野」であることを認識していた。そこには絶望的な暗さがつきまとう。そのようなひからびた自己が体感を回復することのできる世界は、自らの世界の粒子をいっさい含まぬ別世界以外にはあり得ない。それゆえ、一方的に希求されたのが「汝が夢の　楽園」であったのだ。だから、詩「夢」は、「われ」の悲愴な自己認識と自己救済の詩と言えるのである。

　ところで、この詩は明らかに恋愛感情に溢れている詩であるにもかかわらず、その観念性と象徴性が肉体の映像を拒んでいる。詩「夢」は、いわば「われ」と「汝」との関わり合いの原理、公式であり、その点においてきわめて意識的な生成過程を有つ詩であると言える。

蟋蟀《きりぎりす》

まどかなる　穴掘《あなほ》りて栖《す》む
きりぎりす　おぢなき虫《むし》よ
触角《そくかく》を　長《なが》くさし伸《の》べ
物来《ものく》れば　しざりかくろふ
隠処《かくれが》の　睫長《まつげなが》き子《こ》
人来《ひとく》れば　かくろへ入《い》りて
我《われ》を待《ま》ち居《を》り

　この詩も恋愛感情に関わるものであるが、詩「夢」と大きく違うところは、女を「蟋蟀」に喩えることによって、その具体的な映像が読み手の脳裏に結ばれることである。それは、何かしら地上的な生活の匂いを揺曳しており、作者の伝記的事実（注1）へと我々の触手を向けさせる要素を有っている。だから、詩の発生から言うと具体的な事実にその淵源を有つものなのかも知れず、それが詩「夢」との肌触りの違いを醸し出すものと思われる。ところが、その感触の違いにもかかわらず、詩に表われた構図は詩「夢」のそれに等しい。「おぢなき虫」に喩えられた女の描写が、とどのつまり、最終行の「我を待ち居り」に収斂されてゆくことからもわかるように、「われ」の意識が待つ女の描写を支えているのである。そして、男が一方的に女のもとに通い、彼女はそれを受けとめるだけで主体的な行為をいっさい有たないのである。この男と女における動と静の置換不能な構造は、まさに詩「夢」のそれと同一である。

このことは、次に配された詩篇「風と水と」にも言える。

風《かぜ》と水《みづ》と

あひ見《み》し　後《のち》のあした
日《ひ》あかく　風《かぜ》ここちよき
かどべに　われ立《た》ちて
しりへを　ふりかへり見《み》つ

とみれば　門《かど》のうち
上下《かみしも》　水《みづ》みちみちて
おん身《み》の　褻《け》のきぬの
紫《むらさき》　ただよひうかぶ

たとへば　いろくづの
むろなる　玻瓈《はり》をへだてて
ひと魚《うを》　あひ見《み》つつ
異《け》しとも　おもはぬごとし

さすがに　きぬぎぬの
まだきの　わかれをしみて
またの日《ひ》　とく来《き》ませと
媚《こ》びてぞ　おん身《み》ささやく

宜《うべ》こそ　風《かぜ》の世《よ》に
来《こ》んとは　いはざりけれと
うなづく　われを見《み》て
おん身《み》は　微笑《ほほゑ》み立《た》てり

これは、いわゆる後朝の別れを歌ったもので、一夜を過ごした朝まだき、心地よい風に吹かれて門に立った「われ」がふと後ろを振り向くと、門内には水が満ちてきて、紫色の夜着を纏った「おん身」が漂いながら浮かんでいる。この瞬間に、二人は己を取り巻く世界もろとも互いに離れてしまうわけで、そもそも二人の住む世界が隔絶していることは決定的に示される。だからこそ、その別れの場は第三聯のように喩えられる。人と魚とが水槽のガラスを隔てて見つめ合っているのだと。

ところで、詩「夢」にも「清冷の　淵なる魚」とあったように、女とは水中に潜む魚のごとき存在であり、当然ながら女の住む世界は「阿古屋貝」とか「谷間の清水」と表現されて、水中の世界であることが示されていた。このような水中の魚のごとき女性と情を交わすことが、すこしも異様でなくごく自然だ（「異しとも　おもはぬごとし」）と受け止めるとき、「われ」はこの世ならぬ不思議な恋の幻想に囚われている。それは妖しくも心安らぐ世界を想起してやまないし、何と言ってもことさらに神秘めかすことによって「われ」の愛は恍惚の極致へと達するのである。そして秘密の別世界を有つことによって、より厳密に言えば、そのような至福の世界を想定することによって、「われ」は自己を回復し、生きる英気を養うことができるのである。

しかし、「風と水と」の主人公は、「またの日　とく来ませ」と「媚びて」「ささやく」「おん身」に「うなづ」きながら、結局は「風」の世界へと帰ってゆく。情愛のために自らの世界を投げ打って耽溺しようとはしない。しかも「風」の吹きすさぶ世界へと立ち返ってゆくのである。

このように、「夢」をはじめとする三篇の詩に通底する構造を見てくると、女とはしょせん男の生きる現実的な世界において歩を同じうしない別物であり、男と女とは常に一枚の「玻瓈」によって隔てられている、という作者鷗外の認識が浮かび上がってくるように思われる。

ところで、これらの詩篇の成立には、少なくとも次の二つの神話伝説が影を落としているようだ。ギリシア神話のオルフェウス伝説と日本古来の浦島伝説である。前者については、鷗外はドイツ留学中にライプチヒでそのオペラを聴き、約三十年を隔ててそのときの脚本を翻訳するといういきさつを持ち、（注2）後者については、日露従軍の約一年前に『玉篋両浦嶼《たまくしげふたりうらしま》』（注3）という戯曲を書くことで深い関わりを有っている。オルフェウス伝説では冥界へ行ってしまった女性、浦島伝説では龍宮に住む女性という形で、ともに別世界に生きる女性との愛が描かれており、その構図は「夢」「蟋蟀」「風と水と」の三篇と重なり合う。さらに、浦島伝説はもちろん、鷗外の訳出した『オルフェウス』（注4）でも、女性は水底に住んでいることが暗示される（注5）のであるから、詩篇「夢」と「風と水と」は全くこの二つの伝説と構造を同じくしているのである。細部においても照応するところは多く、オルフェウスの妻エウリヂケの住む冥界の平和に満ちた風光――「うららに／照れるよ。かがやかさ／まだ見ぬ日なるよ。さて律《りち》の調へる／音《ね》のめでたさ。／善き人の歌、／川のせせらぎ、／軟風《やはかぜ》のさざめき／聞きて、霊《れい》の／すみかと知る。／物皆幸《さち》をぞ／たたふる。」――は、詩「夢」の「汝」の住む世界の描写――「草を縫ふ　谷間の清水／桶にこもる　小琴のさや音」

と重なり合い、『玉篋両浦嶼』で描かれた、「よろこびありて、なげきなき／ここのみやゐ（龍宮――小林、注）」と「上国《うはつくに》（地上界――小林、注）の／くるしきさま」との対比は、そのまま詩「夢」の「楽園」と「曠野」との対比、詩「凪と水と」の「水」の世界と「凪」の世界との対比と同一である。さらに浦島太郎が乙姫に地上へ帰る理由を述べるところで、

色《いろ》も香《か》もある　おことを棄《す》て、
ここのみやゐを　たちさらんは、
こころぐるしき　かぎりなれど、
おことは自然《しぜん》、われは人《ひと》、
おことは物《もの》の　おのづから
　成　る　をよろこび、　われはまた
ことさらに事《こと》を　為《な》　さ　ん　とすれば、
ふたりのこころは　合《あ》ひがたし。

と言うくだりは、先に三篇の詩から引き出した男の世界と女の世界との隔絶や男女の本質に関わる認識とあまりに一致するではないか。とすれば、この三篇の詩に象徴的に表われた鷗外の女性観とその愛のあり方の水脈は意外に太いと見てよいのではないだろうか。

この視点に立って鷗外の作品を眺めると、まずドイツ留学記念の初期三部作が視界に入ってくる。処女作『舞姫』（明治23年1月）において、太田豊太郎は踊り子エリスと情を交わすが、ついにその愛は現実的な成功をみない。続く『うたかたの記』（同年8月）においても、巨勢とマリイの愛は成就を断たれ、第三作『文づかひ』（明治24年1月）でも、結局は別離というところに収斂してゆく。このように男女が結局は一緒になれないものとして書いた

作者鷗外は、彼らの生と彼女らの生とがしょせん別物であり、さらに言えば、愛欲に溺れることの禁忌をも自明のこととして認識していたのではなかったか。だからこそ、豊太郎も巨勢も小林士官も、常に自己の帰属する世界に立ち返るべく運命づけられていたのであった。

同様のことは、明治四十四年から大正二年にわたって書かれた『雁』にも言える。すでに三好行雄によって指摘されていること（注6）であるが、下宿の夕食に「青魚《さば》の未醤《みそ》煮《に》」が載ったために岡田とお玉が永遠にすれちがってしまったように書かれる小説のプロットを俟つまでもなく、岡田はすでにドイツ留学の道を別個に歩んでいて、そもそも二人の住む世界は決定的に異なっていたのであった。

また『ヰタ・セクスアリス』（明治42年7月）で、軟派の埴生が落第し、退学していまや株式の売買人になり下がっていると書く傍らに、洋行して帰った金井湛の成功を書き添えた鷗外を鑑みれば、女性と一線を画することが、自己の意図する「事業《じげふ》」（注7）を成し遂げるために、また自己をとりまく現実世界の要請に応えるために、いかに必須の大前提であったかがわかるであろう。

さらに、明治四十四年三月発表の『妄想』の中でも、主人公の白髪の翁が若かりしとき影響を受けたものにハルトマンの哲学があったとして、「恋《こひ》なんぞも主《おも》に苦《く》である。福《さいはひ》は性欲《せいよく》の根《ね》を断《た》つに在《あ》る。人間《にんげん》は此《この》福《さいはひ》を犠牲《ぎせい》にして、纔《わづ》かに世界の進化《しんくわ》を翼成《よくせい》してゐる。」とその説を紹介していることも考え合わせられよう。

しかしながら、同時に鷗外を魅了して已まないものも実は女性であった。その心情の存在は、『ヰタ・セクスアリス』などに表われているし、西周宅に寄寓していた折、女中お梅を追い掛けたという事実が西周日記に書かれていると報告されていること（注8）からも確認できよう。だから、鷗外を襲った、現実の世界で理性の人として生きねばならぬ使命と、感情の赴くままに恋愛へと魅かれてゆく二律背反、それを克服する道、しかもその二つを同時に成り立たせる方法が、実は距離を置いた愛の関係の構築であったのだ。男のみが自由に出入りし女はただ待っている世界、これならば自らの現実世界を保ちつつ愛欲にも浸ることができる。情に流されてはならない鷗外、社会の烈風が吹きすさぶ中で公人として生きねばならぬ鷗外の〈生〉のかたち、その中に是が非でも組み込まねばならない愛、その相互不可分の関係を奇《く》しくも象徴的に描いたのが、「夢」「蟋蟀」「風と水と」の三篇であった。

3　「純抗抵」という方法

「夢」をはじめとする三篇の詩に続く第一歌群は次の一首をもって始まる。

うき我《われ》を　さきはふものは　苜蓿《まごやし》の
四葉《よつば》にあらで　君《きみ》がたまづさ

つらく苦しい我を幸福にするのは四つ葉のクローバーではなくあなたの手紙だ、と言うのだが、これは甚だ意図的な配列と言わねばならない。なぜなら、詩篇に見られた鷗外の寒々とした自己認識とその救済としての愛という構図が、三十一文字の中に過不足なく収まっているからだ。三篇の詩を壮大な長歌になぞらえば、さながら反歌の響きを有つと言えよう。しかし、詩と歌とが、同じ出発点に立ちながらも次元を異にしていることは明瞭だ。「夢がたり」の章においては、詩が観念性の強い抽象、象徴のレヴェルで営まれているのに対し、短歌はおおむね具体的で、現実のレヴェルで書かれている。そしてこの歌群においては、戦地に居る者が妻を恋い子を思うという夫や父としての心情がその基盤となっている。

つばくらに　宿《やど》をまかせて　えみしらが
まつろはんまで　われは帰《かへ》らじ

二人子《ふたりご》の　すむ二家《ふたいへ》の　いづれにか

いなんと夢《ゆめ》に　まよひけるかな

ロシア軍が服従するまで日本へ帰れないのも、また、二人の子が別れて住んでいるのも鷗外のまぎれもない現実であった。後者の背景には、鷗外の妻しげと彼の母みねとの不和があり、各々鷗外の子を一人ずつ奪うようにして住んでいたのであった。それゆえ鷗外は、出征前に遺言状を書いて財産上の決着をつけておかなければならなかった。このような家の分裂という問題を抱えて戦地に赴いた鷗外の心中は察するに余り有る。

ところで、その遺言状で妻しげは、「遺族ノ安危ヲ託スルニ足りないという烙印のもとに鷗外の遺産の一切、彼女宛で来る「寡婦孤兒扶助料」までも受け取ることを拒否される。この厳しい待遇とうらはらに、鷗外は戦地から出した書簡類の約半数に当たる百四十余のこまやかな情交に満ちた手紙を妻に送っている。そして、その中に認められた歌のうちの数首がこの歌群に収められている。

わが跡《あと》を　ふみもとめても　来《こ》んといふ
遠嬬《とほづま》あるを　誰《たれ》とかは寝《ね》ん

つるばみの　なれし一重《ひとへ》の　衣《きぬ》の上《へ》に
かさねん衣《きぬ》は　あらじとぞおもふ

前者は、夫の貞操を心配する妻に答えたものであり、後者は、自ら書き送ったものである。鷗外の妻に対するいたわりや愛が如実に伝わってくる歌である。

さらに、「契《ちぎり》あれや　百重《ももへ》かさなる　海山《うみやま》を／中《なか》にへだてて　ゆめにあひみし」の一首に代表されるように、この歌群は、海をはさんで家族、それも妻や子と心の交流をしようとする鷗外の心象をも表現している。戦塵濛々の地にいる者が体感を回復するのはまさにこの時であって、鷗外の希求する「楽園」の現実レヴェルにおけるありようを見ても誤りはあるまい。

「夢」にはじまった恋愛情緒の色濃い詩歌のあとに、突然、次のような詩が置かれる。そして、この詩を境に「夢がたり」の詩歌は異様な世界へとわれわれを導いてゆく。

わが墓《はか》

わが歩《あゆ》む　道《みち》のゆくてに
人《ひと》あまた　穴《あな》ほりてをり
にひ泉《いづみ》　もとむるならじ
地《つち》の質《しち》　きはむるならじ
穴《あな》の上《へ》を　覆面《ふくめん》の人《ひと》
馳《は》せめぐり　罵《の》りはげます
たもとほり　見《み》つつわれおもふ
穴《あな》は我《わが》　墓《はか》ならじかと
入《い》らでやは　わが墓《はか》ならば
われ道《みち》に　倦《う》むこと久《ひさ》し

罵《の》る人《ひと》よ　覆面《ふくめん》とりて
いざ握《にぎ》れ　感謝《かんしゃ》の右手《めて》を

この暗澹たるまなざしが、いかなる脈絡から出現するのか、それを前に置かれた詩歌から類推することは難しい。ただ一つ言えることは、「われ」が、詩「夢」に表現されたような心の修羅を生きねばならぬ人間であるということだろう。それが、「われ道に　倦むこと久し」の一行に響いて来ているように思われる。とすれば、墓に入る決心の理由ともなったこの一行に包蔵された想念を探ればよい。そして、ここに家や国家の要請に応えるべく奮闘し、その中で挫折、絶望を味わって諦念を深めていった鷗外の心を見る[注9]のは順当で、その積み重なった想いが死による安楽、自己救済を誘ったものとしてもおかしくはない。

しかし、次のような解釈も成立する。この「夢がたり」の章の前に置かれた一章「うた日記」、そこにおける鷗外の精神の閲歴——日露開戦の肯定者として出征したものの、現実の戦闘に触れて〈死〉そのものの有つ悲惨さに心を抉られ、当初の主張を失って自己解体に至り、過去の消去を意味する〈観念的な死〉を想定することによって新たな〈生〉を摑み取り、自己の主体性を回復してゆく[注10]——を読んできた者の目には、「たもとほり　見つつわれおもふ」という逡巡が、死を見つめるまなざしであり、「われ道に　倦むこと久し」が主張を失って自己解体する鷗外の姿に重なっているものと見えなくもない。この場合は、詩中の「覆面の人」を「われ」の分身であり、彼の内部に潜む下降意識の象徴として解釈するのである。

だが、以上のような前の詩歌や「うた日記」の章との脈絡を越えて、次のような解釈が成り立つように思われる。それは、穴を掘る人々や「覆面の人」が全くの他人であると考える立場である。正体のわからぬ人の指揮のもとに穴が掘られているが、行ったり来たりしながらよくよく考えてみると、穴がもしかしたら自分の墓ではないかと気づく。この時、「覆面の人」が誰で何をしようとしているのかわかったのであり、私を陥《おとしい》れるつもりならば喜んで術中に嵌《はま》りましょうと開き直ったのである。ただ、その理由として書かれた「われ道に　倦むこと」が「久し」と書かれることからもわかるように、「われ」はこの策謀の士一人と向き合っているのではなく、既に心の層において、長い間わだかまっていた主体的な問題と対峙していたのであった。つまり、自己の抱えていた積年の苦痛を昇華する恰好の機会に遭遇して、苦々しくも「覆面の人」の策謀を利用したのであった。

いま期せずして昇華と言ったが、それは次のような理由による。まず最終聯の意味が、〈あなたの正体はわかったし、あなたの意図もわかった。だからあなたの望みどおり死にます。もう「覆面」はとってもいいですよ〉ということであり、さらにそれを「感謝」と言ったのは、公的世界における自らの不遇に腹を据えてかかる境地を獲得したからである。つまり、「感謝」とは、心の底ではあるわだかまりを残しつつも、一面では素直に策謀を受け入れてゆく主人公の心持の表明であったのだ。

このように解釈すると、このあとに詩「花園」や「笑」を挟んで配列される第二、第三歌群と接点を有ってくる。なぜなら、それらの歌群が受難をテーマとしているからだ。その点で詩「わが墓」は、鷗外が家や国家を背負って宿命的に生きねばならなかった〈生〉と、戦争体験が生み出した新たな〈苦悩〉という二重の想念を底流に有ちつつ、具体的な一つの受難(注11)を契機に、それら一切を乗り切ろうとする鷗外の切実な内面を表現したものと考えられるのである。

ところで、さきほど受難のテーマがあると言った第二歌群には、社会に容れられぬ己を恨み、憤る感情が強い。

さもあらばあれ　いかなる人《ひと》か　罪《つみ》なくて
はじめの石《いし》を　我《われ》になげうつ
蛇噬《へみか》まば　腕《かひな》もたたん　ますらをの

衣《ころも》ひとへを　ぬがざらめやは
万世《よろづよ》の　それも絆《ほだし》と　棄《す》ててまし
ひと時《とき》の名《な》よ　きみがまにまに

このように三首並べただけでも、その不遇の嘆きとそれを鎮めんとする意志が伝わってくるであろう。そして、これらの歌が具体的な成立の背景を有つところから、鷗外の精神を比較的容易に垣間見ることができる。

第一首は、明治三十七年五月二十日附で親友賀古鶴所に送られた書簡に見え（初句は「しかはあれと」として）、「総軍医部が出来るにつき小生か往く筈なりしにある人故障をいひし由（中略）又右は頗る讒言らしきことといひしものあるためとき、てよみ候」と詞書きがあることから、軍医部内における鷗外への中傷を詠んだことが知られる。(注12)

第二首は、明治三十八年五月三十日附でやはり賀古に宛てられたものにあり、「扨御中越ノ一件一〻御説ノ通ニ候之ニ對スル僕ノ行キ道ハ二アルノミ其一ニ曰ク」として詠まれ、「勇士ハ毒蛇ニ咬《マ》カル、トキハ腕ヲ断ツト中候況ヤ軍服ヲヌグ位何デモナシ」と注釈が付いていることから、軍医部内の軋轢に堪《た》えず、軍医を罷めようとまで考えたことがわかる。(注13)

このように、公的な鷗外をめぐる事態は逼迫しており、鷗外の心中は穏やかならざるものがあった。そのやり場のない憤怒が短歌の中に吐き棄てられたと言ってよい。それゆえこの歌篇は、鷗外の公的世界における心の修羅を具体的に表出した憤怒歌篇と呼ぶにふさわしい。ただし鷗外は、自己の情念をしかと支える術を知っていた。

かなとこに　身《み》をばおきてん　鍛《きた》ひ打《う》つ
かぢが手力《たぢから》　おとろふるまで

先の明治三十八年五月三十日附の書簡に「第二ノ行キ道」として詠まれたもので、「かなとこハ軍紀なり槌ヲ持チ居ル以上ハ打ツガ好シ我ハ打タレンノミ然レドモ打ツモノハイツマデモさいづちナリ打タルルモノハ或ハ名刀トモナルベシト自ラ彊《ツヨ》ウス」と主意が記されている。これは、「此の消極性企図は敵に勝つに時間を以てする自然の方便なり敵を疲れしむる自然の方便なり之を純抗抵の原則と謂ふ(注14)」という、鷗外の訳したクラウゼヴィッツの理論と重なりあう。鷗外はこの窮地で、彼に学んだ「純抗抵」を援用したのである。

　このような鷗外の現実における生き方、心の保ち方を知れば、詩「わが墓」を、仕掛けられた罠に自ら嵌ることによって自己の問題を昇華してゆくものと解するのが妥当なのではあるまいか。

4　詩による愛欲の解放

　翻って考えてみるに、冒頭の詩「夢」において「曠野」と捉えられた「われ」の生きる世界の現実的な様相は、今述べた第二歌群や「わが墓」で公私に渡って展開された。また、そのような「われ」の痛みを補償回復させる「楽園」の世界の現実的なありようも、すでに第一歌群に表現されていた。しかし、これらの詩歌のいずれもが、公的な自己を保つという上昇意識を基盤に書かれているため、真の意味で魂の解放はなかったと言ってよい。だが、自意識の中におけるこれらの操作は、少なくとも現実の鷗外の〈生〉に整合性をもたせる偉大なからくりではあった。それにしても、鷗外の中には自意識の殻を破らなければ収まらないようなエネルギーも潜んでいた。かつて『ヰタ・セクスアリス』(明治42年7月)の主人公が、「自分は性欲の虎を馴らして抑へてゐる」が「只馴らしてある丈で、虎の怖るべき威は衰へてはゐないのである」と言ったその「怖るべき威」の発現である。それが、これから述べる詩、「花園」や「笑」の世界である。

花園《はなぞの》

さく花《はな》は　猩猩緋《しやうぐひ》

色《いろ》の濃《こ》きかな
葉《は》の肉《しし》の　つややかに
肥《こ》えにたるかな
園《その》のぬし　そもや誰《た》そ

花《はな》さけど　よの常《つね》の
はなとな見《み》そね
葉《は》しげれど　よの常《つね》の
はとなおもひそ
主《ぬし》に魔《ま》の　力《ちから》あり

さく花《はな》ぞ　顔《かほ》ばせの
我《わ》が血《ち》なりける
肥《こ》ゆる葉《は》ぞ　我肌《わがはだ》の
膏《あぶら》なりける
あなかしこ　世《よ》に秘《ひ》めよ

闇《やみ》に花《はな》　毒《どく》を吐《は》く
夜々の魘《おそはれ》

葉《は》をいでし　蛇《へび》集《すだ》く
きたましの牀《とこ》
あなかしこ　世《よ》に秘《ひ》めよ

黒みを帯びた鮮やかな深紅色の花を咲かせ、人肉に油を塗ったような葉を育んでいる「園のぬし」とはいったい誰か。その答えは、花が実《じつ》は「我」の顔の血であり、葉が「我」肌の膏なのだと暴露されたとき決せられる。「我」から血や膏を吸い取ったのは実は女であり、「花園」はそのまま横たわる女体となって現前するだろう。「我」は女体に耽溺しているのであり、そこには魔性の女体に埋没している男の映像がある。「主に魔の　力あり」と書かれるように、引きずり込むようなエロティックな魅力を有つ女の前では、「よの常の／はなとな見そね」「よの常の／はとなおもひそ」というように、男は現実のノーマルな対面を抛擲して性的惑溺の世界へと解放される。だからこそ、理性が脳裏を掠めるとき、「あなかしこ　世に秘めよ」と声を発しなければならないし、「きたましの牀」（罰つせられた寝台）という罪の認識がよぎるのである。しかし、「われ」においては、反社会的な秘事を行っていると意識するところにこそ真の快楽が存するわけである。

この情欲への耽溺の姿勢、女色の渉猟者としての姿は、次の「笑」に端的に示される。

笑《ゑみ》

われその巷《ちまた》に　ちかづくとき
愛犬《あいけん》ゆくてを　遮《さへぎ》り吠《ほ》ゆ
われその扉《とびら》を　排《はい》するとき
大喙《だいくわい》のからす　簷端《のきば》になく
われその垣内《かきつ》に　たたずむとき

木の間《こま》ゆ舌吐《したは》く　蛇《へび》うかがふ
われその堂宇《だうう》に　のぼれるとき
憧僕《どうぼく》ゆゑなく　目《め》もてかたる
われその幌《とばり》を　搴《かか》ぐるとき
嗚呼《ああ》われその幌《とばり》を　搴《かか》ぐるとき
面上《めんじやう》　猶認《なほみと》む　往時《わうじ》の笑《ゑみ》

「われ」のゆく手を遮る「愛犬」は、愛欲へと下降してゆく「われ」に上昇意識を目覚めさせる理性のごときものであり、「われ」に潜む反耽溺意識からの警告でもあるが、彼はそれに目もくれず進む。さらに「からす」や「蛇」という禍々しい生き物が、ここが危険な地域であることやそれにともなう不吉や禁忌の信号を発するけれど、ひたすらに情欲の階梯を登り行き、ついに「幌」を掲げて女に臨むのである。最終行の「面上猶認む　往時の笑」とは、〈やはり私のところへ来ましたね〉という女の魔的なほほえみであり、「往時」とは、歓楽を尽くした過去の二人の逢瀬を意味していよう。ここにおける「われ」は、もはや自己を抑制し続けていた理性などみごとに破り棄て、常時の己を砕いて自己破滅的な性の世界へと沈淪してゆく。鷗外は、このような詩篇を書くことによって、自らの性の情念を解放し、自己の立場を忘れさせてくれる世界に遊んだのではなかったか。畢竟、「花園」と「笑」とは鷗外の見果てぬ夢を体感させてくれる慰めであった。まさに詩の現実的効用と言ってよい。ここには性の奔放なほとばしりがあるが、「夢がたり」の章の最終部に位置する第三歌群には性に隣接するもう一つの情念が滾《たぎ》っている。

血《ち》よけぶれ　額《ぬか》はさながら　牲卓《にへづくゑ》
棘《いばら》おろさん　やは手《で》たのまじ

鴆《ちん》のさけ　こぼして仰《あふ》ぐ　五月空《さつきぞら》
君《きみ》もききつや　はつほととぎす

屍《かばね》より　笞《しもと》のもとの　ほほゑみの
毒《どく》ある花《はな》と　おひいでん見《み》よ

第一首は、キリストがピラトに鞭打たれたとき、兵卒が茨の冠をかむらせた話を題材に、その受難を詠んだもの(注15)であろうし、第二首は、ハムレットの死ぬ場面を詠んだものであろう。(注16)さらに第三首には、〈今や生を終わった屍の中から、笞打たれ続けてきた者の孤独な笑いが毒ある花のように生えてくるのを見よ〉という、死とその後の美とのグロテスクな幻想がほの見える。これを鷗外の想念が描き出した自らの死後の光景と見てもよいだろう。

総じてこの歌群は、死の跳梁する世界の描写で成り立っている。「わが墓」から始まった暗く隠微な世界の終着点として〈死〉そのものが形象化されたことは意義深い。なぜなら、鷗外の人生上の転期に必ずと言ってよいほど〈死〉が表われるからだ。大正元年九月の乃木大将殉死を契機に歴史小説へと向かったことは言うまでもないが、明治三十二年に小倉へ左遷させられたときには、「鷗外漁史こ、に死んだ」(『鷗外漁史とは誰ぞ』、明治33年1月1日、『福岡日日新聞』)と文壇生活の廃止を宣言して、勉学と思索に沈潜した。そして重要なことは、実は鷗外がこの日露戦中に、〈死への願望と決意〉を梃子《てこ》として転生を遂げていたことだ。このことについては拙稿に述べたこ(注17)とがあるので詳細は省くが、鷗外は自らを〈観念的な死〉の中へ封じ込めることによって、戦争を肯定してきた過去の己を消去し、新たに文学に生きるべく活動を開始したのであった。とすれば、「夢がたり」に表われた〈死〉の想念やイメージは、当然そこに繋がってゆくのではないだろうか。私は、日露戦中に図った鷗外の転生を明治三十八年七月七日に書かれた詩「あこがれ」(「うた日記」の章、所収)に見るものであるが、第一、第二両歌群の一部を除いて制作年月日の全く不明な「夢がたり」の詩歌が、実は詩「あこがれ」成立の前後に書かれたものと推定する。(注18) それは、自らの死に関わる想念の存在ばかりからではなく、詩に使われた喩の類似性などからも言える。「あこがれ」は、『うた日記』の一章「うた日記」では唯一幻のような人物、「くろ髪《かみ》」を「ふさやかに」「垂《た》」らした「係慕《あこがれ》」の化身が登場して、詩中の主人公に語り掛けるという構図を取る。一方、「夢がたり」の章の「わが墓」にも幻のような「覆面の人」が登場して、さかんに「穴の上を」「馳せめぐり　罵りはげま」して詩中の主人公を刺激する。この少々西洋の匂いのする異様な感触は、この「あこがれ」と「わが墓」、さらに『うた日記』の巻末に配された詩「過現未《くわげんみ》」(注19)以外にはない。

また、「係慕」の化身の示す「玉のはだへに　血ゆらぎて／熱きうながし　目にあふる」という悩ましい容姿は、「夢がたり」の詩「風と水と」の「褻のきぬの／紫　ただよひうかぶ」という女性の艶っぽい描写や、詩「花園」の「主」のエロチックなイメージ、さらに詩「笑」の「堂宇」の中にいる女性の官能的なほほえみに通じている。

このようなことから、少なくとも「夢がたり」の中心を形成する詩歌が鷗外の転換期に作られたと考えることは許されるであろう。

とすれば、「夢がたり」とは、鷗外精神史においていかなる位置を占める詩歌群であったのだろうか。それは、鷗外が詩歌壇を意識して文学的高みを目指すというかたちで自らの〈生〉を文学に賭けてゆく、そのあわいに成立した、自分自身をモチーフとする詩歌の、最後の強烈な輝きではなかったか。そこにおいて、鷗外は己の生きるかたちをしかと確識し、新たな〈生〉を生きるべく、孤独な旅立ちをしたのではなかったか。

注1　鷗外に小玉せきという妾のいた事実が森於菟によって伝えられており（『父親としての森鷗外』、筑摩書房、昭和44年12月）、

注2　大岡信（本文に引用した論文）や三好行雄（『日本近代文学大系11　森鷗外集Ⅰ』、角川書店、昭和49年9月――以下「大系本」と略称――の329頁頭注一九）によって、詩「蟋蟀」との関連に言及がある。ただし私見では、「睫長き子」のイメージは小玉せきよりも鷗外の妻しげの方を下地にしているように思われる。

注3　これについては、大正四年九月刊行の詩集『沙羅の木』に収められた一文「オルフェウス」に詳しく述べられている。

注4　明治三十五年十二月、歌舞伎発行所から小冊子として刊行され、翌三十六年一月、伊井蓉峰一座によって上演された。オルフェウスの鷗外訳には二種あり、ここでは彼がライプチヒで見たオルフェウスの上演台本をもとに翻訳したもの（『我等』大正3年3月）のみを考える。なぜなら、もう一つの訳は、翻訳の時点で初めて手渡された原文をもとにしており、長い間鷗外の脳中に存した詩句ではないからである。

注5　愛の神がオルフェウスに呼びかけるところで、「いざ降《くだ》れ、／レエテの岸辺に。／女《をみな》は／影の群《むれ》にあり。」とある。

注6　大系本206頁頭注三参照。

注7　『玉篋両浦嶼』で、太郎が吐く言葉。なお、この「事業」に注目した論考に、清田文武「森鷗外『玉篋両浦嶼』の世界と位相」（『信州白樺』昭和56年4月）がある。

注8　『座談会明治文学史』（岩波書店、昭和36年6月）の柳田泉の発言（141頁）参照。

注9　大岡信が本稿引用論文「森鷗外の『夢がたり』」で披瀝された説。

注10　拙稿「森鷗外と日露戦争――『うた日記』の意味――」（『上智大学国文学論集』第13号、昭和55年2月）参照。本書所収。

注11　鷗外の上官、医務局長小池正直による策謀を想定してよいであろう。なお、日露戦中における鷗外と小池との確執については、吉野俊彦の『続森鷗外試論』（毎日新聞社、昭和49年9月）「日露戦争に出征」の項に詳しい。

注12、13　大系本334頁頭注四及び九に既に指摘されている。

注14　『大戦学理　巻の壹　巻の貳』（軍事教育会、明治36年11月）「戦争の目的及び手段」。なお、クラウゼヴィッツの「純抗抵」と鷗外との関係については、稲垣達郎の論文「森鷗外と純抗抵」（『第一早稲田高等学院学友会雑誌』昭和14年7月、後改訂されたものが『近代文学鑑賞講座第四巻森鷗外』、角川書店、昭和35年1月、等に収められた。）、清田文武の論文「森鷗外とクラウゼヴィッツ及びトルストイ――『純抗抵』を中心に――」（『文芸研究』昭和51年6月）に詳しい。

注15、16　大系本336頁の頭注六及び一二に既に指摘がある。

注17　注10に同じ。

注18　「夢がたり」の詩篇の創作年月日については、大屋幸世に「『あこがれ』の世界との近似性から、『あこがれ』創作時あたりをそれと想定しているのだが、それに固執するつもりはない」（「雲を見る眼――『うた日記』一瞥」、『文芸と批評』昭和51年1月）というコメントがある。

注19　「過現未」に使われた喩や内容は、詩「あこがれ」のそれと通底している。たとえば、ギリシア神話の復讐と懲罰の神「えりんにす」（Erinnys　エリニュエス）が登場して主人公に迫る構図は、詩「あこがれ」でその化身が主人公を詰問する構図や、詩「わが墓」で「覆面の人」が主人公を刺激する構図と類似し、「過現未」で表現される「解《と》け靡《なび》く」「丈《たけ》なる髪《かみ》」は、「あこがれ」の化身の「ふさやかに」「垂るるくろ髪」と同一の趣向、イメージである。

Ⅱ

〈腰弁当〉という名の詩人

森鷗外の〈腰弁当〉時代

1　〈腰弁当〉の位置

明治三十七年三月六日、鷗外森林太郎は第二軍軍医部長の命を受け、同じ三月の二十一日に新橋を発して日露戦争に赴いた。講和が成立して新橋へ帰り着くのが明治三十九年の一月十二日、約二年の従軍であった。この従軍期間においても鷗外の文筆は止むことはなく、後に『うた日記』（明治40年9月）に収められる詩歌を戦塵の合間に書いた。さらに、この期間文壇と全くの没交渉となったわけではなく、鷗外と私的な関係にある雑誌、『歌舞伎』『心の花』『明星』などに戦塵からの詩歌を発表している。

〈鷗外の文壇再活躍〉と称されるのは、雑誌『スバル』に拠って小説・戯曲を発表し始めた明治四十二年以降であるが、その前にいわば詩歌の時代、なかんずく詩の時代があったことは記憶されておいてよい。『うた日記』に収録されている詩歌は、詩58、長歌9、短歌331、俳句168、訳詩9であり、訳詩を除いてはほぼ明治三十七年、八年の制作である。明治三十九年の雑誌発表の詩歌は、詩11、訳詩1、四十年は詩6、短歌24、訳詩1、四十一年は短歌43、四十二年は詩1、短歌100、その間明治三十九年から常磐会詠草として約280首の短歌があり、その後最晩年の大正十一年発表の『奈良五十首』まで、常磐会詠草の短歌を除いては、詩歌の制作発表は無い。常磐会詠草の短歌が、いわゆる文学や文壇を意識したものでないことを考え合わせると、鷗外における詩歌の時代は、明治三十七年から四十二年にかけての六年間と言える。そしてこの六年間は明治三十七、八年と、明治三十九年以降四十二年までの二期に截然と二分できる。前者は、従軍中の詩歌であり、戦争という非日常における機会詩であり、記録性の高いものである。一方後者は戦後の日本で書かれ発表されたもので、文学的、文壇的意図の非常に高いものである。さらにこの後者は、詩作中心の明治三十九、四十年と、歌作中心の四十一、二年とに分けられる。詩の発表の無くなった四十一年には旺盛な翻訳活動が始まり、明治四十二年の、小説、戯曲、翻訳、評論、海外文学最新状況の紹介、短歌の発表といったいわゆる文壇活躍が訪れるのである。

このような鷗外の日露戦中、戦争直後の文学活動における、明治三十九年、四十年の詩の時代の鷗外を、いま仮に鷗外の〈腰弁当〉時代と呼ぶ。というのも「腰弁当」の名のもとにそれらの詩が発表されたからである。

ところで、明治三十七年から四十年にかけて、鷗外は実にさまざまな署名で書きものを発表している。中には、編集者が付したと思われる「森軍医監」などもあるが、列挙すれば次の通りである。

森林太郎　森鷗外　森軍医監　第二軍鷗外漁史　鷗外漁史　源高湛　帰休庵　ゆめみるひと　ななしびと

腰弁当　一社友　なにがし　妄人　無名氏

この中で注目すべき署名は、「ゆめみるひと」と「腰弁当」である。「ゆめみるひと」は、明治三十五年から三十九年三月（内、三十五、六年は一例を除いて「ほうぐ　ゆめみるひと」を使用）まで歌、詩、評論の署名に使用され、三十九年五月以降詩や小説に「腰弁当」の署名が使われだすと、その後短歌の発表のみに使用され、明治四十一年八月を最後に使用されなくなる。一方「腰弁当」は、明治三十九年五月から四十年八月までに発表された詩、訳詩、小説に使用されただけで消え去る。この後の鷗外のペンネームの変遷は、明治四十一年には、短歌の「ゆめみるひと」以外はすべて「森林太郎」もしくは「鷗外漁史」となり、四十二年には、三月をもって「鷗外漁史」の署名は一、二の例外を除いて消え、「椋鳥通信」などの「無名氏」以外は「森林太郎」に統一され、明治四十三年以降は「鷗外」が基本的な署名となるに至る。このような署名の経緯を見ると、鷗外が明治四十、四十一年に短歌に使用した「ゆめみるひと」と、明治三十九、四十年に使用した「腰弁当」というペンネームは、鷗外の意図をきわめて濃厚に表出した署名と言えよう。

さて、「腰弁当」の署名をもつ作品は、以下の二十篇である。

*雫	詩	明治39・5	『芸苑』
*都鳥	詩	〃・6	『趣味』
*三枚一銭	詩	〃・7	『明星』
*かるわざ	詩	〃・7	『明星』
日下部にて	詩	〃・7	『東亜之光』
*朝の街	詩	〃・9	『芸苑』
*月の出	訳詩	〃・9	『芸苑』
後影	詩	〃・10	『明星』
朝寐	小説	〃・11	『心の花』
火	詩	〃・12	『明星』
鷗	詩	〃・12	『明星』
火事	詩	〃・12	『東亜の光』
有楽門	小説	明治40・1	『心の花』
かりやのなごり	詩	〃・1	『明星』

三越　詩　〃・1　『趣味』
*空洞　詩　〃・4　『明星』
*旗ふり　詩　〃・6　『詩人』
試作団栗　詩　〃・7　『詩人』
*直言　詩　〃・8　『明星』
*人形　詩　〃・8　『詩人』

このうち「かりやのなごり」は日露戦中の明治三十七年七月二十五日の作で後に『うた日記』に収められるものである。また、「月の出」はモルゲンシュテルンの詩の訳であり、『朝寐』『有楽門』は小説である。なお、この時期の創作には詩「沙羅」（『文芸界』、明治39年9月）があり、これのみは署名が「鷗外」である。また、「試作団栗」の署名は「輿弁当」と表記されており、*印の作品は、詩「沙羅」（詩集収録時に「沙羅の木」と改題）とともに後年の詩集『沙羅の木』（大正4年9月、阿蘭陀書房）に収められたものである。

この「腰弁当」の署名による作品を一覧すると、詩を中心に訳詩あり小説ありというありさまで、統一に欠けるように見えるが、鷗外の文学的、文壇的な新しい試みという意図においては、後述するように、一つのまとまりを持つのである。大枠においてそれらの傾向を分類しておけば、次のようになる。ともに分類の名称は筆者による。

描写詩　「雫」「都鳥」「三枚一銭」「かるわざ」「朝の街」「後影」
「火事」「かりやのなごり」「三越」「旗ふり」「月の出」
描写的俳体詩（注1）　「日下部にて」
夢幻詩　「火」「空洞」
思想詩　「鷗」「直言」「人形」

童謡詩　「試作団栗」

描写的小説　『朝寐』『有楽門』

この分類の名称において注目していただきたいのは、「描写」という言葉である。発表当初から「写生的」[注2]と言われ、後に研究者によって「写実的」「写生詩」[注3]と言われた「写生」という創作者の態度を濃厚に含んだ用語を、避けたいからである。まずは、文学作品における要素、手法の問題として捉え、考察したいからである。そうすることによって、文壇史的な情況に呑み込まれることから離れ、鷗外個人における、詩から散文へという表現推移の内的必然性が明らかになる、と考えるからである。

本稿では、〈腰弁当〉の詩の中でも特に〈描写詩〉と分類した詩を中心にして、〈腰弁当〉が拓いたものを考えてゆく。

2 〈腰弁当〉の詩が拓いたもの

朝の街

朝あけ大路《おほぢ》しめやかに
立ち並ぶ店まだ醒めず。
けはひひろびろ。
搏風《はふ》檐壁《のきかべ》をいろどるや
塗絵《ぬりゑ》広告絵看板
露にぞ映ゆる。

刹那ちりぼふひと群の
素足《すあし》わらうづ破帽子《やれ》、
新聞くばり。

朝になり、まわりが明るくなってきたころの大通り。軒を連ねた店はまだひっそりとしており、人も車も無く森閑としている。地面は露に濡れてしっとりとしており、店々の広告や看板も露に濡れて色鮮やかである。その瑞々しく生新な風景の中に、突然人が出現し四方へ散る。素足にわらじをはいて破れた帽子を被っている。新聞配達の人たちだ。

おおよそこのような内容の詩である。構成から言えば、第一聯で朝の大路の光景という場が提出され、第二聯でその場の店々の広告絵看板の生新さが焦点化される。朝の光景の静謐な時間を、突如打ち破って人間が登場するのが第三聯である。静から動へ光景は活気を帯びるが、露を踏んで走り去る新聞配達の人々の姿は、わらじに破帽子なれども爽やかで生き生きしている。共通しているのは、三聯ともきわめて映像性の強い描写で成り立っていることである。第二聯に「いろどるや」と、感動を表出した助詞「や」が使われているだけで、この詩の表現主体〈詩の語り手〉は具体的な思考や感情といったレベルの主観をほとんど表出していない。表現主体は視る人であり、視た事を描写する人であって、感情を表出し判断する人ではない。そして、表現主体はこの場を隈なく俯瞰できる位置にいる。つまり表現主体は観察者として存在するのであり、現象を選択して構成し、描出する存在としてあるのである。その結果、手法的には描写で成り立つ詩が成立しているのである。このような詩を私の規定では〈描写詩〉と呼ぶ。なぜ、〈描写詩〉なる概念を提出するかと言うと、後述するように、詩において表現主体が具体的な思考や感情を表現しないということは、未だに行われたことが無かったと考えられるからである。

周知のように、〈腰弁当〉の詩が発表された明治三十九年、四十年前後の詩壇では、象徴詩が進展、成熟を見て、感覚・情調的象徴詩へと移行してゆく時期であり、一方においては、早稲田詩社が結成されて自然主義的な詩が試みられ、詩草社が口語自由詩を目指すという、詩の生活化、現実化が推進された時期でもあった。ここで、象徴とか自然主義とか口語自由詩といった手法的、イデオロギー的観点からではなく、詩における素材、要素と表現主体との関係、詩における描写の成立という観点からまず当時の詩を考察し、〈腰弁当〉の「朝の街」の位置を確かめておく。

当時、象徴詩を推進した第一人者は、蒲原有明であった。彼の詩の中でも描写性の最も高いと思われるものに、『趣味』明治四十年十二月号に発表された「大河」がある。

ゆるやかにただ事もなく流れゆく
大河の水の薄濁り——邃《ふか》き思ひを
夢みつつ塵に同《どう》じて惑はざる
智識のすがたこれなめり、鈍《おそ》しや、われら
面渋《おもしぶ》る唖《おし》の羊の輩《ともがら》は
堤の上をとみかうみわづらひ歩《あり》く。
（後略）

冒頭の「ゆるやかにただ事もなく流れゆく／大河の水の薄濁り」という部分は、表現主体が主観的判断や感情をかなり抑制した言語で表現しているので、まずもって大河の描写と言える。ところが、「われら」として詩中に登場する表現主体は、この大河に、「邃き思ひを／夢みつつ塵に同じて惑はざる／智識のすがたこれなめり」と、深遠な思いを蔵したまま世俗と融和して堂々と生きる、いわば市隠という覚者の姿を見る。風景、その事物はそれ自身として自律するかに見えて、結局は表現主体の想念に変換されてしまう。喩なのである。表現主体の意味づけに搦《から》め捕られ、回収され、風景の与えるイメージ機能はあるものの、表現主体の心象を仮託する道具の位置に風景があるわけである。ここにおいて、風景は、その描写は、それ自身として独存し自律することはない。あくまでも表現主体の主観が主であって詩中の事物は従なのである。

次に、生活を素材として現実に就こうとした早稲田詩社の詩はどうか。やはり描写性の高いと思われるものに、明治四十年八月、『早稲田文学』に発表された相馬御風の「鉄路」がある。

むし暑き空はくもりて
地に低くせまれる下に
末遠く青田を割《さ》きて
二條《ふたすぢ》の鉄路ぞ走る。

何事か重き悩みに
地はいたく汗ばむけはひ
無限より無限につゞく
鉄路のみ白く光れり。

あはれ、この果なき路を
さまぐ\の人の思を
日に夜にのせて行く汽車の
いつか、はた、歩みをとめむ。

かすかなる囃《はやし》の声と
つるはしの響きと交り
地に空につたはるごとに
悩ましく鉄路ぞふるふ。

第一聯は、温気と曇天に圧迫される地の上を、すらりと二本の鉄条が青田を割くように走っている様子が、鮮明に描出されている。しかし、第二聯になると、「何事か重き悩みに／地はいたく汗ばむけはひ」と「地」は人格化され、人間臭を帯びる。第三聯に至っては、この鉄路は表現主体によって「あはれ」と感嘆され、第四聯になると、保線のつるはしの振動を受ける鉄路は、「悩まし」さを表出する道具と化してしまう。つまり、ここでも描写された鉄路は、結局は表現主体の人生に対するやるせなさ、その哀感に意味づけられて、鉄路そのものが有つインパクトは、後景化されてしまっている。

さらに、詩草社の口語自由詩はどうか。明治四十年九月、『詩人』に発表された最初の口語自由詩、川路柳虹の「塵塚」を描写の観点から見てみる。

隣の家の穀倉《こめぐら》の裏手に
臭い塵溜《はきだめ》が蒸されたにほひ、
塵塚のうちにはこもる
いろ〳〵の芥《ごもく》の臭み、
梅雨晴れの夕《ゆふべ》をながれ漂つて
空はかつかと爛《たゞ》れてる。

塵溜の中には動く稲の虫、浮蛾《うんか》の卵、
また土を食《は》む蚯蚓《みゝず》らが頭を擡《もた》げ、
徳利壜《とつくり》の虧片《かけら》や紙の切れはしが腐れ蒸されて
小さい蚊は喚きながら飛んでゆく。

そこにも絶えぬ苦しみの世界があつて
呻くもの死するもの、秒刻に
かぎりも知れぬ生命の苦悶を現《げん》じ、
闘つてゆく悲哀《かなしみ》がさもあるらしく、
をり〱は悪臭《をしう》にまじる虫螻《むしけら》が
種々のをたけび、泣声もきかれる。

（第四聯――略）

第一聯、第二聯は、「空はかつかと爛れてる。」（傍線、小林）という表現主体の感性、感情を閃かす言辞はあるものの、おおむね主観を排した描写になっている。しかし、第三聯に至ると、塵溜に人生の苦悶の縮図を見てしまい、描写された部分は表現主体の想念の喩と化してしまう。ここでも描写は詩総体における一部を構成しているにすぎず、想念に包含されるか、せいぜい想念に拮抗する程度である。

このような事態は、例証は省くが、『文庫』に拠った伊良子清白にしても、新進の北原白秋にしても、当時一部で注目された幸田露伴の新短詩（「秋の利根川」「しやぼん玉」など）にしても同一である。詩において、表現主体の主観表出のないことが詩にとって価値があることか否かは別として、ともかく、〈腰弁当〉が「朝の街」で見せたような、表現主体と素材、要素との位置関係、つまり詩における描写の成立=描写の自律は、当時の詩にない新しい事態であったことは確かと思われる。〈描写詩〉を書いた鷗外は、少なくとも表現主体の思索的、感情的意味づけをともなわない事象、事物そのものが語る詩の力を発見していたわけで、そうでなければ、「朝の街」のような形の詩は成立しなかった。

さて、〈腰弁当〉の〈描写詩〉で最も注目してよいと思われるのが「三枚一銭」である。

足早き角《つぬ》の怪《け》、電車
さやぎつつ来てはとどまる
かねやすが門辺《かどべ》の逵《つむじ》。

降るる乗る蜉蝣《ふいう》の群に
聳《そゝ》り立つ麦稈《むぎわら》帽子。
何か為《す》る。汝《なむぢ》、壮漢。

籠《こ》のうちゆとりいでて呼ぶ。
「昨日《きのふ》の新聞三枚一銭。」

さやぎつつ電車過ぎ行く。
「昨日の新聞三枚一銭。」

「角の怪」とは、パンタグラフを有った怪異、怪物ということであろう。路面電車が来てはまた出発する「かねやす」の十文字。乗降客がごったがえす中に麦稈帽子を被った勇ましい男が聳え立っているかと思うと、籠から新聞を取り出して、「昨日の新聞三枚一銭」と叫んだ。このような辻での新聞安売りの光景を表現した作品である。

この表現主体は、「かねやすが門辺の逵」を隈なく俯瞰できる位置におり、そこにおける現象を選択し構成して描出し、その現象に対して主観的な思考や感情でもって意味づけすることはしない。その上、表現主体が「われ」というような形で詩の中に登場することもない。この意味で、これは「朝の街」同様〈描写詩〉である。

表現主体が観察者であることに自足することによって、描写が成立し、描写された現象や事物はそれ自体として自律し、読者と対等に葛藤を開始する。現象や事物が運動を開始するのである。これが〈描写詩〉の特徴である。

さらに、この詩には、「朝の街」には無かった、二つの要素が存在する。その一つは、「かねやす」という固有名詞である。「かねやす」は、樋口一葉の日記に「かね安にて小間ものをと丶のふ」と出てくる、本郷三丁目の十字路の角から二軒目にあった有名な小間物屋である。夏目漱石の『三四郎』（明治41年9月～12月）では、野々宮宗八が美彌子のために「蟬の羽根の様なリボン」を買ったのがこの「兼安」である。泉鏡花の『日本橋』（大正3年9月）にも出てくる。「かねやす」[注4]は、江戸初期の創業とされ、享保年間に歯磨を売り出して繁盛し、川柳にも多く詠まれ、文禄期には「本郷もかねやすまでは江戸の内」という有名な句もある。また、元禄期には堀部安兵衛が書いた看板でも有名であった。

そもそも、固有名詞は、その時期その時期の社会的属性を濃厚に有っており、普通名詞が基本的にその意味概念しか指示してこないのに対し、様々なそれに付随した要素を投げ掛けてくる。そのために極めて具体的で多様な喚起力を有ち、その固有名詞によって、一般化されない個別的な時空が出現するのである。この固有名詞によって指示された時空は、表現主体の統御を逸脱して読者に直接響いてくる。

もう一つの要素は、「昨日の新聞三枚一銭」という会話の存在である。詩の中に一人の人物が登場し、その人物が発話するのである。ということは、詩の中に、確乎とした世界を有つ個人が登場し、その内面世界に沿った現象を示すわけで、登場人物による固有な時空が出現するのである。しかも、表現主体によってその個人の内面や外面が意味づけされていないので、表現主体の叙述の時空の中で、この人物固有の独立の時空が保証されているのである。だから、この「壮漢」と読者は、表現主体の統御を離れて一対一の葛藤を有つことができるのである。

さて、このように〈腰弁当〉の詩を見てくると、同時代に書かれていた詩と〈腰弁当〉の詩との相違は明らかであろう。まずもって同時代の詩のコトバは、表現主体の思考や感情に搦め捕られぬものはなく、詩は、表現主体のモノローグという統御に収斂するものであった。読者は、表現主体の思考、感情を離れて詩の中の事象と直接関わり葛藤することを許されていなかった。しかるに〈腰弁当〉の詩では、表現主体が思考や感情による統御を排することによって、詩のコトバ、表現された事象は、自由な運動を約束され、読者と直接関わり、葛藤しだすのである。それに加えて、詩に具体的固有の場が設定され、固有名詞による社会性と歴史性が導入され、詩に表現主体と異なるキャラクターが登場してその人物固有の時空が展けてくる事態は、小説の有つ多層性、そのダイアローグの時空と同一の事態である。つまり、〈腰弁当〉の〈描写詩〉は、表現主体が詩の中に取り上げ構成した事象に思索的感情的意味を付与しないことを基点にして、散文＝小説的な情況を拓いたのである。それゆえに、詩において、現象が現象のままに表現されることが可能になり、詩の世界は現実化した。現実の事物・事象が、それ自体の力やインパクトを発光させることが可能になったのである。これは、同時に詩における描写の成立を意味しており、俳句と短歌において正岡子規が成し遂げた「写生」の事態と比肩し得るものと考えられる。

3　〈腰弁当〉の詩の成立と評価

さて、このような〈腰弁当〉の詩は、いかなる脈絡によって成立したのであろうか。そのありようを鷗外の言説に沿って考察してみる。

鷗外の新しい詩に対する志は、日露戦争従軍時にあった。鷗外の所属した第二軍においては、明治三十八年三月の奉天会戦以降、事実上戦闘は無くなった。その年の七月から妹小金井喜美子との手紙のやりとりが盛んになり、その中で新しい詩への意欲を述べている。七月二十八日附書簡は、「㊙新派長短歌研究成績報告書」と題されており、詩では蒲原有明、島崎藤村、薄田泣菫、前田林外、岩野泡鳴、与謝野鉄幹、短歌では与謝野晶子、石川啄木、平野万里などを批評した後、次のように言う。

そこで御相談だが、われ〳〵も一つ奮発して新詩連以上の新しい事をやりたいものだ。但し国語はあくまでも崩さずにしかも縦横自在に使つてあらゆる新しい分子をそれに調和するやうに入れて見やうではないか。

これはまだ、新詩に対する意欲を示しただけのものであるが、十月十一日附書簡には、象徴詩の未来への懐疑が洩らされている。

蒲原有明は所謂象徴《シムボル》詩の作者中にては外の人よりは仮名遣など知りをる故よき方なれど象徴詩（甲のことを歌ふにそれをおきて乙の事にてあらはすといふこと）といふもの余り未来にのぞみなきものゝやうに考へ候骨を折りて作り後世の人にわすれられ又は馬鹿らしと笑はるゝにはあらずやとおもひ候

象徴詩の手法である間接的表現が否定され、その技巧の無効性が指摘されている。そして、幸田露伴の新短詩(注5)を引き、「和歌趣味と漢詩趣味と折衷せしやうのも見え候」と言いつつも、喜美子に「この風のものを少しやつて御らんなされては奈何」と推賞している。ここで注目すべきは、鷗外が間接的な表現を拒否していることであり、これは、とりもなおさず風景や事物に心を仮託して表現することを否定するもので、直叙の方向に詩の未来を見ているのである。因に、この書簡に引用されている露伴の新短詩は、

脉鈴《ミヤクスズ》は　いまだ鳴らずて

気は沈む　闇のみな底
大利根の　秋のよをつる
つり糸の　長きおもひや

というもので、感情、詠嘆は濃厚なるものの、技巧に走らず直叙していることは確かである。

また、凱旋帰国して間もない明治三十九年四月には、雑誌『太陽』に「森鷗外氏の新体詩談」なるものが掲載され、そこでは次のように述べている。

◎今の日本の新体詩には、思想のわかりにくい方でないのも随分あるらしい。兎に角詩界はごたつき最中らしい。私は早晩「クリジス」が来ると思ふ。「パニック」が来るといつてもよろしいかも知れない。これは殆ど必至の事かとおもふ。

◎併し新しい方の人の主だつたものの詩が、多少近ごろおとなしい方に向く傾が見える。実に結構な事だとおもふ。おとなしいといふのは、平凡といふとはちがふからねえ。

これは、鷗外が〈腰弁当〉のペンネームで詩を発表し始める一ケ月前の言である。鷗外が詩の動向を、危機、破局、混乱の時期間近と見、「おとなしい」方向をよしとし、そこに価値を見出していることは、象徴詩の手法と技巧を排した直叙の詩である〈腰弁当〉の詩の成立を窺わせるに充分と言えよう。鷗外の新詩興隆に向けた意欲と認識は、今のところ、鷗外の言説からこのように辿ることができる。

一方、このような意欲と認識に影響を与えたものには、先に引用した露伴の新体詩と、ドイツ近代詩があると考えられ、これについては、富士川英郎に、

腰弁当氏の詩を創作する際にも、詩は、日常生活のなかから詩材をとり、風物の瞬間的な映像を鮮明に多彩に画くというリリエンクローンを中心としたドイツの新しい詩の傾向から、多くの示唆を得ていたように思わ

れる。

などの指摘があり、詳しくは同氏の論文「詩集『沙羅の木』について」（昭和32年12月『比較文学研究』、後『西東詩話――日独文化交渉史の側面――』、昭和49年5月、玉川大学出版部所収）を参照されたい。

さて、〈腰弁当〉の詩は、当時どのように評価されていたのだろうか。『早稲田文学』明治三十九年十一月号の「彙報」欄には、「新体詩界」と題した時評があり、その中にかなり詳しい批評がある。

◎自然派的傾向は、腰弁当氏（森鷗外氏）の新詩風によツて、更に一層明かに示された趣きがある。この作者は本年五六月の交より『芸苑』、『趣味』、『明星』の諸雑誌に其の作を掲げ初めた。就中『朝の街』（芸苑）と題する

（詩――省略、小林）

の如き、多く題材をつとめて卑近通俗なる市井の事物に採り、平淡なる題材と叙写の方法とは、一種のワーツワース式自然派的傾向を示せるもの、在来の詩風に著しかりし台閣的風格を擺脱せんとするものと見られる。前の二家（薄田泣菫、蒲原有明――小林、注）が同じく自然の中に人生の努力、若しくは痛苦を歌い、生活の興味を表白せんとしたのに比して、この作者には、さまでに痛切に深刻にはた正面よりかかる興味を表白したあとは見えぬが、而も上掲の作、電車を詠じたる『雫』、若しくは『かるわざ』の如き、在来詩材として俗也とせられてゐた市井の事物を好んで歌へる点に於いて、如何に日常の人間生活が一般に作家の興味を吸引し来たツたかを説明してゐる者とも見られる。而して其の用語句法をつとめて温雅平淡ならしめんとした点は、また実に素朴なる自然を愛する心に外ならぬ。この意味に於いて、幸田露伴氏が前年『読売』紙上に唱へ出した新短詩（四行詩）といふ者も、腰弁当氏一派の自由にして平淡なる句法と、少くとも其の試みの動機に於いて、若しくは其形式に於いて相類するものがあるといひ得やう。兎に角腰弁当氏の平淡通俗なる用語句法は、在来

の新体詩壇に於ける他の諸家の用語句法と著しく面目を異にせるに於いて、詩の用語を如何にすべきといふ問題に対して、別方面より解決を試みたものとも見られる。

（中略）

即ち腰弁当氏に在ツては、好んで寧ろ極端なる市井卑俗の事物を詠じて、必ずしもこれに主観の生活の興味を托せんとせず、単に写生的にこれを叙写して、卑俗なる市井の事物、卑俗なれども人間生活の実際と密接なる関係ある市井の事物に対する興味、即ち換言すれば実際生活に対する興味を誘はんとするに止まりその興味そのもの、内容若しくは性質方面に至ツては、敢てこれを表はしてない。

彙報子は、象徴詩（「彙報」では「標象詩」と呼んでいる）が人間の現実生活に意味を求めて自然主義化するのが「自然の情勢」であるとの認識に立って、腰弁当の詩に「自然派的傾向」を読み取り、自らの認識を証明するかのように〈腰弁当〉の詩を評価する。彙報子にとっての自然主義とは、「自然主義の極まるところは、自然を以て人間生活の標象となすに至る」との言に表明されているように、方法的には、「甲のことを歌ふにそれをおきて乙の事にてあらはす」と鷗外に定義された象徴詩の方法そのものは疑っていず、象徴詩の呈している幽玄隠微な詩境と、作者の主観、用語技法の難解さを、人間生活の表出重視と平易の方向に変えようとすることに主眼があった。それゆえ、「自然の風物に感興を寄せ」、「人生の追憶、思索、努力、帰依の感想」を表現する象徴詩のあり方は、そのまま肯定され引き継がれているのである。だから〈腰弁当〉の詩を、「ワーツワース式自然派的傾向」とか、「如何に日常の人間生活が一般に作家の興味を吸引し来たツたか」とか「素朴なる自然を愛する心に外ならぬ」というように、「自然」、「人間生活」の二点を以て評してしまう部分を有つのである。

前述のように、鷗外は、象徴詩の有つ、風景や事物に心を仮托して表現する詩の方法と、象徴詩の技巧過多を否定しようとしたのであり、いわば、詩の表現という詩学にこだわったのであり、「自然」とか「人間生活」といった人間主義的問題とは無縁であった。むしろ、彙報子の指摘するもう一方の、「市井卑俗の事物を詠じて、必ずしもこれに主観の生活の興味を託せんとせず、単に写生的にこれを叙写して、（中略）市井の事物に対する興味（中略）そのもの、内容若しくは性質方面に至ツては、敢てこれを表はしてない」ことにこそ、〈腰弁当〉の詩の重大な意味があるのである。この指摘と「自然の事物そのものを明らかに提示し」という指摘は、炯眼であり、みごとと言えるが、立論の骨格から言って、この指摘に重大なる意味づけを行っていない点が惜しまれる。それを私流に言えば、〈腰弁当〉の詩は、「市井の事物」という庶民生活的俗への注目というよりは都市の現象を捉えた都会詩なのであり、前述したように、表現主体の思考や感情といった主観を排除することによって成り立つ、写生というよりは詩において事物を自律させた描写詩なのである。

それはともあれ、自然主義を推進する『早稲田文学』は、〈腰弁当〉の詩への注目度が高い。明治四十年二月号には、「明治三十九年文芸教学史科」なる特集があり、その「明治三十九年文芸界一覧」には、六月の欄に、

●満州より凱旋せる森鷗外腰弁当の匿名の下に新作風の新体詩「都鳥」を『趣味』に掲ぐ

七月の欄に、

◎腰弁当森鷗外によりて試みられたる純自然派的詩風の影響各所に見ゆ

とある。具体的には、どのような詩を以て〈腰弁当〉詩の影響と認めたのかは不明だが、六月までに鷗外は「雫」「都鳥」の二作しか発表しておらず、その影響力の強さが覗われる。（注6）

管見では、翌明治四十年二月、『心の花』に高橋刀畔が散文「沼の渡し」を発表しており、これには「都鳥」の影響が認められる。「都鳥」は山谷の渡しを描いたもので、船頭の「牙彫めくをぢ」が登場し、その船頭に作中の〈私〉が「舟人よ。あの鳥を見よ。」と言うと、「はあ。ありやあかごめでがさあ」「臭くつて食はれませんや」と船頭が答える場面があるが、「沼の渡し」にも、「赤銅色の額に、頬に、深い皺を刻むで、一見恐ろしいやうな頑丈作

り」の「渡し守」が登場し、作中の「青年」がいろいろと聞くと、「でがせう」とか「今でも大けい碑があるでがす」「旦那さん船が出ますだあ」などと答えるところがある。

また、明治三十九年七月以降の〈腰弁当〉詩の影響で言えば、高村光太郎が明治四十年六月、『明星』に発表した「豆腐屋」は、「三枚一銭」と同巧である。

金が敵《かたき》の独り者、
ただひと時も休みなき、
心あへぎに肉落ちて、
小言つぶつぶ、
豆腐売り。
花の咲く日も雪の日も、
『豆腐、なま揚げ、がんもどき。』

野暮にかぶれる頬冠《ほゝかぶ》り、
少女恋しとあるゆふべ、
知らぬ心の訴へを、
聞きてゐみたる
豆腐売り。
風のふく日も雨の日も、
『豆腐、なま揚げ、がんもどき。』

新聞売りに対して豆腐売りを取り上げており、「昨日の新聞三枚一銭」がその内容に沿って「豆腐、なま揚げ、がんもどき」になっているだけで、素材の傾向、売り言葉を二回繰り返す詩の構成、ともに「三枚一銭」が拓いたものと言ってよいだろう。

また、今の交通信号にあたる「旗《はた》ふり」を描いた〈腰弁当〉の詩「旗《はた》ふり」、

恋人は辻の旗ふり。
物買ひに通ふゆきずり、
顔見れば君が手にふる
赤旗の色にぞ出づる
わが丹の頬。

（以下、略）

は、次のような詩を生んでいる。

厩橋　　　　小山内　薫

鉄橋を
電車の走る厩橋《うまやばし》。
日暖く、
高晴《たかは》れて、
川に映る秋の空。

橋詰に立てる旗手《はたふり》、

緑旗《あをはた》振りぬ、
――浅草より本所へ――
（以下、略）

（『明星』、明治40年1月）

旗振　　川下江村

青旗振りぬ。一台はつとこそ過ぐれ。
わが見しはあわたゞしげに
とびのりし学生めきし
早業。

（中略）

やがてわが振る青旗に、すはござんなれ、
三台は颪をきるごと
わが前を美女過ぎぬ
背広も

（『心の花』、明治40年4月）

このような事態を見ても、素材、構成、叙法にわたって、〈腰弁当〉詩の影響の強さが類推できる。
この時期、詩壇は新しい動きを見せており、明治四十年三月に早稲田詩社が設立され、同年四月の『早稲田文学』の「文芸消息」には、「早稲田を中心とせる一詩社を結び、沈滞せる現下の詩壇に意義ある新運動を試みんと協議し」とその意欲が述べられており、続いて「尚河井酔茗、横瀬夜雨、溝口白羊の諸氏を中心とせる詩草社も『文庫』誌上に其の社中の新作を発表するとのことである」との案内もある。詩草社は二ケ月後の六月に正式に発足し、機関誌『詩人』を刊行するわけだが、ともに身近な現実に材を取り、口語自由詩を推進することになる二つの新しい結社が、一方が〈腰弁当〉の詩を重視し、もう一方が〈腰弁当〉の詩を掲載しているところを見ると、脱象徴詩、象徴詩否定の新詩運動に〈腰弁当〉の詩が与えた影響は大きく、鷗外が拓いた都市〈描写詩〉は、チェチェローネ（水先案内人）としての役割を果たした、と言ってよいだろう。[注7] さらに言えば、明治四十年代に都会情調詩を確立させてゆく木下杢太郎、北原白秋も、〈腰弁当〉詩の拓いた流れにあると考えてよいと思われる。

4　詩から散文へ

明治四十二年からの旺盛な創作活動以前における鷗外の創作は、周知のように少ない。折々、漢詩、俳句、短歌、詩を発表したもののそれらは手すさび程度であり、本格的なものを挙げればおよそ次のような作品である。

	（署名）		（明治）
「舞姫」	鷗外森林太郎	小説	23・1
「うたかたの記」	鷗外作	小説	23・8
「文づかひ」	鷗外漁史	小説	24・1
「そめちがへ」	おうぐわい	小説	30・8
『玉篋両浦嶼』	森林太郎作	戯曲	35・12
『長宗我部信親』	森林太郎作	詩	36・9
「日蓮聖人辻説法」	森鷗外作	戯曲	37・3
「雫」～「人形」（18篇）	腰弁当	詩	39・5～40・8
「朝寝」	腰弁当	小説	39・11

「有楽門」	腰弁当	小説	40・1
『うた日記』	森林太郎	詩歌	40・9
「一刹那」	ゆめみるひと	短歌	40・10
「舞扇」	ゆめみるひと	短歌	41・1
「潮の音」	ゆめみるひと	短歌	41・8

このうち、『そめちがへ』は花柳小説ぐらいすぐにでも書けると言って書いたものであり、二つの戯曲も注文に応じて制作されたもので、いわば単発的なものであった。また、『うた日記』は戦塵における機会詩であり、「ゆめみるひと」の短歌も、与謝野晶子の短歌ぐらいは書けるとの矜持に基づいたものであって、主体的な文学活動の色彩は薄いと言ってよいであろう。とすれば、『舞姫』以下の三小説と〈腰弁当〉の詩・小説とが際立ってくるわけで、それらと明治四十二年以降の現代小説との関係が浮上してくる。小説の問題で言えば、文語小説『舞姫』以下三作品と口語小説『半日』以下諸作品との関係の問題であり、そこに〈腰弁当〉の詩・小説がどのように関与したかという問題である。

まず、〈腰弁当〉における詩と小説の関係はいかなるものであったか。その関係をもっともよく語っていると思われるのが、小説『有楽門』と詩「三枚一銭」の関係である。

『有楽門』は、四百字詰原稿用紙で六枚に収まってしまう短編である。時は冬、大祭日の夕刻、日比谷公園有楽門の停留場に電車が止まる。降りようとする客に先んじて乗り込もうとする四十代の職人らしい男を、若い車掌が片手で押し止めながら乗客を降ろそうとする。職人らしい男はもちろん、乗り込もうとする客も、職掌に忠実であくまで昇降口の秩序を維持しようとする車掌の杓子定規に憤りを表す。そのうちこの職人らしい男は、「誰が乗るもんかい」と叫んだかと思うと、鎖を外して前の昇降口から勝手に乗ってしまう。皆はその職人らしい男に続いて圧し合いながら乗り込む。車掌のマニュアル的な「お跡の車に願ひます。動きますよ」という声で電車は動き出し、職人らしい男の後から乗った下女の背中の童部《わらわべ》が、元気よく唱歌を歌い出し、その声を乗せて電車は馬場先門へと向かった。——このような、電車の乗降の様子を描いたものである。

この小説をその構成から見ると次のようになる。まず小説の冒頭である。

「日比谷公園有楽門。お乗替はありませんか。」

三田より来れる電車は駐まりたり。所は日比谷公園近く、時は大祭日の夕なれば此停留場にも、あらゆる階級、あらゆる年齢の男女二十人あまり、押し合ひて立てり。午頃まで晴れたりし空、やうやく雲に蔽はれて、傾きかかる冬の日は、近き際に纔《わずか》に残れる空気の浅葱色《あさぎいろ》を、最早久しくはえ保つまじう思はる。停留場に待てる群衆《ぐんじゅ》は、先を争ひて車に薄《せま》りぬ。

日比谷公園有楽門という場が提示・設定され、そこの事象が描写される。語り手は、この場を見聞きできる位置にいる。その後、「日比谷公園有楽門。お乗替はありませんか」と冒頭で声を発した主である車掌が登場し、次のような発話、行為を行う。

十五ばかりの小僧の古びたる布子《ぬのこ》に小倉の角帯の捩《よじ》れたるをしどけなく結びて、左手《ゆんで》に判取帳持てるが、職人の腋の下を潜りて再び突貫を試みしに、車掌は従容《しょうよう》として右の脚を差し伸べ、この小さき反抗者を支へ留めて、昇降口の秩序を維持せり。日光を浴《あ》みたる白き掌《たなぞこ》は依然として開かれ居て、甲高き声は再び響きわたりぬ。「お乗の方は少少お待を願ひます。」

この後、職権を誇示する「高襟刈《はいからがり》」の少年車掌に逆らって職人らしい男が前の乗降口から乗ってしまうという小さな確執が描かれ、やがて小説は次のように結ばれる。

彼《かの》職人の跡より乗りし客の中《うち》に、逞しげなる下女の、小き日章旗持てる四歳ばかりの童部《わらべ》を背負へるありけり。此童部前《さき》よりの混雑の状《さま》を、演劇見る如く面白がりて見やり、円《まろ》く瞬《みひら》きたる黒き目を輝かし居たるが、車の動き始むると共に、声高く唱歌をうたひ出しつ。

「玉の宮居は丸の内。

近き日比谷に集まれる

電車の道は十文字。」

車はこのかはゆき声を載せて、馬場先門の方《かた》へ走りぬ。

この少々剣呑で気まずくなった車中の空気を幼児の歌声が破り、何事もなかったかのような平和さに包まれて電車は走り去ってゆく。

このような素材、構成、会話（発言）、人物の登場、語り手の位置、描写のあり方などを見れば、前掲前述の詩「三枚一銭」の構成、手法と小説『有楽門』は同様の作品と考えてよいであろう。(注8)「三枚一銭」においても、「かねやすが角辺の逵」という場が提示され、その停留場の群衆が描出され、次に「壮漢」という人物が登場し、昨日の新聞を三枚まとめて一銭で売る行為と発話が成され、周囲の意表を突いた「壮漢」の声を残しつつ電車が走り去ってゆくのである。このような小説『有楽門』と詩「三枚一銭」との同一性を見れば、おのずと「三枚一銭」が詩でありながらいかに散文の要素で成立しているか明らかであろう。ジャンルの形態を変換させれば、〈腰弁当〉の詩はそのまま小説になり得るのである。

この〈腰弁当〉詩と小説の同一性は、明治四十二年以降の小説との関係でも言え、たとえば、詩「雫」と明治四十三年一月発表の小説『電車の窓』にも言える。「雫」は、冬の雨に降り込められた電車に乗っている〈われ〉が、窓の内側の表面に流れ落ちる、人いきれによる雫を見て、ふっと物思いに耽り、気がつくと鐸《すず》が神田須田町に着くことを知らせるという詩である。一方、『電車の窓』は、冬の夕方の停車場で電車に乗った〈僕〉が、乗る前から注目していた銀杏返しの美しい女と隣り合いになり、開いた窓を閉めようとして閉められない彼女を無言のまま助けてやり、その彼女を残して次の停留所で降りる、という話である。その中で〈僕〉は、彼女を「鏡花の女」だと思い、彼女の風姿と瞳から、愁いを含める心と境遇とを勝手に読み取って物思いに耽るのである。この、電車の窓の雫を見て物思いに耽る構図と、電車に乗り合せた「鏡花の女」を見て物思いに耽ける構図はまさに同一であり、詩「雫」をそのまま肉付けしてゆけば小説『電車の窓』になってしまうのである。

振り返ってみれば、鷗外は、象徴詩の、風景や事物に心を仮託して表現する方法を排し、象徴詩の用語の難解さを排し、都市の現象に素材を求めてそれを描写するという、象徴詩を脱する試みを〈腰弁当〉のペンネームを以て遂行した。それは、前に〈腰弁当〉詩の中でも〈描写詩〉と名づけた詩群に顕著である。その結果、詩において描写が成立し、事物や現象はそれ自体として自律したインパクトを有ち始め、表現主体の思考、感情の表出抑止や詩における他者（表現主体以外の登場人物）の出現、固有名詞という独立したコンテクストを有つ言葉の導入などと絡み合って、散文的要素による詩が出来上がった。そして、それらの〈描写詩〉のいくつかは、多行書きの詩というスタイルを小説というスタイルに変換するだけでそのまま小説になってしまった。つまり、〈腰弁当〉詩の脱象徴詩の試みは、そのまま小説の手法を拓いてしまったのである。だから、〈腰弁当〉詩における描写の成立は、同時に鷗外における小説の成立を意味していたのである。

さて、ここで言う小説の成立は、鷗外における口語体小説の意味である。かつて鷗外には『舞姫』以下の文語体小説があった。その特質を、〈腰弁当〉詩の問題点、描写とその描写された事物、事象に対する表現主体の思考、感情の表出抑止の問題から見ると、『舞姫』以下の文語体小説には、表現主体＝語り手による思考、感情の表出が極めて顕著な形で認められる。『舞姫』は、語り手〈余〉が「嗚呼」と自らの過去の事態を嘆く小説であった。また、『うたかたの記』は、たとえばマリイが湖水に落ちて死んだ時、「巨勢は老女と屍の傍に夜をとほして、消えて迹なきうたかたのうたてき世を喞ちあかしつ」と、「うたてき世」という世ははかないものだという感情、思考を含んだ表現によって語る。また、『文づかひ』においては、独逸会において少年士官小林が身の上を語るという枠を有ちつつも、そのほとんどは小林の〈われ〉を以ってする語りで成立しており、たとえば、イイダ姫に塔に案内された時、「きのふラアゲヰツツの丘の上より遥に初対面せしときより、怪しくもこゝろを引かれて、いやしき物好にもあらず、いろなる心にもあらねど、夢に見、現におもふ少女と差向ひになりぬ」と感情を表出し、末尾では、宮中の宴で再会したイイダ姫が自らの内面を〈われ〉に語って遠ざかってゆくとき、「をり〳〵人の肩のすきまに見ゆる、けふの晴衣の水いろのみぞ名残なりける」と詠嘆的に結ぶ。いわば、『舞姫』以下の文語体小説は、ヒロインの悲劇を主軸に、語り手によって詠嘆されている小説なのであって、表現主体の感動・詠嘆を基底に有つ抒情詩と同様のスタイルを有っているのである。その点において、『有楽門』のように描写を軸とし、語り手の思考・感情を抑制した小説とは一線を画するのである。『有楽門』が書かれて約一年後、『半日』を以て鷗外の口語体小説がはじまるのであるが、

六畳の間に、床を三つ並べて、七つになる娘を真中に寝かして、夫婦が寝てゐる。宵に活けて置いた桐火桶の佐倉炭が、白い灰になつてしまつて、主人の枕元には、唯ゝ心《しん》を引込ませたランプが微かに燃えてゐる。

という六畳間の描写から始まり、母君、奥さんの過去を点綴させて、高山博士と奥さんのいさかい・睨み合いを叙し、

その中《うち》に台所の方でこと〳〵と音がして来る。午の食事の支度をすると見える。今に玉ちゃんが、「papa、御飯ですよ」と云つて、走つて来るであらう。今に母君が寂しい部屋から茶の間へ嫌われに出て来られるであらう。

と、今後展開されると予測される場面を叙して終る小説の構成、叙法は、場の設定で始まり、そこに人物が登場し

て行為や発話をする詩「三枚一銭」、小説『有楽門』と同様であり、舞台が次々に変わることで展開してゆく『舞姫』以下の三作品とは決定的に異なるのである。それは、一幕物戯曲の構成でもあるが、〈腰弁当〉の〈描写詩〉が拓いた構成を踏襲している。

このように見てくると、『舞姫』以降の文語体小説と『半日』以降の口語体小説は、語り手の感情表出と感情表出の抑止、場の推移を基本とするのに対して一場を重視すること、という具合に小説の手法・枠組みが決定的に異なるのである。そして、この変化の転回点、その基点に〈腰弁当〉の〈描写詩〉があったのである。その意味において、鷗外の〈腰弁当〉時代は、抒情から非抒情＝叙事へ、ウタウことからノベルことへ、感情表出から事物・事象表出への転換点であり、それは、鷗外における〈歌の別れ〉であり、散文作家森鷗外の誕生であった。

なお、〈腰弁当〉時代の小説に『有楽門』の他に『朝寐』があり、事象表出の前者と、意見表出の後者という二系統によって鷗外の明治四十二年以降の現代小説が書かれていること、さらに歴史小説における描写は〈腰弁当〉時代に拓かれた〈描写〉の問題の延長上にあることなど、〈腰弁当〉の〈描写詩〉に関わることは多いが、それらについては別稿を用意することにしたい。

最後に、ペンネーム〈腰弁当〉の由来は、明治三十九年六月発表の批評『女子と美術教育』にある「何分腰弁当の身上で」に求められるが、〈腰弁当〉という、少なくも一度は自己相対化の働いた自嘲的な低き位置に書く基点を置いたことと〈描写〉の成立との符合には、ある種の必然性を見ないわけにはゆかない。

注1　俳体詩は高浜虚子「虚子俳話」(『ホトトギス』、明治37年8月）によれば、夏目漱石の命名による連句を変化させた新詩体を指すが、ここでは俳味を帯びた詩の総称として使用する。漱石は俳体詩を明治三十七年より試みており、各所で新詩を

模索する様子が覗われる。

注2　『早稲田文学』、明治39年11月号の「彙報」欄参照。

注3　富士川英郎「詩集『沙羅の木』について」(『比較文学研究』、昭和32年12月)等参照。

注4　『風俗画報』には、「兼康は著名の小間物商なり、彼の川柳に『本郷も兼康までは江戸の内』といひ、老舗として知らる、以前町の東角にありしが市区改正の為に取払はれ、西角に移転して、和洋化粧品を販売し、女客を迎ふ、本郷屈指の商店なり」とある。

注5　幸田露伴は、明治三十七年三月から『読売新聞』に短詩を連載し、それらは、翌三十八年一月に『心のあと出盧』(春陽堂)としてまとめられた。その後も三十九年まで短詩を発表する。

注6　なお、上田敏は、同時代において、「雑誌『趣味』第一号、腰弁当氏の新詩『都鳥』は頗る斬新なる作なり。単語は印象の強さを選び、節奏には大胆なる『跨《またぎ》』を用ひ、掉尾の一振に、口語を挿みて、『芸苑』巻五の『雫』に電車を歌ひたるより、更に一歩を進めたる詩風をなしぬ」(「鏡影録」㈥)と、高く評価している。

注7　最初の口語詩を書いたとされる川路柳虹は、雑誌『詩人』に拠って「塵塚」を発表しており、鷗外も同じ『詩人』に〈腰弁当〉詩を掲載しているところからすると、柳虹の口語詩に鷗外の影響を考えてもよいのかもしれない。

注8　『有楽門』については、小説が掲載された号(『心の花』、明治40年1月)に高浜虚子の批評「鷗外漁史の『有楽門』」があり、「鷗外漁史は曩に写生文を作つたよと話された。其は『心の花』の百号に出た『朝寐』であつた。此の一月の『心の花』にも『有楽門』といふ漁史の作がある。これも『朝寐』と同類のものである。『朝寐』といひ『有楽門』といひ初め之を読んだ時は写生文といはる丶のを一寸変に思つたが、退て考へて見ると慥に面白い一種の写生文である。従来の如く事件を主にした写生文で無くて人間を主にした写生文である」、「人間に同情して人間を主として描くものは小説を最とする。『有楽門』の如きは短篇小説といつてよい。『水沫集』に在る短篇小説の如きも全く此系統に立つ。しかも。《ママ》プロットの無き点、又事実が単純なる写生の上に成り立つた点より之を漁史の如く写生文と称するのは妥当な事と考へられる。写生文が此方向に一進路を取るのは面白い事と思ふ《ママ》　彼方にも橋こそ見ゆれ枯野道」、と評している。鷗外が写生を意図していたことは、〈描写〉への注目であり、虚子がこの散文を小説と観た点が注目される。

Ⅲ　現代小説

「金貨」論
――親和と連帯

1　安定と自己定立

森鷗外の『金貨』（明治42年9月）は、泥坊小説である。といってもピカレスクロマンなどとは程遠い泥坊小説である。左官の八は確かに家へ侵入し金貨を盗んだ。行為としては泥坊の名に値するが、精神面を考えたとき、はたして八は泥坊と言えるだろうか。現在の法的な裁定においても、意識か無意識か、故為か無為か、また、行為遂行時に健常な知覚を有って自己を統御する能力があったか否かが問われることなどを横に置いてみると、八における行為と意識との相関において、八に泥坊というレッテルを貼るには、いささかの躊躇を禁じ得ない。

八が、行為としての泥坊をする出発点は、次のような状態であった。

左官の八は、裏を返して縫ひ直して、継《つぎ》の上に継を当てた絆纏を着て、千駄ケ谷の停車場脇の坂の下に、改札口からさす明《あかり》を浴びてぼんやり立つてゐた。午後八時頃でもあつたらう。

八が頭の中は混沌としてゐる。飲みたい酒の飲まれない苦痛が、最も強い感情であつて、それが悟性と意志とを殆ど全く麻痺させてゐる。

これは、作品の冒頭であり、三人称の語り手によって八の外面が描写され、その内面が分析的に説明されている。「ぼんやり立つてゐ」る現象には一つの内面があって、理性がその運動を停止して酒を飲むことのできない苦痛が心の全幅を覆っているというのである。さながら、苦痛という感情が八の姿を借りて立っている、と言えようか。この後、語り手は、八が頭の中で描く光景を記す。大きな水船の中に小さな樽が二つ三つ浮いていて、それをコップで飲もうとする光景である。これは、酒に疎外されている感情が充足を求めてさ迷い出したものであろう。

「ぼんやり立つてゐた」のには、確かに酒に関わる苦痛の存在という内面があったわけだが、その一方で、行き場が無いという八の置かれている現状のあることを見逃がすわけにはゆかない。語り手の説明によれば、八の家には「山の神」という「恐ろしい敵」がいて、「酒のある間ばかり」はこの敵と戦えるが、酒が入っていないときはこの敵に向かうことすら八はできないという。この説明を読めば、八が一日の終わりに酒が「飲みたい」感情のままに「ぼんやり立つてゐ」るのにも明確な脈絡があるわけで、酒気を帯びていないかぎり、敵のいる家に帰れないのである。つまり、八にとって、酒を飲むことは家に帰ることのできる必要条件なのであって、その酒が飲めないという酒からの疎外は、同時に家庭からの疎外に重なっているのである。これらの八をめぐる要素を踏まえて、午後八時頃、千駄ケ谷の停車場脇の坂の下に佇む八を意味づければ、酒の飲めない故に帰るべき家から排除されて中有にさ迷っている人間、ということになろう。酒さえ飲めれば、たとえ「山の神」との「喧嘩」、闘争が待っていようと、一応家へは帰れる。しかし、酒が飲めない。その原因は、つまり、酒を購うお金が無いからで、疎外のラインで言えば、金からの疎外が今の八の根本問題となるわけである。だから、金を手に入れたいということは、酒を飲みたいという感情が当然のごとく生成してしまう要件と言っていい。ゆえに、荒川の家の黒塀の内に入ろうと思ったとき、「物を盗まうといふ意志も、一しょに意識の閾《しきゐ》の上に跳り出た」のは、必然的、構造的な脈絡と言える。

ところで、帰る場所を失った人間は、中有に漂うことすらままならず、何か寄り添えるものに凭れ掛かってひとまずの安定を得たいということなのであろうか、八は、改札口から出て来た軍人たちに、「無意識」に付いて行く。これは、一日の終わりには家へ帰るものという日常を形成している人間が取る、擬似的日常の遂行である。「いつまでもここにかうして立つてはゐられないといふこと丈は、八にも分かつてゐる」と書かれるように、八は、いつものように歩み出したのである。

さて、問題は、「八は殆ど無意識に跡に附いて歩き出した」というこの「無意識」にある。千駄ケ谷の停車場に電車が来て止まり、三人の軍人が降りて来た。三人しか降りて来なかったからこの三人に八が付いて行くしかなかった、とは言えない。八の「無意識」には、八なりの要件が潜んでいる。降りて来た三人の軍人とは、先に行く「太つた男」と「図抜けて背の高い男」と「苦味走つた男」の三人である。後の二人は佇んでいる八の顔を見て通り、中でも「苦味走つた顔をした男」は「巡査の人を見るやうな見方」で八を見る。この時、八は、「怯《おく》れ気《ぎ》が出て下を向いてしま」う。八という人間を考えるとき、この反応は注目されていい。八の人に対する反応を眺め渡すと、巡査と軍人とは、八にとって自分とは異なるいわば向こう側の人で、一種の威圧を与える存在であるということである。巡査の「見方」に「癪」を覚えながらも怯《ひる》み、荒川の家の座敷に侵入した時、隣室で寝ている軍人が目を醒ましたら「切られはすまいか、打たれはすまいか」と危惧する八に、そのことがよく出ている。巡査も軍人も公に繋がる権威と権力、その特権としての武力を有っているわけで、丸腰の職人八にとって彼らは、生活空間における強者なのである。しかも、八は、「子供の時に火傷をして、右の外眦《めじり》から顳顬《こめかみ》に掛けて、大きな引弔《ひつつり》がある」ため徴兵に取られず、兵からも排除(注1)されている弱者である。この懸隔は大きいと見なければなるまい。因に、三人の軍人のうち「太つた男」だけは八を一顧だにしなかった。

ところで、このような三人に対し、八は次のように感じている。

八はどこへ行つて好いか分からずに、停車場脇の坂の下に立つてゐた。そこへ軍人が通りかかつたとき、八はそれに附いて歩き出した。其時八は此軍人と自分とに何か縁があるやうに感じたのである。

「軍人」とは、もちろん、この三人の軍人のことである。「縁がある」という「感じ」、この感覚、感触が八の「無意識」の中に入っていたのである。「飲みたい酒の飲まれない苦痛」という「感情」に支配される彼は、ここでは「縁がある」という「感じ」に準拠して行動を起こす。つまり、感覚、感触をその行動原理の一つとしているのが八という人間の個性なのである。行為、行動は、感受の、形を取ったものなのである。八には、感性的認識者とでも言うべき一面がある。

この八が「縁がある」と「感じ」たことには、実は、具体的な原因が認められる。改札口で次のようなことが起こっていたのである。

先に立つて行く軍人の雨覆《あまおほひ》が八の絆纏の袖と摩れ摩れになつて、その軍人は通り過ぎた。

まさに、〈袖振れ合うも他生の縁〉の原義に当たる事態が、八と「太つた」軍人との間に起こっていたのである。八は、行き場がなく、寄る辺のない中で、偶然を必然に転化させていたのであり、「縁がある」「感じ」に素直であったわけである。そして、八が、いわば「感じ」の人であったことは、小説の随所に見られる。

次に、軍人たちに「無意識」に付いて行き、彼らに「縁」を感じ、そのような「感じ」によって行動してゆく人の、その描かれ方を見ると、この小説の特徴的な叙述法が感じられる。小説冒頭の、八が停車場脇に佇んでいる時の記述の中の「酒の飲まれない苦痛」というのは、八自身が直接感じている、いわば八の所有にかかる言葉である。しかし、同じ記述の中の「悟性と意志とを殆ど全く麻痺させてゐる」というのは、語り手が自らの認識言語を駆使して八の内面を分析してみせた、いわば、語り手の直接所有にかかる言葉なのである。同様のことは、軍人たちが家の中へ消えてしまったとき、筋向かいの杉垣の家の門の屋根の下に佇んで考える八の記述の部分にも見られる。

八の頭の中で、此時どこへ行かうかといふ問題が再び提起せられた。そして八はこの黒い板塀の中へ這入らうと思つた。八は自分では全く唐突にかう思つたやうに感じてゐるが、実はさうではない。閾《しきい》の下の意識がこれまでに働いてゐて、その結果が突然閾の上に出たに過ぎない。（中略）そして軍人が家の中に隠れてしまふと、八は自分のたよりにするものを亡くしたやうに感じた。それと同時に別当の姿を見て此別当が自分と軍人との間に成り立つてゐる或る関係に障碍《しやうがい》を加へるものであるやうに感じた。それから別当が出て行くのを見たとき、此障碍が除かれたやうに感じた。そしてかういふ感じが順序を追つて起つてゐる背後に、物を盗まうといふ意志が、此等《これら》の閾の下に潜んでゐる感じより一層幽《かすか》に潜んでゐたのである。そこで今此黒塀の内へ這入らうと、はつきり思つたときには、物を盗まうといふ意志も、一しよに意識の閾の上に跳《をど》り出たのである。

八が「黒い板塀の中へ這入らうと思つた」のは、八の意志である。そしてその意志を、八は、「唐突」の出来事と「感じ」ている。八は自らの「思」いや「感じ」をそれ以上には思惟も感受もしていない。しかし、語り手は、この八の行動、意志を分析して見せる。「意識の閾」という概念を導入して、意識を「閾の下の意識」つまり潜在意識と、「意識の閾の上」つまり潜在意識の外化＝有意識とに分けて説明するのである。八の「閾の下の意識」にはいま二つの意識があり、その一つは、軍人と自分とは結ばれていて別当がその縁を引き裂く存在であるという構図である。そしてもう一つは、「物を盗まうといふ意志」である。

ここにおいて、この小説の、八の記述における言説の二系が、はっきりする。〈感じる〉〈思ふ〉で統辞される系列と、〈意志〉〈無意識〉〈意識の閾〉といった抽象概念語で統御される系列である。前者は、八が目前の現象に対して反応した内面の運動を表出させた言説であり、この思惟や感受は、八の心に現象した、八の直接所有に属するものである。それに対し後者は、語り手が八の内面のメカニズムを、抽象語を駆使して分析、説明した言説であり、語り手の心に認識された、語り手の所有に属するものである。しかも、この小説の特徴は、八のこうした〈感じる〉

〈思ふ〉系の言説と、語り手の〈意志〉〈無意識〉〈意識の閾〉系の言説とが、一つの八の事象をめぐって並行する形で置かれることである。ここに、行為、現象者八と、分析、認識者語り手の決定的差異があるとともに、合わせ鏡的物語進行の面白さの世界が開けている。

さて、八は、荒川の邸内に入ろうとした時、「閾の下の意識」のうちではより微弱であった「物を盗まうといふ意志」を自覚するわけであるが、この一旦「閾の上」へ出た意志をめぐっては、興味深い問題がある。八の「物を盗まうといふ意志」の出所については、語り手による分析、説明がない。軍人に「縁」を「感じ」て彼らに付いて歩き出し、その軍人たちが家の中に消えてしまうと「たよりにするものを亡くしたやうに感じ」たのは、社会から放擲され浮遊しているものが、いわば、安定感、安心感を求めて一つの対象に依存しようとしている現象である。そして、その依存の対象に徹底的に凭れ掛かろうとすれば、邸内へ入って行かざるを得ない。無断で入ろうとすれば、それは侵入である。さらに、侵入という行為が具体的な意匠をもって意味づけされるとすれば、泥坊という名称が日常的、一般的であろう。語り手が分析、説明しなかった「物を盗まうといふ意志」の出所を語り手に成り代わって分析し、説明すれば、おおよそ、このようなことと思われる。ゆえに、八にとっての泥坊とは、安定感、安心感を求める線上で情況上必然的に成立した自己想定、自己規定に過ぎないのである。根は、ただ、飼い犬が主人のそばを離れたくないことにも似た、一緒に居られさえすればいいという心性なのである。だからこそ、泥坊と自己規定しているにもかかわらず、荒川たち三人が座敷でビールを飲みつつ棋を打っている様子を眺めながら、自己規定を揺るがすような思いに囚われるのである。

可笑しい事には、をりをりは何の為めにかうしてしやがんでゐるかといふことを、丸で忘れてしまつてゐるのである。そんな時には、ひどい雨だ、この椿の木でも無かつた日には災難だ、せめて上だけでも晴れれば好いなどと、泥坊らしくもない、のん気な事をも考へる。

ここには、八にとって泥坊ということがいかに切実なものでありえないか、そして、八にとって、ここまで一連の行動がいかに目的意識を欠いた、自覚されない行為であるか、その二つが表現されている。だからこそと言うべきか、そのために、八は、「泥坊に這入るには、糞をして置いて這入るものだ」というようなことも「思ひ出」す。泥坊に関する聞き及び知識を動員して八は泥坊らしくなろうと努力しなければならないのである。

さて、このような八の、邸内の椿の下に潜む彼の心情をもっともよく表わしているのが、次の部分である。夜の一時を過ぎて、軍人たちが寝てしまった後のことである。

併し八には早く家の中に這入りたいといふ意志は十分にある。そして彼の意識の中で、最もはつきりした写象をなしてゐるのは、酒を飲むことである。這入りたいのは主として酒を飲みに這入りたいのである。同時に物を取らうといふ考が無いことはない。これは泥坊になつたからには、物を取らなければならないと思ふのであつて、余り取りたいのではない。酒の飲みたいのは猛烈なる本能である。物を取らうと思ふのは、物を取つて泥坊たる面目を保たねばならないといふ一種の義務心に過ぎない。

家の中に入りたい理由が二つある。泥坊と飲酒である。そのうち、そもそも邸内に入った主たる目的であったはずの泥坊の方ではなく、停車場脇で思った酒を飲みたいという欲望の方が、理由の中心を占めている。しかも、泥坊については、泥坊と自己規定した「面目」を保つための「義務」という、強いられた感覚を伴う存在にまで成り下っている。これは、八が、泥坊という具体的で功利的な存在になることよりも、自身が想定した泥坊であることの存在証明を獲得し、そのプライドを保とうとする、いわば自己の目的に誠実であろうとすることに価値を見出していることを、示している。この八の姿は、泥坊という反社会的、不正のイメージを有つものとは程遠く、かえって誠実で倫理的なものを読者に伝えて来る。

八は、自らを泥坊と自己規定することによって荒川の邸内に存在する必然性を確保することができた。それは、まだ泥坊という行為を行っていないにもかかわらず「泥坊になつたからには」という八の心内語に顕著に出ている。そして、このように泥坊という自己規定をしてまでこの邸内に居たかったもう一つの理由は、八が荒川に「好意」を有っていたからである。棋《ご》で「背の高い赭顔《あからがほ》」に負けて外を眺めやる主人荒川の目を見たとき、八は、「少しも怯れたやうな気はしないで、却て好い旦那らしい」と思う。さらに、主人の「咳払をして痰を吐いて小便をする音が聞え」たとき、八は「自分も小便がしたく」なる。この小便に至っては、気に入った主人への同化現象と言っていい。

このように見てくると、八という男は次のように言える。八は、本質的には、「本能」と「山の神」に繋がる「酒の飲みたい」願望、自己の安定感に繋がる主人荒川への好意、この二要素によって荒川の邸内に潜んでいるのであり、泥坊であることは、単に〈いま・ここ〉に在ることを自己納得するための方法にすぎないのである。安定と好意のラインからすれば、八は縁側を挟んで荒川を中心とする円居に、一方的ではあるが、参加していると言える。

この後八は、荒川たちの寝入ったのを見計らって座敷へ上がり、「金入れ」から金貨を盗む。「もうこれさへ取れば好いといふやうな気がした」のも、「用事が済んで安心したといふやうな気持ちになつた」のも、金品を取ることが本来の目的ではなく、泥坊という自己規定、その形式を生きることが目的であったことの証明である。そして、八の内面に則して言えば、八はついに「義務」を果たし終えたのである。酒も飲めた。それも、コニャックを生《き》のままに「一息に咽に流し込む」荒川の真似《まい》をして一気に飲む。八の荒川邸における行為は、荒川と一緒にいて、荒川の行為をなぞることによって、主人と一緒に生きたという実感を得ることであった、と言える。荒川たちに見つかることを恐れながらも、庭から荒川たちを眺め、座敷に上がって酒を飲み、転寝して夢まで見た八には、束の間の幸せがあった、と言うべきである。

さて、このような心的脈絡を有つ八の、家宅侵入、泥坊という行為が、いわゆる犯罪性というものと縁遠いのは明白だろう。さすがに、金貨を懐に収めてからの八には、「急に怯れが出て、出来る事なら、飛んででも逃げたいやうに思ふ」と、悪の知覚はある。しかし、小説の末尾の近くで語り手が、「跡から附いて来て盗みに這入つたのも、一部分は主人が気に入つた為だと云つても好い位である」と説明しているように、八の犯罪性はやはり微弱であると言ってよいだろう。主人の荒川が、捕えられた八の態度に「陰険な処は無い」と判断するのも、八の犯罪性の稀薄さと響き合う。そして、荒川が最後に言い放つ、「お前は好いから行け、泥坊なんぞになるものぢやあないぞ」という言は、結果的に八の犯罪性を否定したことにもなっている。

八の一晩の旅は、自己定立に対してその中身を埋めようとする真摯な人間の活動を含み、自己の安心感を得ようとする、きわめて人間的で心理的な旅であった。泥坊という意匠を纏った、きわめて人間の問題性に富む旅であった。そして、このような問題性を分析的な方法によって指し示したのが語り手であり、その八の心理の旅を、一切知らずして結果的に肯定してしまったのが荒川だったのである。その荒川の判断は、八の荒川に対する親炙を受け止めて余りあるものであった。

これを、八の知覚の系に沿って言えば、八の「縁がある」という直覚は、「いよいよ主人が好きになつた」というように的中したわけである。「巡査に渡してしま」おうとする別当太吉にはしょせん通じないが、主人荒川には分かる。八は自分の直覚に自信を有ったはずであり、「黙つて、お辞儀をして、太吉を尻目で見て、潜門を出て行」く八には、勝利の感触にも似た満足(注2)があったはずである。

2　親和と連帯

小説「金貨」は、日露戦争後をその時間設定としている。主人の荒川大佐は、奉天会戦後の昌図附近の宿営で芝居を見ているから、確実に戦地へ行っているし、赭顔の安中大佐も小男の宇都宮中佐も、おそらく日露戦争に出征したものと思われる。ところで、左官の八は、日露戦争には行っていない。

八は子供の時に火傷をして、右の外眦《めじり》から顳顬《こめかみ》に掛けて、大きな引弔《ひつつり》があるので、徴兵に取られなかつた。

こう記述されているように、火傷の傷跡のために八は兵役から免れたわけである。この「徴兵に取られなかつた」ことについての八のコメントは無いので、それをどのように八が受け止めていたかは不明であるが、戦争というラインから言えば、荒川たちが戦闘員であって、八が非戦闘員であることは確実であり、兵役に関して二者の隔絶が指摘できる。観点を変えれば、戦争という国家的事業から八は排除されているわけである。

さて、この小説には、非戦時の軍人の暮らし、及びその姿が活写されている。そこで注目すべきことは、次のような荒川の姿である。

主人の荒川大佐は、軍服や軍刀はいつも寝間に置いてゐる。一体は磊落《らいらく》な男なので、軍服なぞも脱ぎ散らかして置いて、細君が勝手に片付けるのであつたが、或時ふいと感じたことがあつて、今では寝ても傍《そば》を離さないことにしてゐる。

この中の「或時ふいと感じたこと」というのは、この後に説明される、兵営の芝居小屋で、荒川も含めて兵たち皆が丸腰で見物しているのに、小久《をく》大将のみは軍刀を吊って来られた事を指す。この小久大将の心掛けに感じ入り、以来、荒川は「どんな場合があつても軍刀を離すといふことはない」のである。この荒川の態度は、非戦時においても戦時と同じ態度で暮らすという生き方を示している。荒川の戦後日本での暮らしは、いわば戦時の暮らしである。ここに荒川の生き方の特徴がある。

荒川は、凛呼とした流儀を持つその一方において、性「磊落」で「余裕」のある人物である。安中と宇都宮が棋を打っている間「ひどい鼾声《いびき》を掻」いて一寝入りし、揺り起こされるや「快活」に二人の碁盤を見に来たり、暑いからと雨戸を少しずつ開けて寝る「のん気」さである。宇都宮は中佐で一階級下だが、安中は大佐で荒川と同格である。その二人が、「主人の流儀が好い」と言って他人の家に泊っても軍服、軍刀をそばから離さなかったり、安中が荒川の奥さんに、「いや。何もかう度々宿舎をお引受ではお困でせう」と言っているように何回も荒川の家に泊っていたりする事態には、二人の荒川への親炙と尊敬めいたものが感じられる。八の感受の一つに、「荒川の四角な大きい顔で、どこか余裕のあるやうな処が、八には初て見た時から気に入つてゐ」るというのがあるが、それも、荒川の人望の外化故と考えてよいだろう。そして、このような凛とした「流儀」と呑気といってよい「余裕」という、一見相反するような二要素を持つ荒川のたたずまいの、もっともよく表われている部分が、泥坊と聞いて玄関先へ出て行った時の荒川の行為である。

主人は起きて周囲《まはり》を見廻はしたが、傍にある軍刀を取らずに、運動のために振ることにしてゐる木刀のあつたのを持つて、玄関に出て来た。二人の客は、皆浴帷子《ゆかた》の儘ではあるが、てんでに軍刀を持つて主人の後《うしろ》に続いた。

荒川は、泥坊と対峙するとき軍刀を以てしない。木刀で出向く。非戦時に戦時の暮らしをしているが、戦場と生活の場との相違、敵と泥坊との相違は明確に区別しているのである。その節度のあり方は、荒川の流儀の生半可ではない奥の深さを示している。おそらく余裕のある者の流儀だからこそなのであり、このような状況倫理を秘めた「流儀」と「余裕」との同時存在こそ荒川の魅力であって、人望の源泉であったものと思われる。

ところで、荒川は八に、被害者と加害者、主人と泥坊という関係で初めて逢った。この時の荒川の、八に対する観察と感受は次のようなものである。

・賊らしい男は兇器も何も持つてゐない。それにちつとも抵抗するやうな様子がみえない。
・八の顔は右の外眦《めじり》に大きな引弔《ひつつり》があつて頗る醜い。それに彼のこれ迄に経験して来た、暗い、鈍い生活が顔に消されない痕跡を印《しる》してゐる。併し少しも陰険な処は無い。

荒川は、当然八を「賊」として見ているのだが、「兇器」なし、「抗抵」なしという外的なもののみならず、その「顔」から彼のこれまでの生活という内的なものをも読み取っている。しかも、「暗い、鈍い生活」にもかかわらず「陰険な処は無い」という見方は、八に対するプラス評価と考えてよい。そして、このように八の様子を感じ取った荒川の顔は、「いよいよ晴れやか」になり、「お前は始めて泥坊に這入つたのだらう」「もう泥坊なんぞをしては行かんぞ」と言う。荒川の見方は的中するとともに、このようなゆるやかな雰囲気の中で、安中、宇都宮、奥さん、そして別当の太吉と、荒川の家にいる人々が荒川を中心として、金貨をめぐり談笑するのである。しかも荒川は、洋行の記念である金貨を見て、「遣はずに置くと、何時までも綺麗でゐるものだなあ」と極めて呑気であり、軍人三人の会話の中で八が泥坊であることは、忘れられているかの如き様相を呈している。八はこの談笑の中で大きな意味で抑圧されてはいない。いわば、話題の提供者のごとく、この円居の中に組み込まれた形である。

八は、これまで荒川たち三人の楽しい円居を一方的に眺めているだけであった。しかも荒川に好意を有って。しかし、〈いま・ここ〉では、その楽しい円居を共有できる位置にさえいる。語り手は、この時の八を、自分の盗んだ「黄いろく光つてゐるのが金貨でない」ことがわかり、「失望に似た一種の感をなすことを禁じ得なかつた」と記すが、それ以上に八の内面に踏み込んで分析、説明していたならば、主人荒川と一緒にいる帰属の安心感の心地よさにもわずかながら浸っていた、と書いていたかも知れない。そして、この場合、その安心感には、主従の関係が関与していることに注意する必要がある。なぜなら、職人八は昨夜縁側から庭の方を眺める荒川を、「好い旦那らしい」（傍点、小林）と思ったのであり、身分差という既決定性は、好意を媒介としてその安心・安定をより強固にする作用を有っているからである。

ところで、八を偶然捕えることになった別当の太吉は、正真正銘荒川に帰属する従者であった。その太吉は、主人に問い詰められて、外から帰って来たことを正直に言う善良さは有っているにもかかわらず、主人に、「又新宿へ行つたのか。けしからん奴だ」とたしなめられ、「余計な事を言うな」と、その「気を利かした積り」の「此奴を巡査に渡してしまひませうか」という言は却下され、八よりも悪人扱いされている。その相違は、主人に隠れてまたも新宿へ行くという太吉の陰湿さ、懲りなさと、「陰険な処は無い」八との違いに基づくものと思われる。

荒川は、太吉をたしなめ、八に注意をした。太吉にはやや冷たく、八には温かい。つまり荒川は、たとえ泥坊をしようとも八を許したのである。

この結末を見ると、読者には、八と荒川との関係がはっきりしてくる。八は一方的に荒川に好意を持ち、親炙した。荒川もまた、一方的に温情を持って八に対した。八は自らの「感じ」に則って一方的に荒川に寄り沿っていったのであり、荒川もまた自らの判断に一方的な自信を有って八に接したのである。八に則して言えば、八の荒川への好意は泥坊が許されるという形を取って受け止められたのであり、八の親炙の物語は一方的に円環し成立したのである。「好い旦那らしいと思つた」その旦那は、その「感じ」どおり、よい旦那であった。だから八は、最終的に「いよいよ主人が好きになつた」ところで荒川の許を悠然と去るのである。この彼の悠然と「怯《おくれ》」のない様子は、荒川には「お辞儀をして」、自分を捕えた別当太吉に対しては「尻目で見て」、潜門を出て行ったことに表われている。そして、荒川にとっては、泥坊と呼ぶには「張合がない」、八の「少しも陰険な処は無い」顔に出会って、かえって「晴やか」になるという、結果的に面白い小事件に過ぎなかった。荒川と八に、むしろとばっちりを受けた被害者は、太吉である。読者からすれば、八の親炙と荒川の許しは、いわば呼応関係の成立を意味しており、八と荒川は、具体的なコミュニケイションを有たないにもかかわらず、論理を超えて結びついているのである。八と荒川は、立場、身分こそ雲泥の差はあれ、各々をよい感じで捉えているレベルにおいては、相互了解が成立し、親和しているのである。八の直覚と荒川の直覚は、互いに交差した。それが起こるのは、八の心的たたずまいと荒川の心的たたずまいが同質のものであったからである。地位、身分、暮らしは異なっていても、同様の内面を有った人間同士は大枠のところにおいて通じ合うことができる。八の感受の物語と、荒川の感受、判断の物語が読者に指し示してくるのは、地位、身分、暮らしを超えた、親和、連帯なのである。

3　語り手の興味

この小説の語り手は、八や荒川をはじめとする登場人物を、三人称の高みから描出するとともに、八に対しては、ことにその内面を分析、説明する。その分析、説明の用語に注目すると、この語り手の特有の認識形態が見え、ひいては語り手像が見えてくる。

語り手は、小説の冒頭において、停車場脇の坂の下に佇む八を次のように説明していた。

八が頭の中は混沌としてゐる。飲みたい酒の飲まれない苦痛が、最も強い感情であつて、それが悟性と意志とを殆ど全く麻痺させてゐる。

「感情」「悟性」「意志」と、哲学・心理学の用語を以て分析している。「感情」と「悟性」「意志」が対立的に使用されていることからすると、この語り手の分析の大枠は、まずもって「悟性」と「感情」の二分法と言ってよいだろう。その上で、「悟性」を「意識」と「無意識」に分けている。

「八は殆ど無意識に跡に附いて歩き出した」と軍人たちに付いてゆく八の内面を説明し、「八には早く家の中に這入りたいといふ意志は十分にある。そして彼の意識の中で、最もはつきりした写象をなしてゐるのは、酒を飲むことである」と荒川の庭に佇む八の内面を説明する。「悟性」の領域には「意識」された部分と「無意識」の部分があり、「意識」の中の最も明確なものが「意志」であるという認識体系である。

その認識の中でも、語り手は、「無意識」の行為に極度に注目している。「殆ど無意識にぬかるみ道を歩き出した」、

「八は殆ど無意識に腹掛に手を突込んで、貨幣があるかと思つていぢつて見た」と、行動の「無意識」性に注目する。この語り手の、人間の行為と内面との関係への追求は、ほとんど心理学者が現象に対する心の動きを腑分けする手つきで行われる。それが「意識」を「閾」という概念によってさらに分析する方法であった。「意識」の領域には「閾の上」の意識と「閾の下」の意識とがあって、意識というものは、後者の言わば潜在意識が「閾」を超えて、前者のつまり外化された、有意識となるものである、という考え方である。この認識方法によって、八が荒川の家の黒塀の中に入ろうとする行為が説明される。

このような、語り手の八の内面に対する分析方法を見てくると、この語り手は、人間が行為を行うに到るその心的メカニズムに興味の中心があり、それを、哲学的・心理学的認識によって分析し、自らの有つ認識体系の中に位置づけることに努力している、と言える。言うなれば、八は語り手の被験者なのであり、その分析的説明の記述はカルテなのである。

カルテと言えば、この語り手は、医学・生理学上の知識をも説明に動員する。

八は此時こんな事を思ひ出した。泥坊に這入るには、糞《ふん》をして置いて這入るものだといふことを聞いたことがある。そこで序にして見ようかと思つたが、したくなかつた。作者が考へて見るのに泥坊が糞をして其上に盥《たらひ》を伏せて置くといふのは、厭勝《まじなひ》には相違ないが、さういふ厭勝が出来たのには、も少し深い原因があるらしい。物を盗みに人の家に這入るときには、神経の刺戟が不随意に腸の蠕動《ぜんどう》を起すことがある。丁度学生が試験を受けに出るときに、どうかすると便意を催すのと同じ事である。三十七八年役に南山を攻撃した兵卒の中に、敵の砲弾を受けながら、高梁《こうりゃん》の畑で糞をしたものがある。新聞には大膽な振舞として書いてあつた。あれも矢張神経の刺戟である。八は総ての神経作用が鈍くなつてゐるので神経の刺戟も何も起らない。それで糞をしたくないのである。

八が泥坊に関する知識を思い出し、そのセオリーどおり糞をしようとするがしたくないという現象について、語り手は、「神経作用が鈍くなつてゐるので（中略）起らない」のだ、と説明する。この、「神経の刺戟」と「腸の蠕動」の連関という医学・生理学的な知識は、語り手にとって自信のあるものらしく、南山の戦闘における兵卒の脱糞に対する新聞の解釈、意味づけの誤りを訂正する勢いを有つ。そして、「厭勝」にも「深い原因がある」とする語り手には、やはり、これまで、行為にはそれなりの心理的根拠があるとして分析してきたことと通底する姿勢が看取できる。

さらに、この引用でもわかるように、語り手は、日露戦争の具体に詳しく、時には軍陣用語を以て説明する。

明治三十七八年役には、よく待機陣地を守るといふ語が訓令なんぞに用ゐられた。八は余り待機陣地を守ることを苦にしないのである。

これは、八が荒川の家の庭の「椿の木の下にしやがんで、辛抱強く荒川主客の様子を見てゐる」時の説明である。ここで、このような語り手の特徴をまとめてみる。小説『金貨』の語り手は、まずもって人間の行為の中に潜む意識のメカニズムにその主たる興味があり、人間が示す諸々の現象を、自ら所有している哲学的・心理学的認識体系と、医学・生理学的知識、さらには軍陣知識を駆使して分析・説明することに一つの目的を有った存在なのである。そして、このような認識と知識を有つ語り手には、三人称の語り手とはいえ、登場人物にも比肩しうる人格的なものを受け取らざるを得ない。

「待機陣地」とは、「準備を整えて進軍の機を待つための陣地」(注3)のことである。

語り手は、八が泥坊を犯す物語を紡いだ。それは、八の安定と親和を求める物語でもあった。そして、荒川は、その八の物語を保障する内面を保有する人物であった。しかも、非戦時を戦時の流儀を以て暮らす人物であった。それに加えて、一人格としての語り手は、人間の行動と内面との関わりを分析することに強烈な自己目的を有った存在であった。つまり、この小説は、八、荒川、語り手という三つの独立した集合を有ち、その三つの集合がそれぞれ固有の面白さを示しつつ、積集合として重なり合いつつその面白さの密度を高くし、また、和集合として広がって小説の枠を形成してゆく、そのような構造体なのである。この構造にこそ、この小説の個性と魅力があると言えよう。

4　『金貨』と森鷗外

小説『金貨』は、そこにある言葉たちの運動、交響といった小説の内部だけに限っても問題性に富む魅力的な作品であるが、生身の作者森鷗外が残した数々の事跡、また数々の作品や言葉という小説の外部と絡めて読んでも、たいへん面白い作品である。

周知のように、鷗外は日露戦争に第二軍軍医部長として従軍した。明治三十七年三月から三十九年一月までである。その間の消息は、約三百通の書簡と、戦陣の折々に書かれた詩歌をまとめた『うた日記』（明治40年9月）に詳しい。小説の主要人物荒川が軍人であり、日露戦争に出征した経験を有つことは、そのまま鷗外の職業、事跡に重なる。しかも、荒川が、軍服軍刀を寝る時も傍らに置いておくきっかけを作った「小久大将」は、鷗外の上官、第二軍司令官であった奥保鞏を暗に示している。奥と鷗外は、戦地で、戦闘のない時には一緒に玉突きをするなど親しかった。(注4)奥司令官が、戦陣における慰安の芝居に軍刀を吊って来たかどうか、その真偽は定かではないが、少なくとも鷗外が、この小説において、奥への尊敬を表現したことは確かである。その意味で、この小説には奥に対するメッセージがある。それは、小説『鶏』（明治42年8月）で、乃木の流儀を生活の中に取り込んでいる石田小介を描いて乃木希典への尊敬を表現しているのと同一である。

軍人鷗外の事跡から見ると、小説の登場人物、荒川、安中、宇都宮というネーミングは気にかかる。いずれも関東に実在する地名を以って人物の姓としているからである。鷗外は、陸軍に入って間もない明治十五年に、二度北関東に足を踏み入れている。一度目は二月から三月にかけて、栃木・群馬・長野・新潟の各県を旅したときであり、二度目は九月から十一月にかけて、函館まで船で行ってから南下し、青森・岩手・宮城・福島・新潟・群馬・東京・埼玉・栃木・千葉と旅したときである。いずれも閲兵、巡視であった。鷗外はこの旅の記録として、それぞれ『北游日乗』、『後北游日乗』を残していて、それを見ると、安中と宇都宮に鷗外は確かに行っている。

二月二十三日　（前略）安中の駅なる山田屋といふ家に宿りぬいと物淋きところなるに冴え渡れる月破窓を洩りていも寐られず（後略）

（『北游日乗』）

十一月八日　晴れたり野木少女村間々田小山行羽川小金井石橋雀宮を過ぎて午後一時宇都宮なる稲屋に着きぬ

（『後北游日乗』）

おそらく、この旅から軍人二人の姓を取ったのだろう。また、荒川は東京の北部を流れる川で、家族が当時住み、後に鷗外も住んだ千住に近く、過去に住んだ所の記憶から取ったものと推定できる。(注5)(注6)

「金貨」における地名の問題に関連して言えば、八が最初佇んでいたのが「千駄ケ谷の停車場」、八が付いて行った荒川の家があるのは「新屋敷の方」である。小説『金貨』の唯一の語注には、新屋敷は「未詳」とあるが、鷗外が立案した地図『東京方眼図』（明治42年8月）には、「千駄ケ谷村」のところに「字新屋敷」とその場所が記載されている。因に、停車場も、小説の表記どおり「千駄ケ谷停車場」とある。荒川たちも八も、「踏切を二度越し」て荒川宅へ行くのであるが、『東京方眼図』記載の道路に確かに踏切を二度越す道があり、『金貨』の読者は、『青年』（明治43年3月～44年8月）の主人公小泉純一よろしく、鷗外立案の地図を傍らに置いて、八の足跡を辿れるわけである。(注7)

ところで、『金貨』には、その素材となったと思われる泥坊についての記載が鷗外の日記にある。(注8)

明治四十一年十月二十七日（火）、夕に岡田次官良平に紅葉館に招かる。夜盗あり。妻の金剛石を嵌めたる金指環、金時計、予の銀時計及金七十円許を奪ひて去る。
三十一日（土）、盗宝石を嵌めたる金の指環を返す。小包郵便にして深川万年町より発送しつるなり。

これは、小説が執筆、発表される約十ケ月前の事件である。泥坊が入って金品を盗んだが、その泥坊がその四日後に指輪のみを返してよこしたのである。泥坊にも、この指輪が細君のものであることがわかったのであろう。日記の記述からすれば、この泥坊には、細君のものは奪うつもりはないといった矜持・流儀と、いささかの反省めいたものが感じられる。はたして、鷗外がこの泥坊の行為をこのように受け止めたかどうか、それは不明と言わざるを得ないが、小説の八の描かれ方から敷衍すれば、この泥坊が、無情の悪党ではないと感じたものと思われる。（注9）そして、おそらく、この事件と泥坊に対する好感のラインから小説「金貨」は構想された、という推定が可能となる。

さて、この小説『金貨』は、他の作品と響き合って、作家森鷗外の問題意識を提示してくる。

職人の八は、軍人たちに付いて荒川の家の前に来たとき、「三人連は、八には読めないが、荒川と書いた点燈会社の軒燈の点つてゐる、黒い冠木門のうちへ這入つた」と記述されているように、文字、少なくとも漢字は読めない。そして、「酒の飲みたいのは猛烈なる本能である」と記述されているように、酒が飲みたい「欲望」のままに荒川たちに付いて来た。このことからわかるように、八は教育のない本能的な人物なのである。この本能的人物ということで言えば、鷗外は、すでに戯曲『仮面』（明治42年4月）においてその問題を書いている。植木職人が高所から転落して死んでしまった時、駆けつけた女房が、「どうもお手厚くいたして戴きまして。（ト書き省略）あの、お邸《やしき》へ一しよに参つてをりました三太さんに手伝つて貰ひまして、引き取つて参りたうございます。只今あちらにお出の先生に伺ひましたが、警察の方は済みましたさうでございますから」というように、きわめて立派な肝の据わった態度を取る。それを目の当たりにした杉村博士は、「どうだ、君、あの女の態度は。（間。）本能的人物には、確に高尚な人物に似た処があるなあ。家畜の群《むれ》の貴婦人に、あの場合をあの位に切り抜けて行けるものは、たんとあるまい」と学生に言う。この女房の覚悟の立派さは、死の病結核に侵されていると知った教育ある青年の取るべき態度に響いて来るわけで、本能的人物の有つ立派さを鷗外は発見し、注目しているわけである。明治四十年代のこの時期、鷗外は、本能的人物が持っている、もしかしたら教育があり、理性の発達した人物には所有しにくい善き部分に注目していたと見られる。そして、そのような、本能的人物に対する親炙と期待が、『金貨』にも底流として流れているものと考えられる。

もう一つの鷗外の問題意識は、荒川が体現している、非戦時の戦後においても、戦時の流儀で生きる、その姿勢の問題である。やはり軍人を登場させた小説『鶏』（明治42年8月）において、田中実が指摘するように[注10]、鷗外は、非戦時においても戦時の暮らしを旨とする石田小介を描いた。上官奥保鞏の流儀を旨としたり、乃木希典の暮らしを生きたりする人物たちの描写に、非戦時においても少なくとも軍人は戦時を意識して暮らすべきだ、との鷗外の価値観が看取される。それに、戦争成金の戦中における悪を暴き、戦後をぬくぬくと生きる成金の俗物性を批判した小説『鼠坂』[注11]（明治45年4月）を考え合わせれば、戦後をどう生きるべきかという鷗外の問題意識が、より鮮明に見えて来るものと思う。その意味で、「金貨」は、鷗外の戦後文学の一つとも定位できる。

最後に、『金貨』が後の文学に与えた影響について述べておけば、芥川龍之介の小説『羅生門』（大正4年11月）は、その表現方法の獲得において、『金貨』からの影響を抜きにしては成立しなかったのではないか、というのが私の考えである。この点については別稿[注12]があるので、参照していただければ幸いである。

注1　この点については、竹盛天雄に、「身体的スティグマのある疎外された存在を視点人物に選んでいる点が注意されていい」

注2　との指摘がある。（『鷗外　その紋様』、小沢書店、昭和59年7月）
竹盛天雄は、八の行動とそれを書く鷗外の眼差しについて、「本能に突き動かされて行動する人間の心理状態の解釈、その再現的叙述を楽しんでいるかのように思われる。前半は指摘どおりと思うが、「空しさ」の指摘については、八が盗んだ金貨が本物でないことを知って「失望に似た一種の感をなすことを禁じ得なかつた」場面においても八は「空しさ」という概念で捉えられる心位になってはいないと思われるし、語り手、もしくは鷗外も「皮肉な眼差しで呈示」しているとは考えにくい。八の失望は、いわば拍子抜けであり一瞬の事であって、八は、荒川の八への親和と許しに大きく包み込まれているものと考える。

注3　須藤松雄の注による。（『筑摩全集類聚森鷗外全集　第一巻』、筑摩書房、昭和46年4月）

注4　明治三十七年十一月二十四日附の森しげ子宛鷗外書簡には、「営口からとりよせた玉突台があるので毎日奥大将のおあひ手に玉をついてゐる」とある。

注5　荒川のモデルに関しては、森潤三郎が、「『金貨』の荒川大佐は、後に大将に昇進した島川文八郎将軍の事だと聞いた」と書き記している。（『鷗外森林太郎』、森北書店、昭和17年4月）

注6　鷗外の父および家族は、向島を引き払って、明治十二年から「南足立郡千住町北組」に住んだ。父静男が橘井堂医院を開業したためである。鷗外は明治十四年、大学を卒業するとともにこの千住に住んだ。

注7　注3に同じ。

注8　鷗外日記との関連については、岸田美子（『森鷗外小論』、至文堂、昭和22年6月）が、いちはやく指摘している。

注9　鷗外日記の中の泥坊について、岸田美子（注8著書）は、「欲得づくを離れた、純粋な何者かゞ潜んでゐた」、「盗坊根性に毒されてゐない、風変りな盗坊」と指摘している。

注10　田中実「戦時下の鷗外――『鶏』の方法と構造――」（『一冊の講座森鷗外』、有精堂、昭和59年2月）参照。

注11　拙稿「森鷗外『鼠坂』論――ミステリーの意匠――」（村松定孝編『幻想文学　伝統と近代』、双文社出版、平成1年5月）を参照されたい。本書所収（「鼠坂」論――ミステリーの意匠、と改題）

注12　拙稿「『羅生門』の表現方法――森鷗外『金貨』の影」（『上智大学国文学科紀要』第12号、平成7年3月）を参照されたい。

「鼠坂」論
――ミステリーの意匠

1　ミステリーの内と外

森鷗外に『鼠坂』（明治45年4月）という短篇がある。日露戦争の成金が邸宅を建て、その落成祝に呼ばれた友人の一人がその夜邸宅の一室で脳溢血のため亡くなる話である。目立たない作品であるが、鷗外と幻想文学、および鷗外と日露戦後を考える際には、見過ごすことのできない作品と思われる。

小日向から音羽へ降りる鼠坂と云ふ坂がある。鼠でなくては上がり降りが出来ないと云ふ意味で附けた名ださうだ。台町の方から坂の上までは人力車が通ふが、左側に近頃刈り込んだ事のなささうな生垣を見て右側に広い邸跡を大きい松が一本我物顔に占めてゐる赤土の地盤を見ながら、ここからが坂だと思ふ辺《へん》まで来ると、突然勾配の強い、狭い、曲りくねつた小道になる。人力車に乗つて降りられないのは勿論、空車《からぐるま》にして挽かせて降りることも出来ない。車を降りて徒歩で降りることさへ、雨上《あまあ》がりなんぞにはむづかしい。鼠坂の名、真に虚しからずである。

これが冒頭である。言うまでもなく「小日向」「音羽」「鼠坂」「台町」は実在の地名であって、その具体的な空間をこの小説は作品のリアリティーの保証として採用している。作品発表当時で言えば小石川区の西のはずれ、現在の行政区画では文京区に入る。「鼠坂」はいま音羽一丁目の十番から十三番の間に位置し、コンクリートで堅牢に固められている。(注1) 確かに細い急な坂道である。

寛政年間成立の『改撰江戸志』(注2) には、「鼠坂は音羽町五丁目より新屋敷へのぼるの坂なり、至てほそき坂なれば鼠穴などいふ地名の類にてかくいふなるべし」とあり、その後文政十二年に編まれた『御府内備考』(注3) によれば、もとは鼠ケ谷村といった畑地で、俗に鼠谷と呼ばれるようになったころには武家屋敷であった。「坂　幅壹間程長凡五拾間程　右は鼠坂と里俗に相唱申候」とも同書にはある。下って明治三十九年発行の『新撰東京名所図会』(注4) には、「鼠坂は小日向台町三丁目の北。音羽町五丁目十七番地の下に下る急坂路をいふ。此辺を鼠ケ谷と称したるを以此名あり」と記述され、名の由来や細いことから離れて急であることも明示されていて、小説の描写叙述とよく符合する。

ところで、この具体的な喚起力を持つ「鼠坂」という場＝空間の設定にあたって特徴的なことは、この坂が人力車を寄せ付けず、あまつさえ雨上がりには人さえ容易に寄せ付けないということである。ここに人々と親和しない難所、疎遠の場としての提示があり、そのきわめつけとして「鼠坂の名、真に虚しからずである」と語り手から名と内実の一致が認定されるのであってみれば、読者は「鼠坂」の名のとおりの実が密かに起こることを暗示されるのである。

さて、この大きい松のある屋敷跡に二ケ月足らずで新しい邸宅が建つ。その様子はそこに住む人を含めて次のように描かれる。

・和洋折衷とか云ふやうな、二階家が建築せられる。黒塗の高塀が繞《めぐ》らされる。とうとう立派な邸宅が出来上がつた。

・俗な隷書で書いた陶器の札が、電話番号の札と並べて掛けてある。いかにも立派な邸《やしき》ではあるが、なんとなく様式離れのした、趣味の無い、そして陰気な構造のやうに感ぜられる。番町の阿久沢とか云ふ家に似てゐる。一歩を進めて言へば、古風な人には、西遊記の怪物の住みさうな家とも見え、現代的な人には、マアテルリンクの戯曲にありさうな家とも思はれるだらう。

・座敷は極めて殺風景に出来てゐて、床の間にはいかがはしい文晁《ぶんてう》の大幅が掛けてある。肥満した、赤ら顔の、八字髭の濃い主人を始として、客の傍にも一々毒々しい緑色の切れを張つた脇息が置いてある。杯盤の世話を焼いてゐるのは、色の蒼い、髪の薄い、目が好く働いて、しかも不愛想な年増で、これが主人の女房らしい。座敷から人物まで、総て新開地の料理店で見るやうな光景を呈してゐる。

ここにはこの邸宅に関するいくつかの特徴が見られる。

まず、邸宅の様式が曖昧なことである。「和洋折衷」だけでも二極化と統合の曖昧を呈している上に、「とか云ふやうな」と、その「和洋折衷」の様式とさえ言い切れない。だから「なんとなく様式離れのした」と繰り返されるのであるが、「西遊記の怪物の住みさうな家」「マアテルリンクの戯曲にありさうな家」と形容されたことはもう決定的な意味を有つ。つまり、認定しようとすれば小説や戯曲というフィクションを持ち出さざるを得ないほど現実から離れている、ということである。現実の住居とは思われないこと、日常レベルでは正体不明、日常感覚では捉えられないのがこの屋敷というわけだ。

その上、陰気である。「趣味の無い、そして陰気な構造のやうに感ぜられる」、「座敷は極めて殺風景に出来てゐて」とあるように陰気さは荒涼を抱え込んでいる。

ここまで追って来れば、これは明らかに化物屋敷の要素に満ちている。宮田登(注5)によれば、明治大正において化物屋敷の実験談を数多く記録した哲学者井上円了は、化物屋敷は日本では東京にもっとも多く、光線の採り方が悪く、空気の流通が悪く、陰気に感ずる家だ、と指摘しているそうである。しかも、化物屋敷では早死する者や変死者が出たりするというから、この小説で新聞記者の小川が死ぬのはまさにそれに符合する。また、東京麹町の大老井伊家の屋敷が以前は加藤清正の屋敷であって、開けてはいけない籠が天井から下がっており、清正の奥方の屍が入っていると言われていた話も紹介していて、屋敷に人が住みかわったり、「明屋敷」になっているという空白があると化物屋敷になることが多いというのも、この小説の屋敷のあり方に符合する。

他にも化物屋敷を暗示する要素を数え上げてゆくと、「黒塗の高塀」の黒の陰気さ凶々しさと高塀による隔離隠蔽、邸宅の譬えに使われた家の名「阿久沢」の悪のイメージ、(注6)「脇息」の緑と「高塀」の黒との配色がいわゆる恐怖色である、などとなる。

ただ、この屋敷の描出で注意しておきたいのは、もう一方において成金的な俗物性が表現されていることである。表札が「俗な隷書」で書かれていたり、床の間に掛かっているのが文晁の「大幅」でしかも「いかがはし」かったり、脇息の緑が「毒々しい」こと、主人の女房が抜け目のない様子で、「新開地の料理店で見るやうな光景」を呈していることなどである。そしてこの俗物性の面は、ミステリーに覆われたかに見えるこの小説の別の層に深く関わってくることになる。

さて、この邸宅に住む人物がもう一人いる。「小綺麗な顔をした、田舎出らしい女中」である。この女中は、燗を付けた銚子を運ぶだけではなく、夜更けて客人を寝室に案内する。

化物屋敷と下女との関係で言えば、江戸時代に「池袋の女」という話がある。宮田登(注7)によれば、池袋出身の下女が若者に凌辱された直後からその屋敷では石が落ちてきたり家の中の道具類が空中を飛んだりするという異常が続くので、その下女に暇を出したところ、異変が収まった、という話である。川柳にも「下女が部屋震動こいつ池袋」とあるそうである。南方熊楠はこれを「ポルターガイスト」（騒ぐ霊）という人類に共通した現象であると説明し、井上円了は下女が故意に行ったと解釈しているそうである。

池袋は当時江戸郊外の小さな農村であった。境界線を越えて都市に入って来るという点で、小説の中の女中の「田舎出らしい」という部分は「池袋の女」と同質の要素である。この女中の導きで奥の部屋へ案内された男が翌日には死んでいるということと考え合わせると、化物屋敷としてのこの邸宅の仕立てはほぼ完璧に近いと言えよう。なお、この小説の中にも「名古屋もの」と女中を出身地で呼ぶ例があり、「池袋の女」というような、出身地と人間とを結ぶ特定のイメージの世界がこの小説にも生きているのを確認することができる。

ところで、この邸宅の主人の姓は欲が深いというイメージを纏った「深渕」(注8)、「鼠坂」「阿久沢」などとともに固有名詞がイメージを喚起するのもさることながら、新築祝が行われた「二月十七日」という日付の投げかける意味は重要である。というのも、祝宴の後死ぬことになる新聞記者の小川が、日露戦中満州で中国の若い娘を殺害した日と符合するからである。この符号は、日常的で一般的な宴会を、一気に非日常の特殊な宴会へと変換させる。

小川の強姦殺人は、「旧暦の除夜」で、「黒溝台の戦争の済んだ跡で、奉天攻撃はまだ始まらなかつた頃」と書かれている。日露戦史(注9)を繙けば、黒溝台の会戦開始が明治三十八年一月二十五日でロシア軍の退却が二十九日、奉天攻撃は三月一日であり、その年の「旧暦の除夜」は二月三日(注10)に相当するから、確かに黒溝台の戦争から奉天攻撃の間である。因にその七回忌とされる「二月十七日」は明治四十五年の二月十七日に相違なく、確かに旧暦の明治四十四年十二月三十日（この年の十二月は大の月で、旧暦の大の月は三十日である）、除夜に相当する。

新暦においては平凡な一日が旧暦においては非凡な一日であり、新暦の上にずれこんで隠されてしまった旧暦の除夜という特定の一日に加害者と被害者の二つの死が重なり、しかも加害者の死は被害者の七回忌に当たり、その上死亡時刻まで近似する(注11)という重なり方である。

坂という一種の境界線の、しかも「鼠坂」という難所の、市井から奇妙に疎隔された空間にある何とも認定しがたい化物屋敷風の家で、新暦という表の時間の裏で生きている旧暦の特定の時間、そこに起こる因縁めき作為の影のちらつく一つの死、これは明らかにミステリーである。

ところが、このミステリーを感得できうるのは語り手を除けば実は一人しかいない。読者である。鼠坂を「名、真に虚しからず」と捉え、深淵の新邸を化物屋敷として捉え、しかも屋敷の内部や人間模様まで見届けているのは語り手であり、そのメッセージを受け取れるのは読者以外には無いからである。深淵とその女房と女中、平山と小川を当事者とすれば、局外者は語り手を除けば「近所の人」と読者である。読者には語り手によってミステリーのメッセージが届いているが、「近所の人」のミステリー受容はどのようになっているのだろうか。

近所の人は驚いてゐる。材木が運び始められる頃から、誰が建築をするのだらうと云つて、ひどく気にして問ひ合せると、深淵さんだと云ふ。深淵と云ふ人は大きい官員にはない。実業家にもまだ聞かない。どんな身の上の人だらうと疑つてゐる。そのうち誰やらがどこからか聞き出して来て、あれは戦争の時満州で金を儲けた人ださうだと云ふ。それで物珍らしがる人達が安心した。

これは「明家敷」に「立派な邸宅」が建ってゆくのを見守るときの、近所の人たちの反応である。下世話な好奇心を働かせ、名前を聞いて高官や経済人に思いを巡らすのであるが、戦争成金と知るやその好奇心は〈なるほど〉という認知のもとに収束してしまう。成金という事柄は、この豪邸の説明として実に合理的な安堵を与えるものであったのだ。近所の人は、読者のようなミステリー感受と全く無縁である。

もう一か所、近所の人たちとミステリーとの関係の分かる部分がある。新築祝の翌朝、深淵の屋敷に医者や巡査が来、夕方になって布団を掛けた釣り台が担ぎ出されたのを知って、好奇のまなざしを投げ掛けるところである。

その次の日の新聞を、近所の人は待ち兼ねて見た。記事は同じ文章で諸新聞に出てゐた。多分どの通信社かの手で廻したのだらう。併し平凡極まる記事なので、読んで失望しないものはなかつた。

新聞記事の内容は、株式業の深渕某氏宅の新宅祝で宿泊することになった新聞記者の小川某氏が、その夜脳謚血症で死亡したというものである。ここでも、近所の人は非凡を期待したにもかかわらず、その平凡さに打ちのめされてしまう。死んだ小川が深渕の心理的攻撃を受け、その夜奇怪なおぞましい光景を見たのを知っているのは読者だけであり、それを全く知らない近所の人は、新築祝に凶事が起きてもミステリーとは全く無縁なのである。近所の人たちの心裏にはミステリーも化物屋敷も全く成立しておらず、自分たちの生活圏である鼠坂に成金の家があって、たまたま新築祝の夜に死者が出ただけのごく一般的な日常の事柄に過ぎない。祝いに人が死ぬという暗合に不吉を読み噂が立てば、化物屋敷という評判が立って初めて化物屋敷が成立するという意味で、近所の人の心裏にミステリーが成立するのだが、このように近所の人たちにミステリーは全く成立しなかったのである。

それとは反対に、同じ局外者でも、語り手によって化物屋敷がメッセージ化され、なおかつ当事者たちの人間関係と小川の死に至るいきさつを見せられ続けた読者には、ミステリー以外の何物でもない。

ミステリーは読者にのみ与えられて近所の人たちには与えられない。読者はミステリーの内側にいるが、同じ局外者の近所の人たちはミステリーの外側に立たされる。ゆえにこの小説の構造は、小川の死を日常的自然の次元で受け取る近所の人々によるミステリーの不成立、化物屋敷の不成立を安全弁のような枠組として、語り手によってその内側を見せられた読者の心の内にだけ化物屋敷とミステリーが成立する、というミステリー小説の構造なのである。この時、近所の人たちの認知、認定は、読者に明かされたミステリーの完全なる隠蔽の盾となっており、完璧に隠蔽されているからこそ、ミステリーの結晶度は高くなるのである。

語り手と読者の共軛の中でのみミステリーが存在し、近所の人たちを排除して読者にだけ特権的に賦与された怪奇、その密閉性の構造にこそ、この小説の優れた手法があると言える。このようなからくりによって、化物屋敷とミステリーは真に読者のものとなったのである。

2　確執と〈語り〉と幻想と

戦争成金で株式業の深渕、その女房、通訳あがりの平山、新聞記者の小川、この四人が宴をする人々である。この四人、女房は主人と立場上一体であるから事実上この三者は、日露戦争時満州で利害を共有した仲間である。平山が「我々」と言うとき、彼らの共通体験が浮かび上がり、女房が「本当に小川さんは、優しい顔はしてゐても悪党だわねえ」と言うとき、「悪党」は他の二人の胸にも響くはずである。いわばこの三人は悪を秘密として抱え込んだ利害共同体を形成している。そして、その共同の秘密とは、旅順陥落の頃、酒を密かに運搬して販売したことで、その遂行のために中国人を一人犠牲に供していることである。冤罪をでっち上げ、虚偽を行ったのである。この悪行を共通の体験として有つ三人だが、その位相は微妙に違う。深渕が首謀者で、平山と小川は協力したりその場に居合わせただけであり、いわば共犯者なのである。このように、悪と利害を共通の一体験として有ちながらも、その内実はかなりずれていたし、現在でも、平山が「本当に財産を拵へた人は、晨星《しんせい》寥々さ」と言うようにもちろん成金となったのは深渕一人で、当の平山は南清へ行きたいのに「会社のお役人」として遼陽へ帰らねばならないし、小川はあいかわらず新聞記者を続けている。

悪事に関わり利害上共同戦線をとりながらも、過去において既に、そして現在も明らかに精神上の緊密な連帯は成されていない。ここに、この新築祝において心理劇の成り立つ所以がある。

平山がまず、深渕の金を儲けた話を持ち出し、「着眼が好かつた」と言う。その言葉には作為や目論見はない。事実と実感を素直に述べているにすぎない。彼は深渕に「君は酒と肉さへあれば満足してゐるのだから、風流だね」と言われ、小川に「君は無邪気だよ。あの驢馬《ろば》を貰つた時の、君の喜びやうと云つたらなかつたね」と言われるが、「無論さ」などと言って肯ったり、スムースに受け入れてこだわらない。この点でも平山は戦時下を共にした仲間ではあっても、深渕及び小川に対して腹に一物を有つ者ではない。過去も現在もすんなりと通過していって遼陽に帰るこれからに人生のやるせなさをかこつ程度の淡白な人間である。

ところが、小川は平山の切り出した話を受けて「度胸だね」と言い、深渕の悪事を暴き出す。

「鞍山站《あんざんてん》まで酒を運んだちやん車の主を縛り上げて、道で拾つた針金を懐に捩ぢ込んで、軍用電信を切つた嫌疑者にして、正直な憲兵を騙して引き渡してしまふなんと云ふ為組《しくみ》は、外のものには出来ないよ」

これが、小川の深渕に向けた言葉である。「外のものには出来ないよ」などという言辞には明らかに悪意と糾弾がある。この言辞と響かせて解釈すれば、小川の「度胸だね」という深渕評価のニュアンスと、平山の「着眼が好かつたよ」というそれとが全く異なることは明らかだろう。もちろん、前者が恨みを込めた悪意であり、後者が感心に基づいた好意である。

さらに小川は、深渕を「先生」と揶揄を込めて呼び、彼がいくら鞭打っても騾馬や驢馬や牛が動かなかったことを上げて、「滑稽だつたね」と迫る。この時、「記者は主人の顔をじろりと見た。主人は苦笑をして、酒をちびりちびり飲んでゐる」というから、小川の舌鋒に深渕は完全にやり込められ、弱者に成り下がっている。深渕が小川を見返せないのは象徴的であるし、悪事の現場を見られているということが深渕に沈黙を強いたと言える。

ところが、驢馬を手に入れた司令官の爺さんと、平山のほほえましい話に対して、小川と深渕が次のような態度を取ったとき、この宴会に伏在する根の深い対立が明らかとなる。

記者は主人の顔をちよいと見て、狡猾げに笑つた。

主人は記者の顔を、同じやうな目付で見返した。

この三人のうち「狡猾」なのは小川と深渕二人であり、性格上同根を有つからこそ、おそらく、戦時下に共同戦線を張っても、心から打ち解けることなくこだわりを持ちつつ互いに生きて来たのである。しかも、深渕は小川を見返したとき、自分が強者になる契機を摑んでいる。

深渕は「あの事件」を持ち出し、小川の舌鋒を鎮める。この時も視線のあり方が強者と弱者をみごとに象徴している。小川の目は配膳の上に落ち、そのうつむいた顔を深渕の女房に覗き込まれ、一方深渕は、「小川の表情を、睫毛の動くのをも見逭がさないやうに見」ながら、同時に「顔は通訳あがりの方へ向けてゐて、笑談らしい、軽い調子で話し出」す。右に小川を目で封じ殺し、左に誇らかに平山に向かうという、勝利の構図である。

話の内容は、記者の小川が、日露戦争中満州で割り当てられた宿舎の隣の空き家からある晩物音を聞き、好奇心を煽られて探ったところ、若い中国の美人が兵隊に見つけられないようにと隠されていて、そのまま凌辱したが、自分の顔を見られたのが恐ろしくなって殺してしまった、というものである。

これは、深渕の冤罪のでっち上げ（連行された中国人は処刑された可能性が強い）と同じように公にしにくい悪行であり、戦時下という非日常時には黙過されやすいことながら、戦後という常時においては、凶々しい大悪である。

この事件は、小川が深渕に「酔つた晩に話した」のであり、深渕の悪が小川や平山に見られているのと違って、小川だけしか知らない性質のものである。とすれば、自分を凄みのある悪党に見せたいがための作り話だ、などといくらでもしらを切ることも可能で、さらに証拠も無いとなれば、逃げ切れる性質のものである。にもかかわらず、「もうかうなれば為方ないので、諦念《あきら》めて話させると云ふ様子」を見せたり、実際に「諦念めて飲んでゐ」たり、「人の出たらめを饒舌《しやべ》つたのを、好くそんなに覚えてゐるものだ」と口を挟みつつも、結局深渕の話すがままに抵抗しないのは、要するに小川が小心の悪党だからである。酔った時にしか話せなかった、また酔って話してしまったというところに、罪意識に嘖まれている様子と、完壁に自己内に悪を封じておくことのできぬ小心さとが表われている。内容こそ違え、同じ悪に手を下しながら、この場の舌戦において小川は深渕に完全に敗北している。このようにして、この二人に反感、嫌悪として伏在していた確執が、数年を経て決着をみるとき、腹の据わった大悪党が、衝動の重みに耐えられぬ小悪党を嬲るありさまが見えてくる。窮鼠は猫を噛む力も出ず、そのまま猫に嬲り殺しに遭った、「鼠坂の名、真に虚しからずである」と、語り手の言辞を弄したくなるところである。

さて、ここで小川が深渕に徹底的にやり込められる原因の一つに、深渕の〈語り〉がある。

西郷信綱は、柳田国男のカタリとハナシの考察をふまえて、ハナシに「自由さ、気楽さ」を見、「カタリは始まりと終りのある、方式のととのったものいいで、（中略）ハナシよりカタリの方が形式性に富んでいたのは確実である」[注12]としている。当の柳田国男にも、「珍しい叙述や稍〻重々しい言明は、兼て用意した形式の整つた物語で、表現しなければならぬ[注13]」という言辞があり、深渕の〈語り〉は西郷や柳田の指摘するカタリの基本的性格にぴったり照応する。

「ゆつくり話すとしよう」という前置きから始まって、〈今は昔、何々の国に〉というカタリ同様、「なんでも黒溝台の戦争の済んだ跡で、奉天攻撃はまだ始まらなかつた頃だつたさうだ。なんとか窩棚と云ふ村に」と時間と場所を定石どおり提示し、その上で内容を語ってゆく。途中深渕は、「わざと間を置いて、二人を等分に見て話し続け」たり、「又間を置いて二人を見較べた」り、「小川の顔をちよつと見た」りして聞き手の反応を逐一確認しながら、効果を充分に査定して次の言葉を紡いでゆく。そして、最後の一句「兎に角その女はそれ切り粟稈の中から起きずにしまつたさうだ」は、「特別にゆつくり」言う。深渕は、このように重々しく凶々しい内容を、充分に考えて〈語り〉の形式で表現するのである。これは言うまでもなく落語とか怪談などに特徴的な、聞き手の反応に注意しながら聞き手の心理を語る側の意図のもとに操る、一種の技巧的なシャベリである。いわばこのような〈語り〉の呪力によって、小川はその心を充分に操られ、深渕の導いてゆきたい目的の心位にまで持ってゆかれたのである。だから、深渕は、一面において、〈語り〉によって小川に勝った、と言っても過言ではない。

それに比べると、小川の深渕攻撃の言葉は、唐突で断片的であり、西郷信綱の言うハナシの定義にみごとに収まってしまう。この言葉による攻撃の方法の違いをおさえたとき、カタリはハナシに勝ったのであると言うことができる。深渕と小川の葛藤劇は一面において舌戦でもあり、カタリとハナシの機能の相違の問題でもあったのだ。

小川はこのあと「丁度今日が七回忌だ」という深渕の言葉を浴び、女中の手引きで寝室へ案内される。これ以後の叙述は、まさに小説における幻想怪奇の手法と呼ぶにふさわしい。

女中の導き、「西洋まがひの構造」、「廊下には暗い電燈」、これらは先述の化物屋敷の要素である。

平山と数部屋隔たった「行き留まり」の部屋をあてがわれる。その部屋は「中学の寄宿舎のやう」で、「瓦斯煖爐が焚いて」ある上に「火鉢」まである。布団にもぐり込めば「炕《かん》のやう」、炕は小川の殺した女が隠れていた場所だ。深渕が〈語り〉を始める時、「まあどうせ泊ると極めてゐる以上は」と言っているのと考え合わせれば、小川の「あいつ奴、妙な客間を拵へやがつたなあ」という感想を俟つまでもなく、これらには深渕の作為が揺曳することは否めない。

小川が一寝入りして再び目を醒ますと、電燈が消えている。とすれば誰が消したのか、という疑問も読者には即座に生じるだろう。その疑問も差し挟む間もなく、小川は「室内の青白いやうな薄明り」に目を奪われ、その出所が分からず「角電燈」をつけようと身体を半分起こすと、「立春大吉」と書いた「紅唐紙《べにとうし》」が見え、吉の字が半分裂けてぶら下がっている。その後は次のように叙述される。

> それを見てからは、小川は暗示を受けたやうに目をその壁から放すことが出来ない。「や。あの裂けた紅唐紙の切れのぶら下つてゐる下は、一面の粟稈《あはがら》だ。その上に長い髪をうねらせて、浅葱色《あさぎいろ》の着物の前が開いて、鼠色によごれた肌着が皺くちやになつて、あいつが仰向けに寝てゐやがる。顋《あご》だけ見えて顔は見えない。どうかして顔が見たいものだ。あ。下唇が見える。右の口角から血が糸のやうに一筋流れてゐる。」

小川はきやつと声を立てて、半分起した体を背後へ倒した。

まる六年前の事件を深渕の〈語り〉によって再現されたということは、小川にとって六年前の時間へと拉し去られたことを意味する。深渕は小川を六年前の時間へと連れて来たのである。しかもこの部屋は、おそらくその殺風景とその荒涼さが満州の民家と相通ずる「寄宿舎のやう」な造りで、「煖爐」と「火鉢」で「炕」のように温めてある。まさに六年前の「炕」の空間が用意されていたのである。小川は深渕の手によって皆と隔離され、たった一人、六年前の時空に嵌め込まれた。深渕の心理的な誘導と物理的な仕掛けによって。

ところが、そう考えられる一方、深渕の心理的誘導は事実としても、部屋の造りに殺害現場に近いものを感じてしまうのは、小川の囚われた心が感じてしまうものであり、暖房も火鉢もそれなりの接待と考えられないこともない。読者がその受容をこれだと言い切ることはできない。そういう表現のされ方なのである。

さらに問題は、「小川はふいと目を醒ました」以降「きやつと声を立てて、半分起した体を背後へ倒した」までをどう理解するかである。

深渕の悪意と周到な仕掛への意志を最大限に読み込むとすれば、小川が寝込んだあと女中に電燈を消させて「立春大吉」の紅唐紙を掛けさせ、浅葱色の着物を着させて殺された若い女を演じさせた、と読むことができる。深渕はその〈語り〉の中で中国人の若い女を、「土人の着る浅葱色の外套のやうな服で、裾の所がひつくり返つてゐるのを見ると、羊の毛皮が裏に付けてある」と言っており、「浅葱色の着物の前が開いて、鼠色によごれた肌着が皺くちやになつて」という小川がこの部屋で見たものと極めて類似している。しかも殺された中国人の若い女は「すばらしい別品」で、深渕宅の女中は「小綺麗な顔」をしているのであるから演じ手としてはおあつらえむきである。

一方、小川が見たものはすべて、誘導され取り憑かれた小川の精神が見た幻覚であり、神経作用である、とまさに合理的に解釈することもできる。

もちろん、怪異現象が起こったと素直に解釈しておくことも、あながち誤った読みとして一蹴することはできないだろう。

従来、研究者の間では小川の幻覚として読まれて来たようであるが、(注14)それは合理的立場に立ったときの解釈にすぎず、その立場を外してしまえば、そのような読み方一つに決めることのできる決定的なものは用意されていない。つまりは、様々な推理や解釈が読者の立場から成り立ってしまう作品なのであって、このような書き方にこそ、幻想文学としての所以がある。トドロフは幻想的な作品の条件として、「テクストが読者に対し、作中人物の世界を生きた人間の世界と思わせ、しかも、語られたできごとについては、自然な説明をとるか超自然的な説明をとるか、ためらいをいだかせなければならない。(注15)」と述べているが、この小説の場合、まさにこの「ためらい」があって、一つだけの解釈を拒み、読者を宙吊りの状態にさせるのである。

さて、この小説は、近所の人たちが失望した新聞記事で終る。これは、深渕と小川の確執を知っている読者にとっては気にかかる記事である。二人しか招かなかったのに大勢呼んだうちの一、二名が宿泊したような言い回しであるし、小川は深渕の「親友」と表現され、ショック死のように見えるのに「脳溢血症」となっている。そこには深渕の作為がちらつくのであるが、やはり決定的な判断はしかねる。

このような判断不能の中で深渕と小川に関して次のことは最小限断定できるだろう。二人の間には熾烈な確執があり、小川は深渕の〈語り〉によって精神的に痛めつけられ、その後寝室で心理的動揺の末死んだ。深渕にとっては自分の立場を脅かす危険な証人が目前から永久に消えたのである。小心な悪党小川が死んで悠然たる悪党深渕は生きている。おそらく深渕の俗物性と相俟って、このあたりにこの小説のもう一つのポイントが見えるような気がする。

3　生きている戦時下

『鼠坂』は日露戦争後の一日に小説の時間を設定しておきながら、日露戦中の時間を大きく抱え込んでいる作品である。周知のように戦時下において鷗外は数多くの詩歌を書いており、それらは凱旋後の明治四十年、『うた日記』として出版された。この詩歌集は日露戦中における鷗外の動静、思想と文学を知る重要な資料であるが、『鼠坂』の解読にも欠かすことはできない。

まず、「擡頭見喜《かうべをもたげてよろこびをみる》」という詩である。中国に上陸してまもない明治三十七年五月九日に書かれた。

波にゆられし　疲あればか
炕《かん》のうへにも　おだしく寐つる
夜はいつのまに　あけはなれけん
南のまどに　朝日かげさす

重き瞼を　開きて見れば
煤にけがれし　壁のおもてに
ことし貼しけん　紅唐紙あり
頭《かうべ》を擡《もた》げて　喜《よろこび》を見る

航海の疲れがあるのだろうかオンドルの上で熟睡した。爽やかな朝の光に目覚めると紅唐紙に字が書いてあるのが見える。頭を起こしてその喜の字を見た、というのである。身体の健やかさが中国の風俗を快く受け取っているさまが伝わってくるが、「炕」は小川の殺した中国の娘が隠れ住んでいたところであり、「紅唐紙」は小川が深渕宅の一室で夜中に見たもので、小説『鼠坂』との関係が窺われる。と言うより、この詩で表現主体が横になっている状態から「頭を擡げて」紅唐紙を見ていることと、『鼠坂』で小川が「体を半分起した」状態から紅唐紙を見ていることとの類似を考えれば、『鼠坂』で小川が紅唐紙を見る場面は、この詩の場面の裏返し、対極として書かれたことは明らかだろう。

ここでの紅唐紙はいわゆる春聯(注16)のことで、中国で正月を祝うために、除夜に硃箋または紅唐紙にめでたい文句を書いて門の左右や入り口の扉に貼るものである。詩の方では寝起き早々喜の詩句を見て快を表現しているのであるが、小川の見る「立春大吉(注17)」の詩句は、「吉」の字が半分裂けてぶら下っており、その不吉、凶は覆うべくもない。

さらに、「罌粟《けし》、人糞《ひとくそ》」という詩とその反歌風の二首がある。明治三十七年七月十三日の日付を持ち、『鼠坂』との関連については、はやく佐藤春夫に、「これ等を一読しつつ思ひ出すのはこの作者のこの数年後の短編『鼠坂』の背後に在る事件である(注18)」という短い指摘がある。

わが住む　室《むろ》せばく
顔ばな　照れるかくさん
すべなく　うたて見られぬ
紐《ひも》は黄　袴朱《はかまあけ》
仇《あた》見る　てだてに慣れて
をみなご　たやすく見出でつ

ますらを　涙なく
辞《いな》めど　きかんとはせで
あす来と　契りてゆきぬ

恥《はぢ》見て　生きんより
散際　いさぎよかれと
花罌粟　さはに食《たう》べつ

たらちね　かくと知り
吐かすと　のませたまひし
人屎《ひとくそ》　験《しるし》なかりき

おもなく　羞ぢ伏すを
舌人《をさびと》　聞きて告ぐれば
吐くべき　薬とらせつ

間近き　たたかひの
場《には》行く　死《しに》の使《つかひ》の
打見て　過ぎし花罌粟

　　磚瓦《かはら》もて　小窓ふたげる　こやの雨に　女子訴《をみなごうた》へ　うさぎうま鳴く

　　毒ながら　飲みし花罌粟　ふさはしき　子よといはんも　いとほしかりき

佐藤春夫の優れた要約を借りれば、「少女（中略）が『紐は黄　袴朱』の露西亜兵に犯されてしまつたのを恥ぢて『散際いさぎよかれと　花罌粟』を多く食べたのを、それを悟つた親たちが花の毒を吐かせようと人屎を飲ませたが験がなかつたので、我軍の赤十字へつれて来られて面目なげに羞ぢ伏してゐたのを、通訳が事情を聞いて告げたので、催吐剤《ヘメチカ》を与へた」(注19)という内容のものである。

美しい中国の娘が見つけられ犯されること、通訳が出てくること、さらに反歌風の一首目に、瓦で小窓を塞いでいる小屋や驢馬（「うさぎうま」）が出てくること、これらは小説『鼠坂』を構成する要素と重なり合う。ゆえに「罌粟、人糞」が『鼠坂』の核となっていることは明らかである。「罌粟、人糞」が『鼠坂』との関連で投げ掛けるのはそれだけではない。次の点に注目する必要がある。

「罌粟、人糞」では加害者がロシア兵で殺害まではしていないのに対し、『鼠坂』では加害者が日本人の新聞記者で娘を殺している。ともに被害者は被侵略国の中国娘でありながら、加害者はロシア兵から日本人の非戦闘員へと逆転し、あまつさえ強姦から強姦殺人へと悪行は残虐を深めている。ここにミステリーの衣裳を纏った『鼠坂』の裸形が見えてくる。

深淵は冤罪をでっち上げて中国人の男を犠牲に供し、小川は中国人の娘を凌辱し殺害した。いずれも欲と保身のためであり、いずれも商売人、新聞人という非戦闘員である。日本の戦闘員が壮烈な死を遂げてゆく傍で悪行を働き、暴利を貪り、戦争をうまく潜り抜けて戦後をぬくぬくと生きているのが深淵であり小川である。二人はその罪を罰せられることなく生きていた。しかるにここで小心な小川は死に、深淵一人が「黒塗りの高塀」に囲繞されて富裕に生きてゆく。深渕の成金としての俗物性が、その屋敷の様子を描写するなかで細かく書き込まれた理由はおそらくこの、戦争を食い物にして戦後をぬくぬくと生きてゆく人々に対する告発のモチーフによるものと思われる。深渕は刺されるべき人物の代表的な存在であったわけである。

鷗外は、戦時下、中国大陸に上陸してまもなく、

白きおくり　黄なる迎へて　髪長き　宿世をわぶる　民いたましき　（明治37年5月8日作）

と、中国民衆、ことに若い娘（「髪長き」）への同情を書いている。ここにすでに日本人の暴行がほのめかされているとも読めるのであるが、「罌粟、人糞」のような形では日本人の暴行をもちろん書いていない。しかし、鷗外が、死にゆくロシア兵の心象を同情を込めて描いていたり（「ぷろしゆちやい」）、敵味方が並んで伏している新墓に「おなじ涙を　灑ぎけり」と書いて既に「こすもぽりいと」（「新墓」）たる自分を意識しているのであってみれば、戦時下において書けなかった日本人同胞の悪行を小川を借りて告発したと読んでよいのではないだろうか。

さらに、詩「唇の血」において、「万骨枯れて　功成る」のだから将軍や侯爵伯爵は「よしや富貴に　老いんとも」南山の戦闘で死んでいった兵卒を忘れないだろう、と書いた鷗外を視野に入れれば、幾万という兵の死の陰で富を手にして栄えてゆく人々を深渕に代表させて刺していることは明らかだろう。

鷗外において戦争はまだ終っていない。戦争終結後まる六年を経て『鼠坂』を発表した鷗外に、戦時下の鷗外の精神が見える。戦後という常時においても戦時下という非日常時を抱え込んで鷗外は生きているのである。この点に関しては、田中実が『鶏』（明治42年8月）の主人公石田に対し、「戦地に於ける非常時を非戦時下の日常性にまで連続させる精神、この死を裡に包み込んだ〈戦時下の精神〉、ここにこそ将軍乃木希典に重ねられた石田の類稀れなる特性があった」（注20）という優れた読みを示して、戦後における鷗外の戦時下の意志を明らかにしたが、この『鼠坂』も鷗外に生きている戦時下を考える上で重要な作品と思われる。乃木希典に関して言えば、鷗外があれだけの

思い入れをした背後には、戦後においても戦時下を共に忘れてはいない、という無言の連帯を感じていたことがあったものと思われる。

『人種哲学梗槩』（明治36年10月）、『黄禍論梗概』（明治37年5月）という交戦の理論を有って積極的に日露開戦に臨んだ鷗外が、具体的な生々しい戦闘に触れ、厭戦の気分を抱いて帰還した(注21)心の傷み、それが戦後も生きている、『鼠坂』とはそのような鷗外の精神を伏在させている作品なのである。ミステリーの衣裳の下に、きわめて現実的な戦後における戦時下の問題が滑り込んでいるつくり、そこに『鼠坂』という小説におけるミステリーの意匠があり、それゆえ『鼠坂』は幻想、怪奇、告発、諷刺、さまざまな様態を呈するのである。

注1　『ぶんきょうの坂道』（東京都文京区教育委員会編集・発行、昭和55年3月）、岡崎清記『今昔　東京の坂』（日本交通公社出版事業局、昭和56年6月）参照。

注2　近藤義休撰、瀬名貞雄補の地誌。ただし引用は『御府内備考』所載のものに拠った。

注3　三島政行（正編）・神谷信順（続編）編の地誌。引用は『大日本地誌大系　御府内備考弐』（雄山閣、昭和4年12月）、『大日本地誌大系　御府内備考参』（雄山閣、昭和6年4月）に拠った。

注4　『風俗画報』増刊（明治39年11月）

注5　宮田登『妖怪の民俗学――日本の見えない空間』（岩波書店、昭和60年2月）

注6　関良一に「人間の悪沢としゃれた命名か」という指摘がある。（『筑摩全集類聚森鷗外全集　第二巻』、筑摩書房、昭和46年5月）

注7　注5に同じ。

注8　関良一に「欲の深いのをしゃれた命名か」という指摘がある。（注6掲載書）

注9　谷壽夫『機密日露戦史』（原書房、昭和41年2月）古屋哲夫『日露戦争』（中央公論社、昭和41年8月）等参照。

注10　以下、新暦と旧暦の照応については、『近代陰陽暦対照表』（原書房、昭和46年1月）、暦の会編『暦の百科事典』（新人物往来社、昭和61年4月）等に拠った。なお、日露戦争時中国では旧暦が使われており、太陽暦採用が布告されるのは一九一二年（明治45年）二月十九日で、鷗外が「鼠坂」を脱稿する（二月二十三日）四日前であった。

注11　小川の中国娘殺害が「夜二時頃」で、小川は「夜中一時」の時計の時報を聞いてから部屋へ入り一寝入りしてから死ぬのである。

注12　西郷信綱『神話と国家――古代論集』（平凡社、昭和52年6月）。なお、広川勝美は「ハナス・モノガタル・シルス」（『日本文学』、昭和56年5月）で、人の身の上話を「『人の一生の大事な、切実な問題』にかかわる伝承としてのモノガタリは、日常会話的世界を離脱しつつ、平常は明かさぬ密事が記憶の闇からとりだされたとき現出する」と指摘していて、深淵の〈語り〉の質を解明するのに有効な視点を与えてくれる。

注13　柳田国男『国語の将来』（創元社、昭和14年9月）。引用は『定本柳田国男集第十九巻』（筑摩書房、昭和44年12月）に拠った。

注14　たとえば稲垣達郎編『森鷗外必携』（学燈社、昭和44年4月）の「森鷗外作品事典」では「客はその夜、幻覚に悩まされて死に至る」とあり、『鼠坂』への言及では最も優れたアプローチと思われる竹盛天雄『鷗外　その文様』（小沢書店、昭和59年7月）にも、「神経作用の一つとして幻覚が起こり」とある。

注15　トドロフ『幻想文学　構造と機能』（渡辺明正・三好郁朗訳、朝日出版社、昭和50年2月）

注16　「擡頭見喜」の「紅唐紙」が春聯であることは『日本近代文学体系11森鷗外集Ⅰ』（角川書店、昭和49年9月）の頭注（三好行雄）にその指摘がある。

注17　これについては、関良一に「禅宗、主として曹洞宗で長さ二〇センチの紙片にこの四字を書き寺院や堂の入口の左右にはる札。立春早朝に吉事を祈るもの」という指摘がある。（注6掲載書）

注18　佐藤春夫『陣中の竪琴』（昭和書房、昭和9年6月）。引用は『佐藤春夫全集第十巻』（講談社、昭和41年6月）に拠った。

注19　注18に同じ。

注20　田中実「戦時下の鷗外――『鶏』の方法と構造――」（『一冊の講座森鷗外』、有精堂、昭和59年2月）

注21　拙稿「森鷗外と日露戦争――『うた日記』の意味――」（『上智大学国文学論集』第13号、昭和55年2月）参照。本書所収。

なお、森鷗外研究会における酒井敏氏の発表「森鷗外『鼠坂』をめぐって」(昭和63年3月26日、於大妻女子大)には教えられるところ多く、文京区立鷗外記念本郷図書館、文京区立小石川図書館には資料提供を受けた。記して感謝したい。

『青年』論
――反〈立身出世〉小説

1　『青年』論の問題

森鷗外の長編小説『青年』は、明治四十三年三月から四十四年八月まで十四回にわたって雑誌『スバル（昴）』に連載され、大正二年二月には籾山書店から胡蝶本の体裁で単行本刊行された。作品の内容は、田舎から上京した文学者志望の青年小泉純一が都会の女性たちと出会いながら小説家となるべく自らの作品の方法を見つけてゆく、というものである。

作品連載中からいくつもの批評が出た。(注1) その批評の中で注目されているのが、主人公の心理を分析して書いている点と、個人主義がどのようなものであるか洞察している点である。前者は、最近三浦雅士が『青春の終焉』(注2)で、明治四十年前後の、青春を取り上げた小説について、主人公の「自己意識」が表出されていることを指摘していることに符合する。また後者は、夏目漱石の講演『私の個人主義』（大正3年11月25日、於学習院）に代表される当時の関心や問題に符合する。

研究と見なしうる批評や論文が発表されるようになったのは蓮田善明の『鷗外の方法』（昭和14年11月、子文書房）あたりからで、その後多くの『青年』論が書かれた。それらを現時点から整理すると次のようになるかと思う。

まず、作品として優れているか否かが評論家を中心に問題にされた。その多くは失敗作とするもので、石川淳は「こなれが悪い」(注3)とし、高橋義孝は「内的構造の破綻」(注4)を指摘し、中野重治は「失敗」(注5)と評した。高く評価したのは日夏耿之介で、夏目漱石の『三四郎』と比べて「群を抜いた敏感さと新鮮さ」(注6)が『青年』にはあるとした。

作品内容についての論究においては、次の三点が論じられてきたと言ってよいであろう。その第一は、「積極的新人」としての純一の問題である。これは「利他的個人主義」をめぐる問題であり、蓮田善明(注7)はそれを新しい倫理の提出とする。また、樋口正規(注8)は大逆事件などの言論弾圧に対する批判に繋がると見、野村幸一郎(注9)は当時の青年に向けて鷗外が示そうとした青年への指針と見る。これらの見解は、『青年』を一種の思想小説と考えるものである。その第二は、純一が小説家をめざして生きていることの問題である。長谷川泉は、純一の考え方や恋愛・性欲よりも彼が「芸術家として成熟する過程」(注10)を重視する。また、竹盛天雄(注11)は、鷗外が書こうとしたことを純一に見立てて探ったものとした。これらは、『青年』を芸術家小説と見るものである。その第三は、セクシュアリティーの問題である。蒲生芳郎は、純一の恋愛と性欲に焦点を当て、『青年』を「性欲克服物語」(注12)とした。最近の論考では、生方智子(注13)が坂井夫人の「目」と「謎の言葉」に注目して、「無意識」の表象化という結論を導いている。このように、『青年』の作品内容は、思想、芸術家、セクシュアリティーの三方面から追究されてきたと言える。

もう一つの論点は、同時代との関わりである。作品の連載中に発表された小宮豊隆の批評に「『三四郎』を思ひ出した」(注14)とあるように、早くから夏目漱石の『三四郎』との関わりが論じられてきた。鷗外が『三四郎』を意識して書いたことは、はじめ「小泉純一」という表題にしようとしたことからも明らかであり追究意欲をそそるものであるが、その結果は否定的なものが多い。また、大逆事件との関わりと、自然主義との関わりが、ともに鷗外がそれらを批判したという観点から論究されてきた。

以上が、これまでの『青年』論の概要であるが、改めて振り返ってみると、作品の本文を分析的に解釈した論考においても、作家森鷗外を意識の片隅に置いて解釈したり作家森鷗外を上から被《かぶ》せて意味づけした論考がほとんどであることに気づかざるを得ない。ロラン・バルトによって「作者の死」が言われ、それが全面的にいいとは思わないものの、作品の言葉を作家と切り離して読む試みは、こと『青年』においては、希少である。私見では、作品の言葉をその歴史的情況の中において、言葉の運動として捉えることがまず作品研究の基本と考える。その時、作者に関する情報は一旦保留しておくべきであると考える。その観点に立ち、ここでは、作品の言葉がいかなる運動を示しているか、私の把握した言葉の運動の一部を論述したいと考える。

2　既知としての東京・西洋

純一は、文学者となる希望を有ってY県から東京へ出て来た。そして初音町（谷中の旧町名）にある一軒の家を借りて住む。その家主の家の嫁に安《やす》という女性がいてそこへ遊びに来る銀行頭取の娘お雪さんと言葉を交すようになる。そのお雪さんと初めて言葉を交わしたときに、純一はお雪さんに次のように言われる。

「あなたお国から入らつしつた方のやうぢやあないわ。」

純一は笑ひながら顔を赤くした。そして顔の赤くなるのを意識して、ひどく忌々しがつた。それに出し抜けに、美中に刺《し》ありともいふべき批評の詞を浴せ掛けるとは、怪しからん事だと思つた。（四）

お雪さんに言われるように、純一は東京語を話すのである。純一がどうして東京語を話せるかは、昨日東京へ出て来て芝日蔭町の宿屋に宿泊していたとき小説家の大石路花を訪ね、路花のいる下宿袖浦館の女中と語を交えた場面に記述されている。

赤い襷《たすき》を十文字に掛けて、上り口の板縁に雑巾を掛けてゐる十五六の女中が、雑巾の手を留めて、「どなたの所へ入らつしやるの」と問うた。

「大石さんにお目に掛りたいのだが。」

田舎から出て来た純一は、小説で読み覚えた東京詞を使ふのである。丁度不慣な外国語を使ふやうに、一語一語考へて見て口に出すのである。そして此返事の無難に出来たのが、心中で嬉しかつた。（壹）

純一は田舎で小説を読み、それによって東京語を学んでいたのである。彼は文字情報で東京語を知り、それを東京という現場で使用しはじめたわけで、気持は恐る恐るであるが、話せる、と自己確認したのである。

さてお雪さんとの会話の場面に戻れば、ここでは、お雪さんに言われた東京語を話すということよりも、このお雪さんの軽い驚きの言を、批評されたと受け取り不服を露《あらわ》にしていることからすると、純一が、東京語を話すこと自体を既に意識化していなかったことが窺われる。つまり、袖浦館の女中と言葉を交した体験がもたらした安心感の結果、純一にとって東京語はことさらに構えて意識する存在なのではなく、東京語は既に獲得済みの既知の存在に過ぎないものとなっていたのである。

同じようなことは、国の中学で一緒で既に画家になるため東京に来ていた瀬戸速人にも言われる。純一の借家に瀬戸が初めて訪ねて来たときに、次のような会話がある。

「ひどくしやれた内《うち》を見附けたもんだなあ。」

「さうかねえ。」

「さうかねえもないもんだ。一体君は人に無邪気な青年だと云はれる癖に、食へない人だよ。田舎から飛び出して来て、大抵の人間ならまごついてゐるんだが、誰の所をでも一人で訪問する。家を一人で借りる。丸で百年も東京にゐる人のやうぢやないか。」（六）

東京へ出て来てすぐに一人で人を訪問すること、すぐに一人で家を探して借りること、このことが田舎者ではないと瀬戸は驚いているのである。その驚きが「百年も東京にゐる人のやう」という形容である。純一は、いわば東京を田舎と同じように動くのである。つまり、純一にとって東京は既知なのである。この既知は、その基盤に土地を知っていることにある。そして、その既知は、作品の冒頭で純一が携帯している『東京方眼図』によってもたらされていた。これはこの作品の作者である森鷗外が立案して明治四十二年八月に刊行されたハンディな地図であり、この地図により人に道を訊《き》きながら一人で行動できたわけである。

このように、東京は純一にとって未知のものではなく、田舎にいたにもかかわらずすでに既知のものとしてあった。それゆえに恐れも違和も緊張も基本的に無かったのである。

ところで、田舎から遠い東京だけでなく、東京よりももっと遠い西洋も純一にとっては既知であった。純一の田舎での暮らしを述べたところに次のような部分がある。

純一は机の上にある仏蘭西の雑誌を取り上げた。中学にゐるときの外国語は英語であつたが、聖公会の宣教師の所へ毎晩通つて、仏語を学んだ。初は暁星学校の教科書を読むのも辛かつたが、一年程通つてゐるうちに、ふいと楽に読めるやうになつた。そこで教師のベルタンさんに頼んで、巴里《パリイ》の書店に紹介して貰つた。それからは書目を送つてくれるので、新刊書を直接に取寄せてゐる。雑誌もその書店が取り次いで送つてくれるのである。

（五）

純一はいま東京で借りた家でフランスの雑誌を読んでいる。小説の流れの上では純一がなぜフランス語が読めるのかを説明した部分となっており、ここに書かれているように、純一は田舎で宣教師にフランス語を学んでいたのである。そして、この部分に続いて、いま開いたページに書かれているセガンチニについて考えを廻らす場面が記述されていることからも分かるように、雑誌や本を通して西洋の知識も手に入れていたのである。純一にとっての西洋語や西洋の文化は、東京の大学に来て初めて学び手に入れるものとして存在するのではなく、東京へ出て来る以前に既に既知のものとして存在していたのである。

だから、純一は、東京で西洋風の劇場を見ても驚かない。東京に出て来てから約一ケ月後の十一月二十七日、純一は有楽座でイプセンの「ジョン・ガブリエル・ボルクマン」を観劇した。このとき右手の座席にいた奥さんが坂井夫人であり、話し掛けられて後に深い関係となるのである。それはそれとして、この西洋風の劇場を見た純一は次のように記述されている。

　東京に始めて出来て、珍らしいものに言ひ囃されてゐる、この西洋風の夜の劇場に這入つて見ても、種々の本や画《ゑ》で、劇場の事を見てゐる純一が為めには、別に目を駭《おどろ》かすこともない。　（九）

東京の人の話題に上《のぼ》っている日本初の洋風劇場を見ても、純一にとっては書物や絵で既に既知であるため感動もしないのである。

さらに、純一は、西洋風の劇場という物だけではなく文化の動向も既に知っていた。同じ観劇の部分に、次のような記述がある。

　十一月二十七日に有楽座でイブセンの John《ジョン》 Gabriel《ガブリエル》 Borkmann《ボルクマン》が興行せられた。

　これは時代思潮の上から観れば、重大なる出来事であると、純一は信じてゐるので、自由劇場の発表があるのを待ち兼ねてゐたやうに、早速会員になつて置いた。　（九）

「ボルクマン」はこの作品の作者森鷗外が翻訳したイプセンの戯曲で、近代的自我を抱えた孤独な個人の生き方を追究したものである。純一が何を以て「これは時代思潮の上から観れば、重大なる出来事である」と考えたかは不明だが、純一がイプセンを、そして「ボルクマン」を、さらに自由劇場を知っていたことは確かであり、旗揚げしたばかりの自由劇場の会員になり、しかも第一回試演の初日に観ていることは、イプセンという西洋、日本における「ボルクマン」の初演の意義について深い洞察を有していたことを示して余りある。つまり、物としての都会東京、物としての西洋だけではなく、日本及び西洋における時代思潮という文化の点においても、日本ならびに西洋は、純一の既知であったと言えよう。

このような純一に対する同年代の青年による評価がある。瀬戸に誘われて行った文学者平田拊石の講演会で知り合った医学生大村荘之助は、講演会の帰りに純一と歩きながら言葉を交わし、純一に次のような感想を抱く。

銘々《めいめい》勝手な事を考へて、二人は本郷の通《とほり》を歩いた。大村の方では田舎もなかなか馬鹿にはならない、自分の知つてゐる文科の学生の或るものよりは、この独学の青年の方が、眼識も能力も優れてゐると思ふのである。（八）

二人が話した内容は、拊石が話をしたイプセンに関する「新人」の問題であったが、その会話から大村は純一の力を認めたのである。ここで注目すべきは、大村が「田舎もなかなか馬鹿にはならない」ということと、「文科の学生」より「独学の青年」純一の方が「優れてゐる」と思ったことである。前者は、都会が優れているという価値観を覆すものであり、いわば都会の特権や優位性は純一によって無化されているということである。また後者は、大学へ進学することが「眼識」や「能力」を高める必須条件ではないことを示しており、大学つまりアカデミズムの特権や優位性がこれまた無化されているのである。

このように見てくると、純一という青年は、田舎にいて東京と西洋を知ってしまっている存在であって、東京に出て東京を体験し、西洋に行って西洋を体験しなければ東京や西洋を知ることはできないという価値観を根底から覆している人物なのである。それは、東京や西洋という現場が有っている特権や優位性の剝奪である。明治時代における東京と西洋は、それぞれ田舎、日本に対して特権と優位性を有って存在した。それは文学作品に顕著に表われている。二葉亭四迷の『浮雲』（明治20年6月～22年8月）の主人公内海文三は静岡に母を残して単身上京し、学校に通った。夏目漱石の『三四郎』（明治41年9月～12月）の主人公三四郎も熊本の高等学校を卒業して大学へ通った。

いずれも東京の上級学校に通うことが自己を拓く第一の前提であった。そして、そこで東京を浴び西洋を知った。ところが『青年』の主人公小泉純一は、田舎に居ながら、文三や三四郎が東京で知ることになる東京や西洋を知り、東京へ出てもそれは文学者になるためであって学校や大学には入らない。この純一の文三や三四郎と正反対の生き方は、東京中心主義、西洋中心主義へのアンチテーゼであることは疑い得ない。この小説『青年』の特質と固有性は、田舎における既知としての東京及び西洋を有している青年による、東京中心主義・西洋中心主義の無化にあると言って過言ではない。

3　反〈立身出世〉小説

純一は文学者を志願している。純一はそれが希望であるのであるからそれはよいとして、周囲はこの純一の文学者志願をどのように受け止めているのか。純一は上京してすぐ、瀬戸に次のように言われている。

「大石路花か。なんでもひどく無愛想な奴だといふことだ。矢張《やつぱり》君は小説家志願でゐるのだね。」

「どうなるか知れはしないよ。」

「君は財産家だから、なんでも好きな事を遣るが好《い》いさ。紹介でもあるのかい。」（壹）

瀬戸は「財産家だから、なんでも好きな事を遣るが好い」と言う。この言には、小説家になるには働かないでそのために専心修業しなければならないことと、小説家になるために生きることが「好き」という個人的嗜好の範疇に属するものであるとの考えがある。そして、このように自己実現に時間がかかる嗜向的なものは、とりあえずいまは働かないでも暮らせる財力がなければならないと考えているのである。

瀬戸は友人という他人であるが、近親はどう思っているのか。初音町に引っ越してから一週間目の天長節に純一があれこれと考えている中に、次のような部分がある。

家には今のやうに支配人任せにしてゐても、一族が楽に暮らして行かれる丈《だけ》の財産がある。そこで親類の異議のうるさいのを排して創作家になりたいと決心したのであつた。（五）

親は反対しなかったようであるが、親類は純一の創作家志望を批難したことがここから分かる。血の近い身辺の人は職業としての創作家を受け入れていないのである。しかし、彼が働かなくても生活は彼も家族も困らない。瀬戸が、純一に財産があることによって純一の小説家志願をあっさり諾《うべな》ったように、ここでも純一の家の財産が彼の創作家志望を守ったのである。財産があること、これは純一の特典であり、彼が文学者になるためにはありがたい基盤条件であったのである。

この、財産があって働かないで済むことは、先の引用にあるように、瀬戸に「君は小説家志願でゐるのだね」と訊かれて「どうなるか知れはしないよ」と純一が答えているように、先が見えない夢、つまり努力しても自己実現できるかどうか分からない夢を支える力であることを意味している。さらにそれは、結果的に、働かねばならない、こうすればお金が取れるということを前提にして人生を決定する思考からの自由をも意味している。このことは、世間を覆っている、お金を取るために職業に就き人生設計をするという功利的思考方法に対するアンチテーゼのメッセージを保有している。

さて、この純一の文学者になるということは、世の功利的価値観に強く揺さぶりをかける性質を有っている。同じ天長節の場面に、次のような純一の思索がある。

国で中学を済ませた時、高等学校の試験を受けずに東京へ出て、今では大学にはいつてゐるものもある。瀬戸のやうに美術学校にはいつてゐるものもある。直ぐに社会に出て、職業を求めたものもある。自分が優等の成績を以て卒業しながら、仏蘭西語の研究を続けて、暫く国に留まつてゐたのは、自信があり抱負があつての事

であつた。学士や博士になることは余り希望しない。世間にこれぞと云つて、為《し》て見たい職業もない。（五）

純一は、文学者になる「自信」と「抱負」があって、その道へ一歩を踏み出した。成績が「優等」であるので充分に上級の学校に入ることはできたはずであるが、その意志は無かったのである。竹内洋（注15）によれば、この小説が連載されはじめた明治四十三年の中学卒業生の進路は、次のような状況であった。

　この年の全国の中学卒業生の数は、一五、七九〇人で、進学した者は33％、就職した者は26％、死亡が0.6％、未詳・未定が36％である。その内分けは、進学のうち高等（中）学校入学が8％、専門技芸学校入学が25％、士官候補生・兵役が5％であり、就職のうち学校教員が12％、官庁が2％、自家・他業務従事が12％である。このうち進学者のパーセントは明治三十七年からはほとんど変わらず、なかでも高等（中）学校入学者はその変化が少ない。

　純一は、成績優秀であったことからすると、少数である高等学校に充分入学できたはずであるが、未詳・未定の項に入るわけで、高等学校、大学という立身出世コースから意志的に外れたわけである。このことは、純一が一般の立身出世コースに与しないことを示しており、それは間接的に一般の立身出世コースの生き方を否定したことを意味する。このメッセージを純一は、そしてこの小説は有ってしまうのである。この点に注意する必要がある。さらに純一が、「学士や博士になることは余り希望しない」と言っていることは重要である。学士は大学を出た者の称号で、大学を出ることは官民いずれにせよ出世の条件である。博士になることは学問で世に立つことであり、これも出世であった。純一は、このような出世を夢見ないどころか、はじめから「希望しない」と棄てているのである。その積極的な意志の表明は充分にプロテストの意味を帯びている。因に、博士とは学者のことであり、明治二「十七年四月右文社刊行の内田露庵『文学者となる法』には、「文学者は学者にあらず」という項目の中で、「然るに文学者が更に学者ならぬこそ中々に可笑しき限りなれ」と文字の右に圏点を付けて強調している。このことからすると、世間では明治四十三年の時点でも文学者と学者（文学研究者）との区別があいまいであったことも考えられる。

では、純一は、具体的にはどのようにして文学者になろうとしているのか。純一は、田舎で紹介状を一通書いてもらった。それは、中学に東京から新しい先生が来て校友会で親しくなり、その先生田中が大石路花と同窓なので書いてもらったものである。純一の田舎は「Y県」であるが、そこから元老や大臣が出ていると記述されていることからすると、「Y県」が山口県であることは明らかである。純一はそのような政府の高官に紹介してやろうという人がたくさんいたにもかかわらず皆断ったと言い、それに続けて次のように考えている。

それはさういふ人達（元老や大臣――小林、注）がどんなに偉大であらうが、どんなに権勢があらうが、そんな事は自分の目中に置いてゐなかつたからである。それから又こんな事を思つた。人の遭遇といふものは、紹介状や何ぞで得られるものではない。紹介状や何ぞで得られたやうな遭遇は、別に或物が土台を造つてゐたのである。紹介状は偶然そこへ出くはしたのである。開いてゐる扉があつたら足を容《い》れよう。扉が閉ぢられてゐたら通り過ぎよう。かう思つて、田中さんの紹介状一本の外は、皆貰はずに置いたのである。　（五）

純一は、積極的に人に取り入って文学者になろうとしているのではない。偶然もたらされたのでその偶然の一本の紹介状を使ったにすぎない。

その紹介状で訪ねた大石路花を二度目に訪ねたとき、文学者になりたい旨を述べると、大石に「修業のしやうもない。只書いて見る丈の事だ」と言われ、「何の摑《つか》まへ処もない話だと思つて稍や失望」するのであるが、そこには一つの悟入があった。

帰つてから考へて見れば、大石の言つたより外に、別に何物かがあらうと思つたのが間違で、そんな物はありやうがないのだと悟つた。　（四）

この後、純一は大村との交際を中心にして〈知〉を磨いてゆきながら、独力で小説を書くために読んだり思考したりする。純一は、人脈に頼らず、自分の力で目的に向かって生きてゆくのである。その過程で次々に自己の認識を獲得してゆく。その中でも重要と思われるのが次の箇所の記述である。

十二月二十五日、瀬戸と議論をしていて、瀬戸が「女といふ自然」ということを口にした後の純一の思索である。

　瀬戸に注意せられてから、あの顔を好く思ひ浮べて見ると、田舎生れの小間使上がりで、植木屋の女房になつてゐる、あの安《やす》がどこか美人の骨相を持つてゐる。色艶は悪い。身綺麗にはしてゐても髪容《かたち》に構《かま》はない。それなのにあの円顔《まるがほ》の目と口とには、複製図で見たMonna《モンナ》 Lisa《リイザ》の媚《こび》がある。芸者やなんぞの拵へた表情でない表情を、安は有してゐるに違ひない。思つて見れば、抽象的な議論程容易なものは無い。瀬戸でさへあんな議論をするが、明治時代の民間の女と明治時代の芸者とを、簡単な、而かも典型的な表情や姿勢で、現はしてゐる画《ゑ》は少いやうだ。明治時代はまだ一人のConstantin《コンスタンタン》 Guys《ギス》を生まないのである。自分も因襲の束縛を受けない目丈《だけ》をでも持ちたいものだ。今のやうな事では、芸術家として世に立つ資格がないと、純一は反省した。

（十六）

「Constantin Guys」とは、フランスの画家で第二帝政時代のパリの風俗を描いた人物である。純一は、画家の修業をしている瀬戸の洞察力に反応し、植木屋の女房安を捉え直している。それまでは、安に対して「身綺麗」だが「髪容に構はない」程度にしか思っていなかったその安に「美人の骨相」と「Monna Lisaの媚」があることを発見する。これは、表層的理解から深層的理解へ感受が移行したことを示していると思われるが、純一はそれを、「明治時代の民間の女」と「明治時代の芸者」との見方の違いと考えている。そして、前者の安への見方を、「民間の女」には洗練された美は所詮ないものであり「Monna Lisa」の示す「媚」も当然ないものであるとの固定観念で見ていたと気づくのである。よく見ると実際はそうではなかった。美しく「媚」も存在するのである。それを純一は、自分が「因襲の束縛」を受けているからだと考えた。そして、「因襲の束縛を受けない目」の保有を志向する。

しかも、それが「芸術家として世に立つ資格」と意味づけるのである。

そして、注目すべきは、「明治時代の民間の女と明治時代の芸者とを、簡単な、而かも典型的な表情や姿勢で、現はしてゐる画は少いやうだ」と思い、このような二項対立の一方だけのものより、その二つが同時に存在するものをよしとして志向していることである。純一は、相反するものの同時存在を安に見出したのであり、それがほんとうの安であることを感知したのである。しかもそういう「画は少いやうだ」という口吻からすると、そのようなものを文学の上で実現したいと思っている。実はこの認識があって、作品最終部で純一が書こうとする文学が成立するものと、私見では思われる。

小説の末尾で純一が到達した書くべき作品とは、次のようなものである。


純一が書かうと思つてゐる物は、現今の流行とは少し方角を異にしてゐる。なぜと云ふに、その sujet《シュジエエ》は国の亡くなつたお祖母《ば》あさんが話して聞せた伝説であるからである。この伝説を書かうと云ふことは、これまでにも度々企てた。形式も種々に考へて、韻文にしようとしたり、散文にしようとしたり、叙事的に Flaubert《フロオベル》の三つの物語の中の或る物のやうな体裁を学ばうと思つたこともあり、Maeterlink《マアテルリンク》の短い脚本を藍本《らんぽん》にしようと思つたこともある。東京へ出る少し前にした、最後の試みは二三十枚書き掛けた儘《まゝ》で、谷中にある革包《かばん》の底に這入つてゐる。あれはその頃知らず識らずの間に、所謂《いはゆる》自然派小説の影響を受けてゐる最中であつたので、初めに狙《ねら》つて書き出した Archaisme《アルシヤイムス》が、意味の上からも、詞《ことば》の上からも途中で邪魔になつて来たのであつた。こん度は現代語で、現代人の微細な観察を書いて、そして古い伝説の味《あぢはひ》を傷けないやうにして見せようと、純一は工夫してゐるのである。
（二十四）

「sujet」はフランス語で素材のことである。純一は、この素材を亡くなったお祖母さんから得て、たびたび作品にしようと試みて来た。しかし、書けなかった。そしてついに思いついたのが、「現代語で、現代人の微細な観察を書いて、そして古い伝説の味を傷けないやうに」することであった。この、現代語で現代人の心理を古い伝説という素材に盛ることは、現在と過去という相反する二つのことを同時に表現する試みである。これは、先に述べた、「明治時代の民間の女」植木屋の女房安に「明治時代の芸者」を同時に見る見方、認識と同一なのである。純一は、植木屋の女房安に対する感受と考察で得た認識を以て、自らが文学者となるべき作品創造の方向とその具体的方法を獲得したのである。つまり、相反する要素の同時存在の有つ魅力を文章の上で実現させることに思い至ったのである。この到達が、純一の文学者となるための具体的第一歩であった。

ところで、もう一点注目すべきは、「純一が書かうと思つてゐる物は、現今の流行とは少し方角を異にしてゐる」ということである。現今の流行は、この引用にも書いてあるように自然主義である。純一は、流行は浴びるがそれに最終的には乗らないのである。これは、いはば大村の感化でもある。大村は、次のようにかつて純一に言ってい た。

「好く文学者の成功の事を、大いなるcoup《クウ》をしたと云ふが、あれは采《さい》を擲《なげう》つので、詰まり芸術を賭博に比したのだね。それは流行作者、売れる作者になるにはさういふ偶然の結果もあらうが、censure《サンシユウル》問題は別として、今のやうに思想を発表する道の開けてゐる時代では、価値のある作が具眼者に認められずにしまふといふ虞《おそ》れは先づ無いね。だから急ぐには及ばないが、遠慮するにも及ばない。起《た》たうと思へば、いつでも起てるのだからね。」

（十二）

「coup」とは「一擲」、賭けのことであり、「censure」とは「検閲」のことで、ともにフランス語である。大村の言わんとするところは、流行には乗らなくてよい、必ず価値のわかる人がいて自然に必ず認められるものである、ゆえにゆっくりやれ、ということである。純一が自ら見つけた書くべきものは、まさに大村の言の延長上にある。流行に乗らずに自分の育て培ったものを悠然と書くこと、これは大村の考えを血肉化したものでもあったと言えよう。

以上のように『青年』という小説を見てくると、この作品が、反〈立身出世〉というメッセージを、強く有った小説であることが明らかになると思われる。この場合の反〈立身出世〉とは、田舎から上京して大学を出、主に高級官僚となって日本の中心的存在に位置することをめざすことである。そして、これが一般に言われる〈立身出世〉である。それに対して純一は、上京はするが大学から官僚へというようなコースを自ら破棄して己の独力による目的遂行に向かう。これは、当時の是である〈立身出世〉に対する、結果的なアンチテーゼ、プロテストである。そこにこの小説最大のメッセージがあるものと考える。ヒエラルキーの頂点や上層の地位をめざし、金銭がついてくる暮らしを求めるのではない。自己を自己がめざした高みに上げるよう努力すること。小説家としての社会的成功を直接目的とするのではなく、優れた芸術を創り上げることに専念すること。大学を経由しないで自己を伸長させること。このような生き方が、この小説では提示されているのであり、最終的に小説『青年』は、〈立身出世〉の観念にまったをかけ、揺さぶりをかける小説となっているのである。これが、同時代の歴史状況における小説『青年』の価値である。その意味において、小説『青年』を反〈立身出世〉小説と見なしたい。

注1　『青年』発表当時の批評は、稲垣達郎編『森鷗外必携』（学燈社、昭和43年2月）にその多くが収められている。
注2　三浦雅士『青春の終焉』（新曜社、平成10年2月）
注3　石川淳『森鷗外』（三笠書房、昭和16年12月）
注4　高橋義孝『森鷗外——文芸学試論』（雄山閣、昭和21年10月）
注5　中野重治『鷗外その側面』（筑摩書房、昭和27年6月）
注6　日夏耿之介『鷗外文学』（実業之日本社、昭和19年1月）

注7　蓮田善明『鷗外の方法』（子文書房、昭和14年11月）
注8　樋口正規「『青年』の周辺――『利他的個人主義』と『安心立命』をめぐって」（『文学』、昭和47年11月）
注9　野村幸一郎「森鷗外『青年』の構造」（『論究日本文学』58、平成5年5月）
注10　長谷川泉『森鷗外論考』（明治書院、昭和37年11月）
注11　竹盛天雄『鷗外　その紋様』（小沢書店、昭和59年7月）
注12　蒲生芳郎『森鷗外――その冒険と挫折』（春秋社、昭和49年4月）
注13　生方智子「表象する〈青年〉たち――『三四郎』『青年』」（『日本近代文学』71、平成16年10月）
注14　小宮豊隆「七月の小説」（『ホトトギス』、明治43年8月）
注15　竹内洋『立志・苦学・出世』（講談社、平成3年2月）ただし、各項の％の小数点以下は便宜上四捨五入して記載した。

なお、『青年』の本文は、大正二年二月、籾山書店刊行の初版を元にした復刻版（日本近代文学館、昭和57年3月）に拠り、旧字は新字に改め、ルビは適宜省いた。

「かのやうに」論
――神話と歴史

1　問題のありか

森鷗外文学研究における特質の一つは鷗外の事蹟や鷗外の公的な立場と関連づけてその文学が論究されることである。それはある意味で当然である。なぜなら、たとえば、『舞姫』には「天方伯」というように山県有朋を暗に明示する表現があるように、鷗外の作品そのものが公的なものとの関わりを提示してくるからである。また、『沈黙の塔』や『食堂』は、大逆事件に直接反応していることをあからさまに示すように書かれている。つまり、鷗外の作品には、軍医の高官として国家の一翼を担っている作者の国家や社会に対する反応が刻印されているものが多いため、研究もいきおい鷗外の事蹟や立場を考えなければならぬ自然が存在するのである。

ところが、この、鷗外の事蹟や立場を無視できぬ文学研究という特質が、鷗外文学の研究を硬直化させてしまう危険を孕んでいるのである。作品には、鷗外の事蹟や立場とは疎遠な要素も多量に含まれているにもかかわらず、作品が作家鷗外の事蹟や立場の問題に関係づけられたりそれに収斂する形で論じられて終わる、という研究パターンが成立してしまっているからである。作品が研究の方法、手順を導いてくる自然そのものはよいとして、作家の事蹟や立場というコードに一元化されたかたちで研究が量産されることは、作品にとっては不幸なことである。作家の事蹟や立場に必要以上の目配りをせず、それらに直接かかわらぬ問題の追究も作品のためには必要と考える。

このような鷗外研究に対する考え方に立って、鷗外の小説『かのやうに』を中心に一つの考察を試みる。『かのやうに』はこれまで、大逆事件に象徴される国家の思想・言論に対する弾圧、それに対する鷗外の立場の表明として、また、当時問題となっていた南北朝正閏問題を背景にした天皇制秩序に対する鷗外の意見として研究されてきた。それはそれとしてよいのだが、この小説の中核を成す、主人公五条秀麿が抱え込んだ「神話」と「歴史」の関係に対する問題とその考察が、これまでの研究では、鷗外という個人の立場の研究に収斂されてしまい、「神話」と「歴史」との関係という問題そのものが結果的に等閑されてしまっている。「神話」と「歴史」との関係は、鷗外の文学を通観したときには大きな問題系として顕《た》ち現われていることは、言うを俟たない。小説家になるために上京した青年小泉純一は、小説『青年』の末尾で、「伝統」を「現代語で、現代人の微細な観察」のもとに書こうと志す。その言に符合するかのように鷗外は『山椒大夫』を書く。この「伝説」は「神話」の問題に関わる。「歴史」の問題では、鷗外は、『興津弥五右衛門の遺書』以下の歴史小説を書き、その「歴史」への態度の二様を評論『歴史其儘と歴史離れ』で鮮明に打ち出した。そこには、「伝説」と「歴史」と〈文学〉との関係が問題化されており、それは、『澁江抽斎』以下の「史伝」という作品のスタイルに関わっている。

小説『かのやうに』で取り挙げられた「神話」と「歴史」の問題は、鷗外の文学的営為に深く関わる問題として存在するのである。鷗外の対個人、対社会、対国家という現実的でなまなましい問題に関与する一方で、『かのやうに』は、鷗外の文学そのものの内実に関わるのである。この〈文学〉に関わる問題として「歴史」と「神話」ひいては「伝統」について考察を加えるのが本稿の目的である。文学作品は、作家個人の問題に終息させたとき死ぬ。文学作品は作品の問題性のままに扱うことが作品に対する礼儀ではなかろうか。

2 『かのやうに』の神話と歴史

『かのやうに』は、明治四十四年十二月四日に脱稿され、翌年一月刊行の『中央公論』第二十七巻第一号に発表された。

学習院から文科大学に入り歴史科を卒業した五条秀麿が、ヨーロッパに留学して三年間ベルリンの大学で学び、帰国したのち、本国の歴史を書くために煩悶するという一連の精神生活を描いた小説である。秀麿は、文科大学在学中に自分の成すべき仕事を自国の歴史を書くことと決めていた。その決意の並々ならぬことは、「苟も筆を著けたくない」、つまりその準備と態勢が整ってから書こうとして、卒業論文には国史を避けて古代印度史の中から「迦膩色迦王《かにしかわう》と仏典結集《ぶってんけつじふ》」というテーマを選んで書いたことに表われている。自国の歴史を書くことを何のために志したのかは書かれていないが、秀麿がドイツで獲得した「歴史」についての考えは、秀麿がドイツから寄こした手紙の内容をあれこれと思いめぐらす父の子爵の思考の中に確認することが出来る。ドイツのプロテスタント神学者ハルナックに敬意を表し、秀麿は次のように考えている。

> そこでドイツの新教神学のやうな、教義や寺院の歴史をしつかり調べたものが出来てゐると、教育のあるものは、志さへあれば、専門家の綺麗に洗ひ上げた、滓《かす》のこびり付いてゐない教義をも覗いて見ることが出来る。それを覗いて見ると、信仰はしないまでも、宗教の必要丈《だけ》は認めるやうになる。そこで穏健な思想家が出来る。ドイツにはかう云ふ立脚地を有してゐる人の数がなか〳〵多い。ドイツの強みが神学に基づいてゐると云ふのは、こゝにある。

この考えの前提には、学問を修めたものには宗教に対する信仰がなく、それゆえ宗教の必要性も認めなくなる人がいて、それを危険思想家と呼ぶ、という考えがあり、それに対して「穏健な思想家」の重要性について述べているのである。秀麿の考え方を整理すると、彼の言わんとするところは次のようになる。
一、学問を修めた者は、宗教を信仰しなくなる。
二、学問を修めた者のうち、信仰を有たず周囲に宗教の必要性を認めない者は危険な思想家である。
三、学問を修めた者のうち、信仰は有たないが宗教の必要性を認める者は穏健な思想家である。
四、穏健な思想家が出来るためには、教義や寺院の歴史をしっかり調べた書物が必要である。
この考えは、穏健な思想家をよしとするものであり、「歴史」記述の存在意義を認めたものである。秀麿の一生の事業である自国の歴史を書く意志と照らし合わせてみると、「歴史」を書くことの意義を秀麿はこのドイツの新教神学の存在、つまりハルナックの業績に発見しているわけである。ここに秀麿の、自国の歴史を書く根拠は成立したと見られる。

子爵は秀麿の考えを彼の寄こす手紙で知り、自分が秀麿の言う信仰は有たないが宗教の必要を認める人の部類に入っているのかどうか思案し、「神話と歴史とを一つにして考へてゐることは出来まい」と思案する人であるから、秀麿の考えそのものは理解したと言える。

さて、留学を終えて帰国した秀麿は、「歴史」を書く根拠と意義は充分に獲得しているはずなのに、自国の歴史を書くことに着手できない。そこには、「神話」と「歴史」に関する秀麿の認識と、その認識を日本において書くことへの躊躇があった。

秀麿が為めには、神話が歴史でないと云ふことを言明することは、良心の命ずる所である。それを言明しても、果物が堅実な核《さね》を蔵してゐるやうに、神話の包んでゐる人生の重要な物は、保護して行かれると思つてゐる。彼を承知して置いて、此れを維持して行くのが、学者の務《つとめ》だと云ふばかりでなく、人間の務だと思つてゐる。

これは、秀麿が、父の内面を忖度した後に自分の使命を確認したときの言説である。父子爵も「頑冥な人物や、仮面を被つた思想家」と同様に、神話が歴史であると思ってはいないもののそれを明言すると「物質的思想」が流入して困ると思っているのではないかと秀麿は父の心を忖度している。それゆえ、この「神話が歴史でない」という考えを言えないのである。そして、次のように考える。

兼ねて生涯の事業にしようと企てた本国の歴史を書くことは、どうも神話と歴史との限界をはつきりさせずには手が著けられない。寧ろ先づ神話の結成を学問上に綺麗に洗ひ上げて、それに伴ふ信仰を、教義史体にはつきり書き、その信仰を司祭的に取り扱つた機関を寺院史体にはつきり書く方が好さささうだ。さうしたつてプロテスタント教がその教義史と寺院史とで毀損《きそん》せられないと同じ事で、祖先崇拝の教義や機関も、特にそのために危害を受ける筈はない。これ丈《だけ》の事を完成するのは、極て容易だと思ふと、もうその平明な、小ざつぱりした記載を目の前に見るやうな気がする。それが済んだら、安心して歴史に取り掛られるだらう。

ここに記された秀麿の考え方と、先に引用した父への手紙の中に認められる「歴史」を書く意義とを考え合わせると、秀麿が、日本において自国の歴史を書くことの必要性と意味が明らかになる。

秀麿は、日本において、神話が西欧における信仰に相当するものであると認識しており、ハルナックが教義や寺院の歴史を学問的に記述したように、神話＝信仰の成立や機関の歴史を書くことにより、西欧の、学問を修めた人がハルナックの記述を読んで、信仰は有たないが宗教の必要性を認める穏健な思想家になる回路が開けたように、日本の「頑冥な人物や、仮面を被つた思想家」が秀麿の記述を読んで、神話への信仰は有たないが神話の必要性を認める穏健な思想家になる回路を開こうとしたのである。

この小説では、「神話」という抽象的なことばで表現されているが、秀麿が「神話の結成」と呼んでいる内容は、天皇制の確立のことであることは明白であろう。平たく言えば、秀麿は、天皇制の確立とそれへの信仰の歴史を学問的に書くことにより、天皇制への信仰は有たないが天皇制の必要性を認める、穏健な思想家の出現をめざしているのである。それが実現すれば、ドイツのようになると思っているのである。

ドイツには「ドイツの強み」を作ったハルナックがいる。日本にはそれに相当する人物がいない。ゆえに自らがハルナックになる、というのが秀麿の理想と考えられる。ハルナックはその仕事を敢行した。しかし、秀麿はその敢行に躊躇している。それがハルナックとの決定的な相違なのである。そして、その躊躇の要因は、天皇制の必要性を認めるのはいいとして、天皇制への信仰を有たないこと自体が日本においては「危険思想」となってしまう事態が存在するからである。秀麿がドイツに準拠して考える、天皇制への信仰は有たないが天皇制の必要性を認める「穏健な思想」は、日本では「危険思想」になってしまうのである。ましていわんや「天皇制への信仰を持たず同時に天皇制の必要性を認めない思想家」をや、である。

秀麿は、天皇制の成り立ちの歴史をハルナックが信仰の歴史を書いたようには書けないでいる。しかし書くことへの良心と使命は堅い。このことを如実に示すのが「ヂイ・フイロゾフイイ・デス・アルス・オツプ」、つまり、「かのやうにの哲学」への親炙、傾倒である。「無いものを有るかのやうに考へ」る認識論への共鳴である。このファイヒンガーの哲学と、神話は歴史ではないと書くこと、つまり、天皇制への信仰は有たないが天皇制の必要は認めると意思表示することとが、どのように重なるのかについて、秀麿は直接説明していないが、秀麿の思考を追ってゆくと、次のように考えたと思われる。

神話（天皇制の成り立ち）は事実ではないので、神話をそのまま受け入れることは信仰であり、それは出来ないが、神話の必要性は認める。この立場は、実際には事実としては無いと一度認定した上であたかもそれが有るかのように扱う態度と原理的に同一である。このように秀麿は考え、「かのやうにの哲学」を自分が自国の歴史を書く強い身方としようとしたと考えられる。それは、現代の哲学者の認識のあり方を次のように言っていることからも証明されよう。

近世になつては大抵世界を相待《さうたい》に見て、絶待《ぜつたい》の存在しないことを認めてはゐるが、それでも絶待があるかのやうに考へてゐる。

これは、絶対は無いが、その認定の上で絶対を棄てずに考えてゆく姿勢を述べている。また、神話が事実でないことについては、「かのやうに」の哲学を述べる前提として語った次の一節がその証拠となろう。

小説は事実を本当とする意味に於ては嘘だ。併しこれは最初から事実がらないで嘘と意識して作つて、通用させてゐる。そしてその中《うち》に性命がある。価値がある。尊い神話も同じやうに出来て、通用して来たのだが、あれは最初事実がつた丈《だけ》違ふ。

小説ははじめから事実がらないで作ったものだが、神話は事実がって作ったものである、という認識に、神話は事実ではないと考えていることが表明されている。

このように見てくると、秀麿は、〈神話が歴史ではない〉、つまり、天皇制の作り上げられ方の記述は歴史ではない、という一点にこだわっている。そして、これを書かないかぎり、自国の歴史記述は出発できないと考えている。そして重要なことは、神話＝天皇制の作られ方の記述が歴史＝事実ではないことが、天皇制の否定とは無関係であると考えていることである。この認識の層と、現実の取り扱いの層とは別であり、かつ併存することの必然性を秀麿は説きたいのである。さらに、秀麿は、「それ（神話が歴史でないということ――小林、注）を言明しても、果物が堅実な核を蔵してゐるやうに、神話の包んでゐる人生の重要な物は、保護して行かれると思つてゐる」と言っているように、事実でない神話が事実でないゆえに無価値なものではなく、重要な価値を有していると考えているのである。

『かのやうに』で提出されている問題は、直接的には、天皇制の成立に関する記述が事実ではないことを認識することを迫り、それにもかかわらず天皇制の成立に関する記述を事実として信仰したり、事実ではないと知りつつそれを等閑して「頑冥な人物」になったり「仮面を被つた思想家」になっていることを批判し、その一方で天皇制は必要であると主張する、明治におけるなまなましい考えを表明していることにある。これは鷗外の対社会的な問題に接続する。しかし、このなまなましさと同居するかたちで、文章をめぐる問題が提出されている。小説は「嘘」、つまり虚構を原理としていること。しかもその虚構に生命と価値があること。神話は事実を粧って作られた虚構であるということ。そして、神話の事実でないことが認識されても神話の中には「人生の重要な物」は存在しつづけること。歴史は事実に沿うものであり、虚構である神話とは別物であること。これらは、鷗外の文学方面に接続する。事実と虚構、歴史と文学、神話と伝説の関係――『かのやうに』で提出された文学をめぐる問題は、その後の鷗外の文学のあり方に深く関与するのである。その意味で『かのやうに』は鷗外の文学を考える上で重要な問題系を開いている作品と言えるのである。

3　伝説と歴史と小説と

『かのやうに』を執筆した明治四十四年に鷗外は、その前年から約一年半をかけて小説『青年』を雑誌『スバル』に連載している。『青年』は小説家志望の上京青年小泉純一が、先輩の作家や知り合った医学生に啓発される一方、美しい未亡人との性的交渉を重ねながら自ら書くべき小説を模索してゆく小説である。この小説も、書く志を有った青年という点において『かのやうに』と同一である。

『青年』の最終回「二十四」章は、明治四十四年八月号の『スバル』に掲載され、その中で純一がこれから書こうとする小説について次のように記述されている。

純一が書かうと思つてゐる物は、現今の流行とは少し方角を異にしてゐる。なぜと云ふに、そのsujet《シユジエエ》は国の亡くなつたお祖母《ば》あさんが話して聞せた伝説であるからである。この伝説を書かうと云ふことは、これまでにも度々企てた。形式も種々に考へて、韻文にしようとしたり、散文にしようとしたり、叙事的にFlaubert《フロオベル》の三つの物語の中の或る物のやうな体裁を学ばうと思つたこともあり、Maeterlinck《マアテルリンク》の短い脚本を藍本《らんぽん》にしようと思つたこともある。東京へ出る少し前にした、最後の試みは二三十枚書き掛けた儘《まゝ》で、谷中にある革包《かばん》の底に這入つてゐる。あれはその頃知らず識らずの間に、所謂《いはゆる》自然派小説の影響を受けてゐる最中であつたので、初めに狙《ねら》つて書き出したArchaisme《アルシヤイスム》が、意味の上からも、詞《ことば》の上からも途中で邪魔になつて来たのであつた。こん度は現代語で、現代人の微細な観察を書いて、そして古い伝説の味《あぢはひ》を傷けないやうにして見せようと、純一は工夫してゐるのである。

純一は「伝説」を書こうとしている。「国の亡くなつたお祖母あさんが話して聞せた伝説」とあるので、巷間に流布している、語り伝えられて来た話である。この素材（sujet）・テーマは上京以前に決められていて、何度も書くことを試みたものの、完成には至らなかったものである。「韻文に」「散文に」「叙事的に」「脚本を藍本にしよう」と考えたことからすると、どのような文学形式（ジャンル）で書くか、まずその文学形式に悩み、最終的に小説で書こうとしたのが「最後の試み」であったようだ。文学形式も小説でゆく、と上京前に一応の決心をしていたものと思われる。「あれはその頃知らず識らずの間に」の一文によると、「Archaisme」（擬古主義）を出そうと試みたがそれは自然派の小説の影響を受けた書き方であったのでうまく合致しなかった、ということである。擬古的な感じの表出と自然主義の小説手法は合わないという認識をここで純一は確認している。そして、上京し、文学と女性の遍歴を重ねた果てに見出した方向が、「現代語で、現代人の微細な観察を書いて、そして古い伝説の味を傷けないやうにして見せよう」とするものであった。

純一が書こうとするものの、上京前と上京後とを比較すると、素材・テーマは「お祖母あさんが話して聞せた伝説」で変らず、文学の形式も変らず、目指す作品の感触も「Archaisme」と変らない。変ったのは、自然主義の小説の影響から脱した小説態度で書こうとする点である。その点では、自然主義の創作態度の明確な否定が、上京後、純一が獲得したものである。そこで目指されるのは、「現代語で、現代人の微細な観察を書いて、そして古い伝説の味を傷けない」という、いわば現代的なものと古いものとの調和である。おそらく、古くから存在する素材・テーマを、現代の言葉と現代の心理分析という手法を以て書こうとしているのである。そして、現代の文学でありながら、古い時代の味わいを出そうと夢見ているのである。これは、歴史・伝説を素材とした現代小説の試みである。たしかに、明治四十年代に流行していた自然主義の小説とは素材と目指す感触が全く異なっている。純一は、この方向に自己の小説を書く意義を見出したのである。

ここで鷗外が小説の中で使用している用語について検討してみると、『かのやうに』における「神話」は日本の『古事記』に見られる天皇一族の物語を指していた。『青年』で使用される「伝説」が「お祖母あさんが話して聞せた伝説」と定義されていることからすると、鷗外は、「神話」を天皇一族の天皇制を作っていった物語として捉え、巷間の伝承を「伝説」として区別して使用していることが窺われる。

さて、この『青年』の小泉純一が目指した伝説の小説化については、大正三年十二月に脱稿され、翌年一月に発表された小説『山椒大夫』との符合が、早くから指摘されている。鷗外の作品史を見て来れば、まさにこの『山椒大夫』が純一の目指した小説に合致するわけで、ここに鷗外が『青年』の純一に言わせた小説の具現があると見ていい。そこで注目されるのは、この『山椒大夫』を書く以前に鷗外が自ら「歴史其儘」と呼ぶ、改稿された『興津弥五右衛門の遺書』『阿部一族』をはじめとするいわゆる歴史小説をいくつか書いていたことである。『かのやうに』に提出されている文学をめぐる問題系で言えば、「神話」「歴史」と文学の関係に関わる「歴史」と「伝説」と「小説」の問題が、大正元年から大正三年にかけて鷗外の中で起こっていたことが、これらの作品発表の事実から浮かび上がってくるのである。そのありようを鷗外自らが語っているものに、『山椒大夫』執筆の八日後の大正三年十二月十日に脱稿され、翌年一月に『山椒大夫』執筆の楽屋話として発表された評論『歴史其儘と歴史離れ』がある。鷗外は、『山椒大夫』以前の歴史小説について、次のように言う。

わたくしは史料を調べて見て、其中に窺はれる「自然」を尊重する念を発した。そしてそれを猥に変更するのが厭になつた。これが一つである。わたくしは又現存の人が自家の生活をありの儘に書くのを見て、現在がありの儘に書いて好いなら、過去も書いて好い筈だと思つた。これが二つである。

「資料」の中の「『自然』を尊重する」というのは、資料の中のありのまま、つまり事実と思われるものを尊重するということであり、「かのやうに」で提出されている問題で言えば、歴史の事実を小説として書くという、歴史の事実＝小説、つまり〈事実小説〉の試みとして『山椒大夫』以前の歴史小説を書いたということである。これは他の部分で「誰の小説とも違ふ」と鷗外自らが言っているように、独自の小説スタイルである。そこには歴史と小説は同一のものとなり得るという思考が存在するわけで、この考えは、近年、〈歴史の終焉〉つまり、歴史は記述されるかぎり物語にすぎない、という歴史学の最新の考え方と、結果的に一致している。その意味で、鷗外の、「神話」「歴史」「伝説」「小説」をめぐる文学についての思索は、同時に歴史学の思索の問題と接触していたのであり、そこに鷗外の文学作品が有っている〈文学とは何か〉という問いの深さがあり、他の作家の作品には見られない鷗外作品の問題射程の長さと問題領域の広さが指摘できる。

さて、鷗外は、『山椒大夫』について次のように言う。

わたくしは歴史の「自然」を変更することを嫌つて、知らず識らず歴史に縛られた。わたくしは此縛の下に喘ぎ苦んだ。そしてこれを脱せようと思つた。（中略）山椒大夫のやうな伝説は、書いて行く途中で、想像が道草を食つて迷子にならぬ位の程度に筋が立つてゐると云ふだけで、わたくしの辿つて行く糸には人を縛る強さはない。わたくしは伝説其物をも、余り精しく探らずに、夢のやうな物語を夢のやうに思ひ浮べて見た。

ここには、歴史の事実を小説として書く〈事実小説〉に対して、その放棄、つまり〈事実小説の放棄〉が表明されている。史料に目を凝らして歴史の「自然」（＝事実）を正確かつ丹念に小説として書くことへの訣別である。この部分を読むと、『かのやうに』の次の部分を想起しないわけにはゆかない。『かのやうに』の五条秀麿は、国の歴史を書く前段階の作業として「神話と歴史との限界をはつきり」させ、「先づ神話の結成を学問上に綺麗に洗ひ上げて、それに伴ふ信仰を、教義史体にはつきり書き、その信仰を司祭的に取り扱つた機関を寺院史体にはつきり書く方が好」いと考え、そう考えると「もうその平明な、小ざつぱりした記載を目の前に見るやうな気がする」と思った、という。この作業は、史料に含まれている事実と思われないものを洗い落とし、事実と判断されるもののみを明晰に書いてゆく歴史其儘の歴史小説の手法であり、その結果、「平明な、小ざつぱりした記載」による小説が出来上がるのである。そして、鷗外は、その手法の「縛」りに苦しみ、「平明な、小ざつぱりした記載」をこの時点では小説として物足りなく思ったのだと推定される。「夢のやうな物語を夢のやうに思ひ浮べて見た」というのがその証拠である。

　さらに、この歴史其儘から歴史離れへの転換に際して、なぜ「伝説」がその契機となったのかという問いへの答えも、実は『かのやうに』の中にある。先に引用したように、秀麿は、「神話が歴史でないことを言明」しても、「果物が堅実な核《さね》を蔵してゐるやうに、神話の包んでゐる人生の重要な物は、保護して行かれると思つてゐる」のであって、神話という事実でないものには「人生の重要な物」が永遠不滅に存在していることを見抜いていた。ここにおける「神話」は「史料」そのものであり、「伝説」と同じように事実でないものを含んでいる点において同一の存在である。ということは、「伝説」には歴史の事実ではないが「人生の重要な物」が含まれているということを鷗外は知っているのであり、だからこそ「伝説」の中の事実のみを書かずに「伝説」を生かしてゆけば「人生の重要な物」は小説に定着できると考えたのである。

そして、この「伝説」が「人生の重要な物」を有つことについて、『青年』の小泉純一は知っていたのである。だからこそ、小説家として出発するに当たって、小泉純一は「伝説」を選び、かつ「古い伝説の味を傷けない」ことを目指したのである。

要は、この『山椒大夫』という小説と『歴史其儘と歴史離れ』という評論が出るに及んで、鷗外が『かのやうに』で提出していた文学の問題が緊密にその糸を綴じ合わせたのである。事実と虚構、歴史と文学、神話・史料・伝説と小説の関係――それぞれを鷗外は考え抜いて、その都度、問題意識を有って小説を制作してきたのである。その過程において、神話・史料・伝説そのものと歴史は異なること（それはまた同時に、歴史と小説は物語という点において同一であるという歴史学で言う〈歴史の終焉〉に相当する考えに先験的に至っていることを意味する）、神話・史料・伝説には「人生の重要な物」が含まれていること、それゆえ神話・史料・伝説そのものを生かしていっても小説になること――それら文学の問題を鷗外は認識として把握し得たのである。その意味で鷗外は、〈文学とは何か〉〈小説とは何か〉という問題を常に追究する作家であった。と同時に、その問題意識に沿って、「歴史其儘」の歴史小説、「歴史離れ」の歴史小説という新しい文学作品の様式を作り得たのであった。そして、この文学・小説をめぐる問題の同一線上に晩年に制作した「史伝」という新しい文学作品の様式は存在する。その問題は稿を改めて論じたい。

Ⅳ　歴史小説

興津弥五右衛門の涙

寛永三年九月六日主上二条の御城へ行幸被遊妙解院殿へ彼名香を御所望有之即之を被献、主上叡感有て「たぐひありと誰かはいはむ末匂ふ秋より後のしら菊の花」と申す古歌の心にて、白菊と為名附給由承り候。某が買ひ求め候香木、畏くも至尊の御賞美を被り、御当家の誉と相成候事、不存寄儀と存じ、落涙候事に候。

初稿、定稿、依拠資料に彩られた森鷗外の小説『興津弥五衛門の遺書』を、定稿（大正2年6月）で、景吉の気持に沿いながら読んでみたい。

周知のように、この小説は興津弥五右衛門景吉の遺書、景吉の殉死場面、系図、系図の説明という四つの部分から成る。系図以降を小説の付録として読む読み方もあるが、系図の説明まで全部を小説と考えるのがひとまとまりとして発表された文学言語への対し方と考える。とすれば、この小説の語り手は、景吉の遺書を引用もしくは創造し、殉死場面を描写し、系図を示して説明している、ということになる。その際、この語り手が立っているのは明治三年以降の時間である。それは、系図説明の部分で語り手が、景吉の嫡流の末端十一世弥五右衛門を、「明治三年に番士にせられてゐた」と語っていることなどから割り出せる。

ところで、遺書は景吉自身が語っているのであるから、この小説の言葉を誰が直接語っているかで区別すれば、遺書と殉死場面以下の記述とに分けられる。そうすると、この二つがいわば向き合ってくるわけで、この小説の語り手が遺書以降の時間の中に何を見ようとしたかが判然としてくる。それはとりもなおさず遺書以降に何が書かれているのかを見て、遺書の該当する部分に突き合わせてゆけばよい。

すると、殉死の場面の描写は遺書の「身不肖《ぶせう》ながら見苦しき最後も致間敷存居候」に、系図とその説明は「此遺書は倅才右衛門宛にいたし置候へば、子々孫々相伝、某が志を継ぎ、御当家に奉対、忠誠を可擢候」に、それぞれ対置していることが明らかになる。

殉死を明日に控えて、まさか見苦しい最後を示すはずはないだろうという不安が景吉を一瞬襲った。この景吉の不安の行方を突き止めようとしたのが語り手の手になる殉死場面の描写で、「腹を三文字に切」り、「喉笛を刺されい」と叫んで果てた景吉の立派な姿に、景吉の不安が杞憂にすぎなかったことが確認される。

また、景吉は子孫に「忠誠を可擢候」のメッセージを送った。その遺誡の行方を突き止めようとしたのが語り手による系図の提示と説明であったと考えられ、その結果は、景吉の嫡流には先細りしながらも遺誡は守られ、一族では、弟四郎右衛門景時の嫡流の一人四郎右衛門のみが遺誡を破った旨、確認される。もっともこの結果の適用においては、景吉の言う「子々孫々」がどの範囲を指すのかが問題で、「倅才右衛門宛にいたし置候へば」という言辞をそのままにとれば、景吉の直系のみを指すのだろうし、父と長兄をすでに失って、二男ながら一族の長に位置している景吉を考えれば、弟たちやその末裔をも含めた願いと見てよいだろう。

ところで、系図以下の部分から遺書に出て来ない景吉の弟三人の存在が確認される。それによって遺書を書いている景吉の状況が新たに見えてくる。祖父、父、兄という死者の事蹟を記すことによって己の来歴を示した景吉の目は、生者及び未来に生を享ける者に向いている。末弟の六男又次郎に記念として短刀を遺し、嫡子才右衛門を呼び寄せた景吉の眼中に、他の三人の弟たちが全く欠落していたとは思えない。系図の説明から推せば、次のような景吉遺書執筆時の状況が見えてくる。三男作太夫景行は特記すべき事蹟を持たぬまま生きており、五男の弟宗春《むねはる》は「三歳の時足を傷けて行歩不自由になつた」まま生きている。そして四男四郎右衛門景時であるが、一六三七年までの生存は明らかだが景吉が遺書を書いている一六四七年に存命していたかは明らかでない。しかし、景時の生死にかかわらず景吉の頭に、系図の説明に記されている、景時が大阪夏の陣（一六一五年）の折に武功を立てたにもかかわらず「行賞《かうしやう》の時思ふ旨があると云つて辞退したので追放せられ」、伊勢亀山の本多家に仕えて奉行になったり、島原の乱の折（一六三七年）妙解院殿を助けて不忠に報いたりした事蹟は存在したはずである。とすれば、景吉はこのような弟たちのあり方を見つめつつ遺書を書き、メッセージを生者、来るべき生者に送ったわけで、弟景時の行賞辞退は景吉の主命絶対の主張のもとに批判され見切られている、という景吉の深層が見えてくる。景吉の主命絶対という忠誠のメッセージには、自己肯定のモチーフとともに系族内の異分子を排除し、純一なる一系を夢見てゆく意志が蔵されていたのである。

ところで、景吉の遺書に見られる忠誠の顕示・継承のモチーフには疑義も上がっている。磯貝英夫は父景一の田辺城攻めの挿話について、「敵方の便宜をはかることによって、やがて、その敵に救いあげられる話であり、こうした処世は、なにはともあれ主命第一をとなえる弥五右衛門の意識とは対立するものであろう」[注1]と指摘する。確かに主命第一と倫理から言えば景一は赤松殿の命《めい》を第一にしていないわけで、当然批判されてよいと思われるが、何よりこの遺書が細川家の検束の枠内でしかもそれに徹底的に見合う形で書かれていることを考えれば、興津家が細川家に仕えるようになったいきさつと細川家への忠誠の記述にこそウェイトがあるとも言える。

景吉の主張する忠誠は、細川家への忠誠であり、たとえ「頭が弱そう」（磯貝）[注2]でも細川家に対する主命絶対という内容に満たされた忠誠であることでは一貫している。兄の陣亡も主命の結果であり、景吉自身の香木事件も主命絶対の遂行の結果であり、彼の殉死も主命の御墨付きを得ている。やはり磯貝英夫の問題にしている小野伝兵衛（注3）についても、主命にさからった父に触れてもその父を主命どおり捜しに行っていることにウェイトがあり、主命絶対者の一人として、景吉の文脈ではまさに特筆を以て遇されてよいのである。

さて、景吉の主張する主命絶対のコールの根底には、主命と彼の思想とが結びついた手ごたえのあったことが確認される。

香木をめぐる横田との争いの中で景吉は次のように主張する。

御当家に於かせられては、代々武道の御心掛深くおはしまし、旁歌道《かたぐ》茶事迄も堪能に為渡らるるが、天下に比類なき所ならずや

これは、武具には大金をかけてもよいが、香木ごときに大金をはたくのは「心得違」だと相役横田に言われたことに対する反論の中の言辞である。しかも、蒲生殿が幽斎公の茶器をわざわざ拝見に来たエピソードまで引くという、具体的例証の提出までした上での言辞である。ここに、細川家の存立と〈名〉は、〈武〉ばかりでなく〈文〉までも極めて優れていることにある、という景吉の認識が見える。だから、「それを手に入れてこそ主命を果すに当るべけれ、伊達家の伊達を増長為致、本木を譲り候ては、細川家の流を潰す事と相成可申」という言辞を、たとえば、「伊達家への対抗意識に動かされた」「不純さ」（板垣公一（注4））というように捉える見方には首肯しかねる。景吉はここでも細川家の威信が文武両道の卓越にあると明視した上で、それを脅かすものに対して戦いを挑んでいると考えられる。〈武〉を〈文〉より上に置き〈文〉を一顧だにしない横田には決して見えぬところで、景吉は〈文〉の戦いをしていたのである。ゆえに、横田に認識上の優位を見て景吉の愚をあげつらう論評には留保がいると思うし、事態は逆転しているとも見える。

とすれば、三斎公の命《めい》は、期せずして、香木購入をめぐる細川家と伊達家の戦いの勝利獲得という命題とみごとに一致してくるわけで、景吉の主命絶対の遂行は、〈文〉の戦いにおける伊達家への勝利を強く意味していたので

ある。だからこそ、本木を持ち帰った景吉は、本木を持ち帰ったこと自体にはみじんも心揺るがすことなく、横田の一命にだけこだわり切腹を申し出るのである。この姿は戦士の帰還を彷彿させる。

さて、この戦士を迎えた三斎公だが、彼は、「（主命――小林、補記）大切と心得候事当然なり、総て功利の念を以て物を視候はば、世の中に尊き物は無くなるべし」「斯程《かほど》の品を求め帰り候事天晴れなり」の言葉をかける。三斎公は景吉の主命絶対を排功利の観念として評価しており、景吉にもそれに見合う「茶儀は無用の虚礼なりと申さば、国家の大礼、先祖の祭祀も総て虚礼なるべし」という〈虚の力〉に対する認識もあって、三斎公の評価と整合を見るのだが、香木購入における主命絶対を戦いと深く認識していたのはおそらく景吉一人であったと思われる。

このような観点から死を明日に控えて記述されたこの遺書を読むと、景吉の香木と伊達家への執着が露《あらわ》に見えてくる。

景吉が本木を入手して帰るくだりで、「伊達家の役人は無是非末木を買ひ取り、仙台へ持ち帰り候」（傍点、小林）と勝利の感覚、手ごたえを記す。そして、彼が香木をめぐって伊達家と〈文〉の戦いをしたときの勝利感とは比較にならぬ規模と深さで、細川家の覇、〈文〉の勝利を感じる場が生じる。それが冒頭に掲げた場面である。妙解院殿忠利が景吉の持ち帰った名香を天皇の所望により献じたところ、「叡感」があって「白菊」という名まで賜ったのである。この主家の面目は景吉の面目でもあり、景吉の〈文〉の戦いにおける最大の勝利であった。彼はこの遺書で、このときだけ「落涙」する。景吉の流した涙、景吉の書き込んだ涙は、主家に向かいながらその一方で、自己の意と存在とを明かす感涙でもあった。興津の〈文〉の戦いにおける頂点がここにある、と言ってよい。

さて、景吉と伊達家とのかかわりに戻れば、伊達家は景吉の死にもなんらかの影を落としているようである。自らが江戸詰を仰せつかったことを述べて殉死の決意を述べるその間に、四人の死が記される。妙解院殿忠利、父景一、松向寺殿三斎公、そして仙台中納言殿伊達政宗である。主君や父の死と、香木を争った伊達政宗は、景吉において同等に重いのである。しかも政宗が例の末木に「柴舟」と銘して秘蔵している旨を書き込むことを景吉は忘れていない。自らが心命を賭けて関与した、そして自らの生を明かしてくれる人々、それを敵にあたる人物も含めて列記し、その死を確認したとき、景吉は生きる最大の根拠を失ったのである。自らの香木事件を支える最後の人三斎公が亡くなったとき、景吉の、香木とともに生きた生は終焉を告げた。景吉の戦いの真の終息である。

ここで、遺書を書いている景吉の〈いま〉を考えてみる。景吉の〈いま〉は、自己の生のありようを確認しようとするだけでなく、自家の歴史を作り上げ、その上に自己を定位しようとする時間である。だからこそ香木に関わる自らの生を記述し、自らの寄って来た経緯、いわゆる祖先の事蹟を記述する。さらに過去ばかりでなく、〈いま〉は、過去を受け止めて自らを定位させたそれ以後、つまり未来を透視させる。その最も近い未来が自らの死であるわけで、景吉は遺書のメッセージ性を離れてその中で既に自らの死の情景を幻視している。当代光尚からの振舞い、各大名、公家、大寺院の長老たちから餞別の詩歌を受けた旨を列記することで〈晴〉を追認し、その上で、大徳寺前から切腹場所の仮屋までの十八町の間に敷き詰められた藁筵三千八百枚や、仮屋の畳と白布を、「有之候由に候」と幻視し、「いかにも晴がましく候て」と、あたかも体験したかのごとく精神の昂揚を見せる。それに続けて立会いの一人一人を列記し「倅才右衛門も可参候」と書き込むのであるから、この記述を「才右衛門宛の遺書だと思うと、ちょっと変な気がする」（尾形仂）(注5)と言う違和は、景吉の精神の流れにおいて消去してもよいと思われる。景吉は、自らの殉死に立ち会っている倅を幻視しているのである。景吉は自らの死の情景を先取りして幻視することにより、自己完結を果たした。遺書を書く景吉の〈いま〉はこう読みとれる。

そして、景吉の見る遠い未来、これが、いうまでもなく「子々孫々相伝、某が志を継ぎ、御当家に奉対、忠誠を可擢候」という幻想であった。単なる手記が自分対自分の自己内完結に終始するのに対し、遺書は他者に積極的に関わってゆく形式である。遺書の言葉は肉体の消滅とひきかえに未来を生きてゆく。こう信じられる、もしくはそういう機能をすると信じるからこそ遺書が書かれるのである。景吉は言葉に賭けた。言葉によって個を永遠化し、一家の未来決定を意図したのである。ここに景吉の〈いま〉の重みがある。

注1　磯貝英夫『鑑賞日本現代文学　第一巻　森鷗外』（角川書店、昭和56年8月）

注2　注1に同じ。

注3　磯貝は、注1掲載書において、「小野伝兵衛は、父を捕えよという理不尽な命令にそむかなかったために、恩をかけてもらうが、こんな主命の場合でも、興津は、主命絶対の自説を貫徹できるだろうか」と述べている。

注4　板垣公一『森鷗外――その歴史小説の世界――』（中部日本教育文化会、昭和50年6月）

注5　尾形仂「鷗外歴史小説の史料と方法――『興津弥五右衛門の遺書』『阿部一族』――」（『日本文学研究資料叢書　森鷗外』）有精堂、昭和45年1月、所収）

「佐橋甚五郎」論
――二つの物語

1　二つの物語

森鷗外の歴史小説『佐橋甚五郎』（大正2年5月）の本文は五節からなり、三人称の語りによって統率されている。センテンスのほとんどは、「た」や「である」の文末表現を以て結ばれ、述べられてきた事柄は語り手によって断定されている。これは語り手が小説における情報を直接読者に伝達するものである。この時、情報は語り手によって確認されている。ところが、語り手が、伝聞や推測によって情報を読者に伝達する部分が三箇所ある。その第一は、朝鮮使の一行が家康に拝謁する際の献上品をめぐってである。

固より江戸と駿府とに分けて進上すると云ふ初からの為組《しくみ》ではなかつたので、急に抜差《ぬきさし》をして調へたものであらう。江戸で出した国書の別幅に十一色の目録があつたが、本書とは墨色が相違してゐたさうである。

語り手はこの時目録の墨色を確認していないし、「抜差をして調へた」というのも推測にすぎず、読者の受け取る情報としてはその事実性の濃度がやや薄い。

その第二は、蜂谷の死について役人が調査した部分である。

只小姓達の云ふのを聞けば、蜂谷は今度紛失した大小を平生由緒のある品だと云つて、大切にしてゐたさうである。又其大小を甚五郎が不断褒めてゐたさうである。

この場合、小姓達の言を直接聞いたのは役人であり、語り手は役人の直接情報を間接的な立場で読者に提出したわけである。

その第三は、甚五郎が浜松から逐電した時の記述である。

　源太夫が家内の者の話に、甚五郎は不断小判百両を入れた胴巻きを肌に着けてゐたさうである。

さて、これらの記述のうち、伝聞を以て提出された情報は、語り手が入手する以前に誰かによって確認されているわけで、語り手の直接情報ではないにしても語り手が断定表現を以て提出した情報とほぼ同列に置いてよいと思われる。

情報の信憑性においてむしろ疑わなければならないのは語り手の推測の方である。他の情報から勘案して析出した結果にすぎないからである。この時読者は、語り手同様、語り手が提出した種々の情報を勘案して自らの結果を出し、語り手の推測と突き合わさねばならない。

読者が小説における情報を受け取るとき注意しなければならないのは、この種の語り手の判断が混入されている記述である。この小説において語り手の思考や判断が含まれている記述は、先ほどの推測の他に二箇所存在する。その一つは、「武田の滅びた天正十年程、徳川家の運命の秤が乱高下をした年はあるまい」という語り手の認識である。その認識が成立する材料提出のような形で、語り手はその直後に、明智光秀の謀反以下の天正十年に起こった事件を記す。この歴史認識は、直接この小説の〈よみ〉に重大な影響を及ぼさないものと考えられるから、一応置くとして、問題は、小説の第五節、末尾に記された次の記述である。

天正十一年に浜松を立ち退いた甚五郎が、果して慶長十二年に朝鮮から喬僉知《けうせんち》と名告つて来たか。それともさう見えたのは家康の僻目《ひがめ》であつたか。確かな事は誰にも分からなんだ。

小説の第一節で、朝鮮使の中の一人喬僉知を「あれは佐橋甚五郎ぢやぞ」と言い放つ家康を読んできた読者にとって、この末尾の記述は一種の不意撃ちである。なぜなら、語り手自らが記述した、家康が喬僉知を甚五郎だとする物語が、その同じ語り手によって「確かな事は誰にも分からなんだ」と断定されているからである。ここにおいて喬僉知＝甚五郎の事実性、信憑性は中有に浮かされたわけである。語り手はここで自ら記述した物語を自問自答の形で述べる。それは、自ら記述した物語を対象化していることであり、自ら記述した、家康が喬僉知を甚五郎であるとする物語と語り手が距離をとっていることを示している。「誰にも分からなんだ」の「誰」には語り手自らも入っている。

とすれば、この小説は次のように言える。『佐橋甚五郎』には、語り手の紡ぐ物語と家康の紡ぐ物語との二つの物語がある。語り手の紡ぐ物語は、喬僉知が甚五郎であることの可否は不明であるという物語であり、家康の紡ぐ物語は、喬僉知は甚五郎であるという物語である。両者は同じ事件をめぐって別様の物語を成立させている。そして、その物語を成立させているのは、片や語り手の「分からなんだ」という断定、片や家康の「あれは佐橋甚五郎ぢやぞ」という断定である。これらの断定は判断であり、それぞれの認識を示す。語り手は喬僉知事件について非当事者であるが情報収集者としては当事者の家康よりも優位に立つ可能性がある。おそらく語り手の認識はその優位に立っての最終認識である。一方家康の認識は、喬僉知事件の当事者であり、見た者の確信に立つ認識である。語り手にとって謎の事件は、家康にとっては自明のものであり、家康の精神史にとっては完結している。

この二つの物語を、これを読む読者を交えて構造化すれば、次のようになる。まず、喬僉知事件を事件たらしめている家康の紡ぐ物語があり、それを包む形で家康の紡ぐ物語に疑義を挟む語り手の紡ぐ物語があり、読者はその別様の二つの物語を突き合わせながら読者の物語を紡ぐ。この時の読者の物語がすなわち〈読み〉であり、読者は語り手の投げかけた謎、ミステリーに向かって小説の生成作用に参加が要請される。家康に軍配を挙げるにせよ、語り手の「誰にも分からなんだ」という不明、保留に寄り沿うにせよ、はたまた喬夋知は甚五郎ではないと決定するにせよ、ひとまず二つの別様の物語の存在を認知し、確実と不確実のはざまで語り手の提出する情報を読者が楽しむことが、『佐橋甚五郎』という小説の要請なのである。だから、これまでの、喬僉知は甚五郎であるとの前提に立つ〈読み〉や、作者はいいい喬僉知が甚五郎か否か明らかにしないまま擱筆しているという立場に立つ〈読み〉は、小説の構造を等閑したまま論じているのであり、論じられている事柄の根が脆弱であることを免れていない。

2　公の言葉・私の言葉

佐橋甚五郎がこの小説の中でその個性を露《あらわ》にするのは、鷺撃ちの場面である。当時甚五郎は徳川家康の嫡子信康の小姓であった。信康の物詣に随行した帰途、沼の遙か向こうにいる鷺を近従の誰もが撃てないと言ったとき、甚五郎が衆目の中でみごと撃ち止めたのである。

ふと小姓の一人が、あれが撃てるだらうかと云ひ出したが、衆議は所詮撃てぬと云ふことに極まつた。甚五郎は最初黙つて聞いてゐたが、皆が撃てぬと云ひ切つた跡で、独語《ひとりごと》のやうに「なに撃てぬにも限らぬ」とつぶやいた。それを蜂谷《はちや》と云ふ小姓が聞き咎めて「おぬし一人がさう思ふなら、撃つて見るが好い」と云つた。「随分撃つて見ても好いが、何か賭けるか」と甚五郎が云ふと、蜂谷が「今ここに持つてゐる物をなんでも賭けう」と云つた。「好し、そんなら撃つて見る」と云つて、甚五郎は信康の前に出て許を請うた。信康は興ある事と思つて、足軽に持たせてゐた鉄砲を取り寄せて甚五郎に渡した。

「中《あた》るも中らぬも運ぢや。はづれたら笑ふまいぞ。」甚五郎はかう云つて置いて、少しもためらはずに撃ち放した。

この部分は語り手の描写と説明とから成る。登場人物の肉声を交えて、場面における焦点の移動、遠近に統率がよくとれている。引用部の最初は、小姓の「皆」が鷺を撃てるか撃てないか言い合っている場面である。この時一人一人の声はその集団の「皆」に聞こえる声の大きさである。その声を甚五郎も「皆」の一人として聞いていたわけである。ところが、撃てぬと「衆議」一決したあとで「なに撃てぬにも限らぬ」と言う。この声を蜂谷が聞く。問題は、甚五郎の声が「独語のやうに」「つぶやいた」ことであり、「蜂谷と云ふ小姓が聞き咎め」たことである。声は明らかに小さく、小説の焦点はこの二人に絞られている。その後の二人のいきさつについては、「約束の事は跡で談合するぞ」という声を小姓の一人が聞いたばかりで誰も分からない。ということは、この時の甚五郎の声は蜂谷にしか聞き取れず、その後の蜂谷と甚五郎の会話も二人だけの私語なのである。衆という「皆」の中で二人は二人だけの私語の空間を作っており、そのきっかけを甚五郎の「独語のやう」な「つぶや」きが持ったことを考えると、甚五郎の「つぶや」きは、蜂谷を自分の側におびき寄せる戦略とみてよい。しかも平生の小姓たちの情報によると、蜂谷の大小を「甚五郎が不断褒めてゐた」わけであるから、甚五郎は蜂谷の大小欲しさ(注1)にこの機を拓いたと言えよう。

皆が撃てないものを撃つ。撃てばそれは英雄である。確かに、甚五郎が鷺を撃ち止めたとき「一同覚えず声を揚げて褒め」た。皆のラインからは衆に抜きんでた武芸の人たる位置を認められたわけだが、これは皆のラインからの問題で、どうやら甚五郎は英雄性が目的ではなかった。甚五郎の目は衆における自己に向かっていない。一方的に蜂谷に賭を持ち出し、「今ここに持つてゐる物をなんでも賭けう」という言を引き出し、そのラインで鷺を撃つのである。甚五郎の鷺撃ちは、その後蜂谷の死と蜂谷の大小の紛失、蜂谷の死骸の脇の「甚五郎の物らしい大小」の存在と響き合わせれば、明らかに蜂谷の大小という欲望に向かって成されている行為である。信康は、甚五郎の鷺撃ちの申し出を「興ある事」と思って鉄砲を持たせた。帰途をにわかに面白くする一興の裏側で甚五郎は己の欲望のドラマを着々と遂行していたのである。しかも、「衆議」が「撃てぬ」という裁定を下した安全地帯に佇んで。そして、当然、蜂谷もこの信康を頂点とする衆の中で一回性のイベントを楽しんだ。

さて、甚五郎が信康の前に出て許しを請うたときから小説の焦点は「皆」の中に出て行って、蜂谷対甚五郎という焦点は隠蔽され、「皆」対甚五郎という広場に出る。そのとき甚五郎が言い放った言葉「中るも中らぬも運ぢや。はづれたら笑ふまいぞ」は、何層もの意味を有つことになる。この言葉は、「南無帰命頂礼、御方を守らせおはします正八幡大菩薩、別してわが国の神明、日光権現、宇都宮、那須の湯泉大明神、願はくはあの扇のまん中射させて賜ばせ給へ」と声を挙げた那須与市を俟つまでもなく、まずは行為の前の儀礼的な言挙げとして場にふさわしく機能し、次に衆を含む公には失敗しても恥を掻かずにすむ保身として機能し、やがては成功すれば蜂谷の大小が手に入るという私が、公を通して認定されることに機能するのである。ここに、失敗しても自らマイナスになることは回避され、成功すれば欲望が遂げられるという一方的に優利な状態が開けている。このいきさつに、公の言葉と私の言葉とを巧妙に操る甚五郎の抜け目のない怜悧さを見ないわけにはいかない。

甚五郎は遊侠に富む武士なのではない。合理的人間なのでもない。日頃の欲望を遂げる一瞬のチャンスを見逃さず欲望を巧緻な手順で遂行する奸智に長けたしたたかな男である。そこには悪の性が付き纏うタイプの犯罪者的性格が認められる。

3　奸智と欲望

この鷺撃事件に連動した形で発生するのが、蜂谷が死し甚五郎が失踪するという蜂谷事件である。この事件は、事件の物理的な現象と甚五郎の従兄佐橋源太夫の報告とから構成されている。

衆を含む公のライン、つまり「役人」の調べの上では、蜂谷の無疵の死、甚五郎の失踪、甚五郎が蜂谷に「約束の事は跡で談合するぞ」と言ったこと、蜂谷の大小の代わりに「甚五郎の物らしい大小」の置いてあること、蜂谷が自分の大小を大切にしていたこと、甚五郎が蜂谷の大小を褒めていたことの五件が手に入った。これらの情況証拠からは、蜂谷の大小をめぐって蜂谷と甚五郎の間に何かがあったことは推測できるが、それ以上の事は言えないばかりか、やはり何かがあったという推測さえも許されるかどうかは危い。慎み深い態度をとれば、「奇怪な出来事」としか言いようがない。いわゆる謎である。

この謎が解けるのが、一年後の佐橋源太夫による家康に向けられた嘆願の陳述内容においてである。これを読者論的立場から言えば、初読の継起的な読みにおいて、読者には鷺撃事件における蜂谷と甚五郎の私語が聞こえているわけであるから、小姓の一人が鷺撃事件の後に聞き止めた「約束」という甚五郎の言葉の内容が分かっているわけで、役人たちより情報量は多く、蜂谷事件の発生と同時に役人における謎はあらかた解けているわけである。読者に残されている謎は、蜂谷の無疵の死が何故の無疵の死なのかという一点であり、源太夫の陳述から得られた新しい情報は、「談合」をめぐって起こった具体的な事柄である。

蜂谷が無疵で死んでいたのは、甚五郎の当身によることが判明し、「談合」をめぐって起こった事から、蜂谷の考え方、甚五郎の考え方などが分かる。

甚五郎は鷺を撃つとき蜂谷と賭をした。蜂谷は身に着けてゐる物を何なりとも賭けようと云つた。甚五郎は運好く鷺を撃つたので、不断望を掛けてゐた蜂谷の大小を貰はうと云つた。それも只貰ふのでは無い。代りに自分の大小を遣らうと云ふのである。併し蜂谷は、この金熨斗附《きんのしつき》の大小は蜂谷家で由緒のある品だから遣らぬと云つた。甚五郎は聴かなんだ。「武士は誓言《せいごん》をしたからは、一命をも棄てる。よしや由緒があらうとも、おぬしの身に着けてゐる物の中で、わしが望むのは大小ばかりぢや、是非くれい」と云つた。「いや、さうはならぬ。命ならいかにも棄てう。家の重宝《ぢゆうはう》は命にも換へられぬ」と蜂谷は云つた。「誓言を反古にする犬侍奴」

と甚五郎が罵ると、蜂谷は怒つて刀を抜かうとした。甚五郎は当身を食せた。それ切り蜂谷は息を吹き返さなかつた。平生何事か言ひ出すと跡へ引かぬ甚五郎は、とう〳〵蜂谷の大小を取つて、自分の大小を代りに残して立ち退いたと云ふのである。

これが、甚五郎が家康に言上した蜂谷事件の内容である。これは、死人に口無しの状況において甚五郎が源太夫に語ったものを、語られた源太夫がさらに語ったという構造を有つ言説である。ゆえに、甚五郎と蜂谷にしか分からない事が甚五郎という一方だけから提出されているわけで、甚五郎の当事者としての感受の問題、甚五郎の改竄の可能性、さらには源太夫の立場からの改竄の可能性という、信憑性の問題や不明の部分を濃厚に有つ言説である。しかしながら、役人が事件時に入手した事柄そのものと齟齬するものは一つもない。しかも、これ以外情報は無いわけであるから、読者は、この言説の中から析出できる蜂谷のありよう、甚五郎のありようを摑む以外方法がない。

そこで、蜂谷はどのような認識を示しているか。命よりも家が大切という認識である。そしてこれは、蜂谷と甚五郎との「談合」の際の言動からすると、蜂谷においては自明のことであったようである。おそらく、「今ここに持つてゐる物をなんでも賭けう」と言ったとき、無意識裡に、あるいは自分のお家大事の象徴としての大小という自明の理の作用によって、大小は「なんでも」の中から除外されていたものと思われる。とすれば、「約束」の履行の際除外してほしいということであり、それは当然甚五郎に通じると思っているということである。おそらく、蜂谷の意識の流れから言えば、「賭けう」の言は甚五郎が鉄砲を撃つときの励み、スプリングボードにしてやりたい善意を帯びていたことになる。しかも、この時蜂谷は自分の言葉に少々酔っていたとも見られる。それは、同僚としての親しみと甘えに支えられた余裕のヒロイズムかも知れない。

一方、甚五郎は命よりも誓言が大切という認識を示す。この論理を有っているからこそ賭を提案し、蜂谷の「賭けう」という言葉を導き出し、賭の履行を迫ったわけである。そして、武士＝誓言第一だからこそ誓言に違う蜂谷に「犬侍」という蔑称を投げかけた。これは武士としての矜持、存立を揺さぶる罵倒の言であり、この甚五郎の倫理からは自然の帰結である言葉が、蜂谷には言葉の暴力として作用したわけである。

この時、「誓言」を楯に取って甚五郎に作動しているのは蜂谷の大小が欲しいという欲望であり、だからこそ一方的に蜂谷の大小を得ることをせず、自分の大小を蜂谷に与える、つまり交換の形にしているのであり、刀を抜こうとした蜂谷に当身で対処したのであった。当身はそもそも局所を突くことであるから死すこともあり得るが、極力死を回避した表われである。甚五郎は結果的に蜂谷を殺したが、殺意[注2]は基本的に無く、「誓言」の合法的解釈に立って欲望を遂行した男なのである。蜂谷の側に立ってこの事件を悲劇と言えば、蜂谷の大小を欲しがっている男と、それに無頓着な男との齟齬、そのズレが悲劇を生んだのである。

鷺撃事件と蜂谷事件における甚五郎とは、武芸に絶対的な自信を有ち、それを力とし、加えて奸智と言える思考回路を以て巧妙に欲望を遂行する男なのである。

4　〈なりすます〉能力

源太夫の助命嘆願の結果、家康は甘利《あまり》四郎三郎を討つことを条件に助命の約をする。そして甚五郎はみごと甘利を討つわけであるが、そのあり方にも甚五郎の何たるかがよく出ている。

甘利殺害のプロセスは、甚五郎がまず甘利の若衆として取り立てられ、甘利に気に入られ、その信用を逆手に取って寝首を掻く、というものである。ここでまず言えることは、甚五郎の取り入り〈なりすます〉能力である。「新参の若衆」なのに信用し、酒宴の酔いというもっとも無防備な状態にもかかわらず甚五郎と二人だけになり、彼の「膝を枕にして横」たわるほどである。そこには、笛の音をしみじみと聴く甘利の風流と甚五郎の笛上手という需要と供給がぴったり一致してしまう事態が存在する。しかも、「いつも不意に所望せられるので、身を放さず持つてゐる笛である」と書かれていることからすると、甘利の甚五郎登用と彼に対する信頼は、岡崎殿信康に伺候したときの甚五郎のあり方、「口に出して言ひ附けられぬうちに、何の用事でも果すやうな、敏捷な若者」という甚五郎の聡さ、つまり、相手の考えていることを敏感に見抜き、その未成の言に沿った行動を俊敏に行う力にあったものと思われる。これは、道具が人間の手足の延長である事態にも似た、主君の身体の延長になり得る存在としての甚五郎像を明瞭に指し示す。おそらく、この手足としての快が、甘利に取り入り〈なりすます〉ことに大きく与《あずか》っていたものと考えられる。だから、甘利にとっては、月見の宴の笛という風雅の快における不可欠の人物として甚五郎の存在が要求されるわけで、さわがしい衆を排除して甚五郎と二人きりになり、膝枕の快を貪るのである。しかもここには、甘美なエロスさえ漂っている。

この関係がゆるぎなく成立したときを見はからって甚五郎は殺害を決行する。しかも、「申し。お寒うはござりませぬか」と声をかけ、「寛いだ襟を直してくれるのだな」(注4)と思わせて胸を突く甚五郎の手つきには、「殺人機械」(注3)としてのなめらかさがある。しかし、ここに甚五郎の残虐さを見るのは見当違いである。甘利を殺さねば命の保証のない甚五郎の立場こそ見るべきである。というのも刺客の命を受けているのであり、もし残虐と言うならば家康にこそ、その責任を負わせるべきである。また、甚五郎の殺しの場面を残虐と思うのは、非当事者たる読者のセンチメンタリズムであって、甘利は一種の酔中死を一瞬にして遂げたわけで、その苦痛なしの死は、蜂谷に当て身を喰わせた甚五郎に一貫した方法とも見られる。そこに、甚五郎の仁義、倫理を認めることも可能である。甚五郎は残虐な、手段を選ばぬ男なのではなく、手段を選び抜く男なのであり、目的のためには奸智を弄し巧緻に状況を組み立てる男なのである。奸智という悪は、個人において同様の手口で繰り返されたと言っていい。しかし、確認しておけば、家康に助命されたいために殺害を遂行するのであって、自発的な殺意があるわけではない。甚五郎はあくまでも家康という制度において制度内保身を遂行しているのであり、所属は家康ということなのである。

5　枠組みからの逸脱

甘利を討ち果たした結果、甚五郎は約束どおり家康に召し抱えられ、その後若御子の戦いで軍功をあげ、家康の二女督姫の輿入れの報を羽柴家へ伝える使者のお伴の人選問題が起こったとき、初めて家康という制度から出てゆくことになる。甘利殺害の時十七歳前後であった甚五郎は、この時二十二歳になっていた。使者の石川与七郎数正に家康が「誰か心の利いた若い者を連れてまゐれ」と言ったとき、「さやうなら佐橋でも」と石川が答えたことは、石川が「心の利いた若い者」という概念に当てはまる形で甚五郎を評価していたことを意味する。これがおそらく近隣の上司の甚五郎に対する受け止め方の一般を示していよう。ところが家康は違う。

「あれは手放しては使ひたう無い。此頃身方に附いた甲州方の者に聞けば、甘利はあれを我子のやうに可哀がつてをつたげな。それにむごい奴が寐首を掻《か》きをつた」

こう石川の言に答えている。この言葉から察すると、甚五郎が甘利を討ち果たして髻を持ち返った時点では甚五郎の甘利殺害のありようは知らなかった。甲州方の者によって最近その内容を知ったらしい。その情報をも考慮に入れての評価として「むごい奴」という認定が下されているのである。この時、家康は甘利の立場に立っている。そして、おそらく、寝首を掻くという方法は、家康の命じた「甘利を討せい」という言葉が孕んでいる方法の枠組を超えていたのである。家康は自己の思考体系の枠組を超えている甚五郎に出会っているわけで、その枠組から逸脱する甚五郎という存在を恐れ、危惧して「あれは手放しては使ひたう無い」という処方を取っているのである。ここにおいて、「むごい奴」と言った家康は、甚五郎の残虐性を嫌悪しているのではなく、甚五郎が単身で甘利を撃つ能力を有ち、加えて、取り入り〈なりすます〉能力を有っていることを嫌悪しているのである。家康の「むごい奴」という言葉に家康が情の肯定者であることを見るのは見当外れであって、甚五郎の〈なりすます〉能力を恐れたのである。だからこそ、喬僉知になりすました甚五郎（もちろん家康の紡ぐ物語において）に憤怒を覚えるのであるし、〈なりすます〉甚五郎に敏感であったわけである。

甚五郎はこの家康の言葉に「ふんと鼻から息を漏らして軽く頷」き、そのまま逐電した。甚五郎は、家康の自分に対する評価に見切りをつけたのである。ここに、自らの矜持が傷つけられることを忍ぶことのできない人間としての姿が示現されている。不断から胴巻に小判百両を入れていた甚五郎のあり方とも相俟って、甚五郎という人物は、一つの体制に帰属していてもつねに別個に主体のかかった生き方をしていたのであり、個を滅して組み込まれている人間ではなかったわけである。甚五郎とは、いつでも一人で生きる覚悟のもとに主体と上下、周囲とを睨み合わせ、主体的価値判断のもとに生きる男であった。(注5)

6　読者の物語

さて、いよいよ冒頭の喬僉知事件における甚五郎の問題である。時に甚五郎四十七歳、浜松出奔から二十四年の年月が経過していた。事は徳川家が朝鮮との国交を開く政策をとり、それに応えて朝鮮から使者が訪れ、国交回復が成立したという平穏なものである。にもかかわらず、ここに喬僉知事件と呼べるものが成立するのは、随員の一人喬僉知はあの佐橋甚五郎である、という家康の同定ただ一つに拠る。家康にとってのみ、あきらかに喬僉知事件なのであり、前述のように、それ以上の一般性は有たない。しかし、小説末尾の語り手の記述にある、佐橋家には上等の人参が多量に貯えられていた事実、その入手を「訝《いぶか》しがるもの」があった事実、それに、甚五郎が喬僉知と名告って来たかということについて、「佐橋家のものは人に問はれても、一向知らぬと言ひ張つた」（傍点、小林）というニュアンスなどから喬僉知が甚五郎である可能性の強さが示唆され、甘利の側近の若衆になりすました甚五郎の事実と、朝鮮使と甚五郎との関係とを考えると、なりすます能力を有つ甚五郎との同一性が決定可能となる。

これは読者の紡ぐ物語である。その上で言えば、甚五郎とは、家康を見切り、その家康の権力、制度の及ばない別個の制度の中で自らの力を認めさせてゆこうとする人間なのである。よく言えば、甚五郎とは、自己を評価する人に仕える論理の持主なのである。

その結果、この場面ではかつての制度の頂点家康と対峙する場が開けてくる。上々官である喬僉知は広縁に並んで家康を拝する。しかし、家康は手出しできない。「兎に角あの物共は早くここを立たせるが好い。土地のものと文通など致さぬやうにせい」と防御するだけである。臣下たる者が逐電の罪を犯したにもかかわらず、裁くことはできない。しかも引物として、刀と白銀を与えてしまうはめに陥っている。この逆説に喬僉知こと甚五郎は「むごい奴」という二十四年前の屈辱に対する意趣を晴らしたか、その内面までは測定できないにしても、家康の心情を掻き乱したことは確かである。

このようないくつかの事件から統合される甚五郎とは、読者の紡ぐ物語でいえば、欲望と自己の評価を基軸に生を遂行し、いくつもの制度を跳梁して、その選びとった制度の中で悠々と生きる男であるということである。甘利の中で生き、ついで家康の中で生き、今度は朝鮮使の中で生きている。注目すべき点はその内二度も、〈なりすます〉という詐欺的、偽善的行為を伴っていることである。方法的には正統でなく、術数家であって、そこには、悪が伏在している。甚五郎の主体維持とその伸長には、〈なりすます〉という悪が貼り付いている。おそらく、この悪の力が甚五郎の真骨頂であり、だからこそ一介の人物が家康と対峙できるのである。ここに、取り入り〈なりすます〉ことを武器とする甚五郎と、それを怖れ苦々しく思う家康という物語が生まれるのであり、これが読者の物語と言えよう。読者にとって甚五郎に魅力があるとすれば、甚五郎の〈なりすます〉悪の魅力ということになろう。

7　同一性

家康と甚五郎との間に関わりができるのは、家康が源太夫より、鷺撃事件、蜂谷事件へと続く一連の事件を甚五郎の助命嘆願という形で聞いたことからであった。そもそもは信康配下に起こった事件なのであるが、徳川家の頂点に立つ家康は、その立場から、「所詮は間違うてをるぞよ」との裁定を下す。この時、家康の治政下においては家康は法であり、生殺与奪の権を持つ。甚五郎の裁定において、甚五郎の、命《いのち》より誓言大事という考え方が裁かれたのか、一連の甚五郎の行動が裁かれたのか、「そちが話を聞けば、甚五郎の申分や所行も一応道理らしく聞えるが」という前置きだけでは認定しかねる。しかし、甚五郎と蜂谷の間の事のなりゆきに対する甚五郎の対応全体が、家康の自然と考える対応に抵触したことは明らかである。源太夫の言説における甚五郎の蜂谷に対する約束履行のやり方は、家康の思考の枠を超えていたのである。「弱年の者ぢやから」という情状酌量の上に立った、「手に合ふなら、甘利を討せい」という家康の命《めい》は、ほとんど死にに行けというのと同義である。なぜなら、甘利は三河勢を以てしても手に余って討ち果たせずにいる相手であるからである。鷺撃ちのときの甚五郎は撃てなくとも何の負も有たない安全な位置に身を置いていたが、ここでは果たせなければ確実な死が待っているだけである。

家康の言葉、「甚五郎は怜悧な若者で、武芸にも長《た》けてゐるさうな。手に合ふなら、甘利を討せい」には、揶揄の響きと、「怜悧」と「武芸」を楯に取って利用する「老獪」(注6)な為政者の風貌がある。つまり、源太夫の申し出、その言葉を楯に取って、この機を捉え、自らの懸案に甚五郎を嵌め込む悪の性がある。それは、甚五郎が蜂谷を自らの欲望の土俵におびき出し、蜂谷の言葉を捉えて欲望を遂行する甚五郎の悪の性と同一である。許しの寛大さを以て私を顕示し、契約という公を出し、その裏側で欲望のラインを生きるのである。家康は、いわば奸智の点で甚五郎と軌を一にしており、つまりは、立場、身分の違いこそあれ、同種の人間、同じ穴の狢だったのである。

ところで、家康が甚五郎に対して取り続けた一つの態度がある。甚五郎が凱旋帰参した折、家康は約束どおり甚五郎を召し出し、同時に助命したが、目見えのとき甘利の事に一言も触れない。約束は果たすが、働きに対する対応は消去されている。この場合、それは、そもそも罪の償いなのだから褒めるには当たらないという理と言えば理である。しかし、若御子の戦いで甚五郎が軍功を上げたときも、加増あっても賞美の言葉は無い。同じく軍功のあった藤十郎にも言葉が無かったのは、若武者仲間で一緒に働いたことが災いとなって甚五郎の処遇のラインで裁定されてしまったものと思われる。おそらく、「所詮は間違うてをる」という不快は、甘利の首を取ろうと軍功を上げようと、一貫して家康の内部で消されなかったのであろう。「間違うてをる」人間、使いのお伴事件の際口に出された不信感、この判断は、甚五郎の言動や行動が家康の中に作らせたとは言え、甚五郎の存在が家康を脅かし続けたことを証明している。家康は、自分の思考の枠を超えて存在する甚五郎を見抜くことができる、いわば、見える男である。だからこそ、約束という甚五郎の価値基準の部分はしっかりと押さえておき、加増という物理的賞美も確実に与えておきながら、言葉という主体の関わった、もっとも大切なものは一切与えぬことでスタンスを取っているのである。

このような家康の甚五郎に対するバランスのとり方は、喬僉知事件でも同様である。家康の紡ぐ物語でいえば、喬僉知が甚五郎であることは他の誰にも見えず、家康だけに見える。その意味で家康は洞察の人である。

家康は宗を冷かに一目見た切りで、目を転じて一座を見渡した。

「誰も覚えてはをらぬか。わしは六十六になるが、まだめつたに目くらがしは食はぬ。あれは天正十一年に浜松を逐電した時二十三歳であつたから、今年は四十七になつてをる。太い奴、好うも朝鮮人になりすましをつた。あれは佐橋甚五郎ぢやぞ。」

一座は互に目を合はせたが、今度は暫くの間誰一人詞を出すものがなかつた。

甘利も朝鮮人たちも、そして一座の人々も甚五郎の〈なりすまし〉に気づかなかった。しかし、家康のみは見破る。しかも家康は甚五郎の逐電の時期と年令をしかと覚えている。それは、家康が甚五郎をいかに深く心に刻み付けていたかを示している。(注7)また、「太い奴」という言葉には、家康の怒りが表明されており、そのことは同時に甚五郎の挑戦が家康にははっきりと見えたことを意味している。というより、喬僉知になりすました甚五郎に挑戦の意志を家康が創り上げたと言った方が正確である。家康において甚五郎との確執は、家康の内部では確実に続いているのであり、この事態に対し、家康は、黙殺と、土地のものと文通をさせぬようにして立ち退かせよという安全手段を取る。またも言葉無しと物理的処遇というスタンスで対処するのである。

家康は言葉に対して慎重であった。面と向かって言う言葉に慎重であった。それはすぐさま契約に繋がるからである。言葉にこだわる点において、家康も佐橋も同一ラインを生きていたのである。

8　言葉という権力

家康の紡ぐ物語においては、喬僉知と名告って家康の面前に甚五郎が姿を現わすまで、甚五郎は常に家康配下の武士にすぎない。封建秩序における主従の位置は明確で、主の一言を以て生死の決められる位置に甚五郎はあった。甚五郎にとって家康との個人的対応が生じるのは、源太夫の甚五郎助命嘆願の際下された「手に合ふなら、甘利を討せい」という家康の言葉であり、それに応えたのが甚五郎の甘利殺害という行為であった。約束どおり召し抱えられて目見えが叶うとき家康は「一言も甘利の事を言はな」かったし、若御子の戦いで軍功を上げた甚五郎にも「賞美の詞」を与えない。そして、使者のお伴の人選の時、「むごい奴」と言う。二人の位置関係において、言葉は家康から甚五郎に向かって一方的に流れ、その逆の回路は無い。「所詮は間違うてをる」「むごい奴」という判断が下され、「討せい」と命が下る。家康の甚五郎に対する二度の無言も、これは無言の形を取った言葉である。つまり、行為の意味や価値は認めるがその人と為りは認めない、という言葉なのである。賞めた瞬間に心は相手の中に落ちる。それを拒否しているのである。「所詮は間違うてをる」人間を家康は安易に許さない。無言の言葉の意味は、「怜悧」で「心の利いた若い者」である甚五郎に届かぬはずはない。言葉の絶対的自由を有つことは権力である。この言葉の権力を以てして家康は甚五郎をしたたか攻撃したのである。甚五郎の甘利殺害が寝首掻きと知ってからの家康の言葉の中に、「甘利はあれを我子のやうに可哀がつてをつたげな」の一言があった。家康は、徹底して「可哀が」ることを拒否したのである。徹底して「可哀が」らぬことが甚五郎への処方であった。

言葉を剝奪されている者にとって、この言葉による攻撃に対抗するとしたら行為を以てしかない。おそらく、甚五郎にとっての行為は、主以外に言葉なき制度の内で、その攻撃に向かい立つ唯一の方法を示しているのである。家康は一制度の長であるからして言葉に守られて、いつも存在は明らかである。甚五郎は一介の人物ゆえ、衆に紛れることができる。甚五郎の〈なりすます〉方法は、自らの属性の洗練された結晶である。行為という甚五郎の最終の武器の研ぎ澄まされたものが〈なりすます〉ということだったのである。

ところで、〈なりすます〉ということの裏側には、奸智に長けた悪の性が貼り付いていた。しかし、甚五郎には奸智ばかりではない、武士としての忠を含む倫理も平行して存在した。奸智の上に成り立ったこととはいえ、蜂谷の大小と自らの大小は交換したものであり、結果的には殺害となったが、殺害も証拠隠滅を意図していない。甘利殺害においても自己保身と奸智は充分に働いているが、殺害そのものは家康の命であった。家康に召し抱えられ、言葉無しの仕打ちを受けても、「むごい奴」と言われるまでは、家康の許で軍功を上げるなどそこその忠は尽くしている。甚五郎は、欲望の熾烈な側面と、彼なりの誓言大事の倫理と、制度内弱者の転身としての〈なりすまし〉と、要所要所で発揮する奸智という悪の性を有った、行動する混沌体である。さらに言えば、自らの位置と人間関係を明視しながら、制度を乗り継いで自己実現を図る個の人間である。家康の紡ぐ物語に立ち、語り手の紡ぐ物語のうち喬僉知疑義の部分を脚下した読者の物語の中では、甚五郎はこう読める。甚五郎はこと自己の存立に関わるとき、主を見切る。これは、武士の制度の中では結果的に反抗(注8)と言えるが、甚五郎の個人史においては、反抗と言うより拒否である。おそらく、家康が「むごい奴」と言ったとき、その評価は甚五郎にとっては心外であり、許せぬことであった。彼は自らを「むごい」と思っていないのである。甚五郎は自己評価に悖る他者の評価を主君といえど許容しない。誤解を怖れずに言えば、制度の権力にひとしなみに搦め捕られることを嫌う、いわば不良の魅力が甚五郎にはある。

さて、家康の紡ぐ物語に乗って言えば、甚五郎が、家康と初めていわば対等に近い形で対面するのが、朝鮮使謁見の場である。この時、甚五郎は喬僉知という名が明示するように海を挟んで向こう側の体制の人であり、こちら側の人ではない。逐電ということ自体は、家康の制度内における罪であり、甚五郎の身は基本的には家康の許にある、これが家康側の論理である。しかし、甚五郎は既に朝鮮という独立した国家に組み込まれていて、家康は手の出しようがない。家康は、ここにおいてひたすら洞察の人たる位置を確保するだけである。形の上で言えば、家康は見る人であり、喬僉知こと佐橋甚五郎は見られる人である。しかし、この見られる位置は家康と甚五郎とのこれまでの関係から言えば、一方的に見られる弱者なのではない。見られることによって見られる対象が意味を帯びて発光し、家康を照り返すのである。家康が本来下せるはずの裁きは無化され、それのみならず使節という性格上、丁重にもてなさざるを得ない。裁くはずのものをもてなすという屈辱を、甚五郎は確かに家康に与えたのである。つまり、家康は甚五郎に言葉を剝奪されたのである。権力者の怒りは法としての言葉を捥《も》ぎ取られた怒りなのである。家康は「太い奴、好うも朝鮮人になりすましをつた」と私の言葉を臣下に投げかけることしかできない。その口吻には明らかに憤怒が見られる。甚五郎に一貫するのは、常に「約束」とか公の認知とか、自己の存在を保証する枠組に立って相手と組むことであった。ここでも、公の儀式を枠としての対面である。甚五郎は制度の盾を取って家康の心を乱したことになる。これは、家康にとって不意打ちである。しかも、朝鮮使はそもそも徳川家が招き入れたのである。家康の紡ぐ物語においては、家康には甚五郎が見え、甚五郎にも家康はよく見えた。洞察鋭く、胆を見抜く二人の暗黙劇がここに成立している。「むごい奴」は今、「太い奴」となって家康の精神に濁りを加える。甚五郎の勝利と家康の敗北は心理上はっきりしている。「なりすま」す奸智の甚五郎は、その悪の匂いを掲げて家康に向かってとりすましている。ゆえに、家康の紡ぎ出す物語は言葉の所有者家康が、「太い」行動者甚五郎に敗北する無言劇なのである。和平という公の言葉しか吐けないこの政治的でかつ儀礼的な拝謁の場で、心は大いに戦わされた。家康の紡ぐ物語においてはその緊迫を読み取るべきであろう。ただし、家康との対面がどのくらい甚五郎において計算された上でのことであったかは不明と言わざるをえない。

このように家康の紡ぐ物語を見てくると、家康の紡ぐ物語は、それを大きく包む語り手の物語において、語り手の、家康をめぐる一つの情報という位置にあることが明確になる。甚五郎の鷺撃事件、それに続く蜂谷事件、甘利事件と並ぶ一事件にすぎないのである。語り手は、三つの事件に対してはその事の次第に疑問はなく、この喬僉知事件＝家康の紡ぐ物語の核、これについては疑問があるというだけの話である。だから、家康の紡ぐ物語と語り手の紡ぐ物語とは対立しない。ゆえに、喬僉知が甚五郎であるかないか、そのどちらかの立場に立つことによってこの小説を捉えてしまう〈読み〉は、基本的に誤っているのである。

注1　紅野敏郎は、鷺撃事件における甚五郎に「日頃の望みを達成するために綿密に計算されたプログラム」と「所有欲の充足」（「佐橋甚五郎」、『国文学』、昭和31年10月）を指摘していて首肯できる。なお、紅野論文は、樋口正規が、「作品の文章に即して作品の内側から鑑賞しようとする姿勢が最も強い紅野氏のそれに親近感を覚える」（「『佐橋甚五郎』の評価をめぐっ

て」、『稿』、昭和55年2月）と述べているように、作品の〈よみ〉に正面から取り組んだもので、山崎一穎「『佐橋甚五郎』攷」（『跡見女子大学国文学科報』、昭和59年3月）とともに〈よみ〉の優れた論文として特筆される。

注2　山崎國紀に、作家鷗外からの視点ではあるが、「鷗外は蜂谷殺害に際し、甚五郎の行為を正当に描き、殺意すら認めていなかったと言ってよい」（『森鷗外――基層的研究』、八木書店、平成1年3月）との指摘がある。

注3　藤本千鶴子は、甚五郎が家康にこう見られていると意識する文脈で「殺人機械」と使用している。（「鷗外における共同体と個――歴史小説集『意地』三部作の構造――」、『近代文学試論』、平成2年12月）

注4　甚五郎の残虐性について、板垣公一は、「蜂谷・甘利の殺害の場面は、残虐性を避けて描かれているのでなく、むしろ徹底した残虐性――〈酷薄・冷淡〉さそのものを描いているのではないか」（『森鷗外その歴史小説の世界』、中日文化、昭和50年6月）、また竹盛天雄は、「基本的に行為者の残虐さが露呈しているのは否定できない」（「佐橋甚五郎」、『現代国語研究シリーズ6　森鷗外』、尚学図書、昭和51年5月）と指摘している。

注5　須田喜代次は、甚五郎を、「自由に自分の運命を自らの手で切り開いていった男」（『鷗外文学の世界』、新典社、平成2年6月）と指摘している。

注6　尾形仂『森鷗外の歴史小説　史料と方法』（筑摩書房、昭和54年12月）に、「老獪にして非情な支配者の像」との指摘がある。

注7　山崎一穎は、「甚五郎が浜松を逐電して行衛知れずになった時から、家康の心中には甚五郎の幻影が附き纏っている」（注1、掲載論文）と指摘している。

注8　吉野俊彦は『権威への反抗―森鷗外』（ＰＨＰ、昭和54年8月）で、「佐橋の気持ちは、殉死どころか、逆に逐電へ、そして場合によっては復讐へという強い反抗に転ずる」と述べ、山崎國紀は、「このとき甚五郎は最大の反抗心をこめて、無言のまま姿を隠す以外になかった」（注2、掲載書）と述べている。

〈お佐代さん〉の正体
――「安井夫人」論

1　佐代像の資料

小説に描かれた一人の人物の像、その総体を認知することは、私たちが日常において、一度も会ったことのない人物を友人達のうわさ話の中から確定することにも似て、そう容易ではない。というのも、読者は語り手によって操作された何種類もの言語の層、たとえば語り手の直接言語によるものか、また登場人物の誰によって語られたものかなど、その情報の質的な相違を逐一査定しないかぎり、人物の正確な像を手に入れることができないからである。

森鷗外の小説『安井夫人』（大正3年4月）の中心人物佐代の像を摑もうとする際、殊に注意しなければならないのは、こうした査定である。なぜかと言えば、佐代を描く小説であるにもかかわらず、佐代に対する言説は少なく、多くが夫仲平をめぐる記述に費やされ、しかも佐代の言説の多くは、語り手による説明的な記述、または佐代以外の登場人物の内面を通して出て来るものだからである。

具体的なシチュエーションの中で実体として存在し、発話したり行為したりする部分を〈描写〉と呼べば、佐代の〈描写〉は、厳密には二箇所しかない。

母親は妹娘を呼んだ。

お佐代はおそる〳〵障子をあけてはひつた。

母親は云つた。

「あの、さつきお前の云つた事だがね、仲平さんがお前のやうなものでも貰つて下さることになつたら、お前きつと往くのだね。」

お佐代さんは耳まで赤くして、

「はい」と云つて、下げてゐた頭を一層低く下げた。

これは、仲平に嫁したいという佐代の申し出を受けた母（川添《かはぞへ》の御新造）が、使者の長倉《ながくら》の御新造の前で佐代の意志を確認する場面であり、ここに佐代の生身がある。

もう一つは、姉妹が雛祭りの準備をしている場面である。

お豊さんが、内裏様やら五人囃やら、一つ〴〵取り出して、綿や吉野紙を除けて置き並べてゐると、妹のお佐代さんがちよい〳〵手を出す。

「好《い》いからわたしに任せてお置」と、お豊さんは妹を叱つてゐた。

この二箇所は、語り手がすべて事実として佐代を捉えており、読者はこの時だけ生身の佐代に対面できる。読者はこの手ごたえを最大の武器、解釈を充分に入り込ませることのできるいわば基礎資料として、佐代を考えてゆくことができる。

これに準ずる資料としては、佐代の母が長倉の御新造に語った言葉の中の佐代の映像がある。

「あの仲平さんの御縁談の事でございますね。わたくしは願うてもない好い先だと存じますので、お豊を呼んで話をいたして見ましたが、矢張まゐられぬと申します。さういたすとお佐代が姉に其話を聞きまして、わたくしの所へまゐつて何か申しさうにいたして申さずにをりますのでございます。「なんだえ」とわたくしが尋ねますと、「安井さんへわたくしが参ることは出来ますまいか」と申します。およめに往くと云ふことはどう云ふわけのものか、ろくに分からずに申すかと存じまして、色々聞いて見ましたが、あちらで貰うてさへ下さるなら自分は往きたいと、きつぱり申すのでございます。いかにも差出がましい事でございまして、あちらの思はくもいかゞとは存じますが、兎に角あなたに御相談申し上げたいと存じまして。」

ここでは、一つのシチュエーションの中で発話し行為した佐代が、母の語りの中で再現されている。シチュエーションが存在する点では〈描写〉に相当するが、母の意識を通過している点において、〈描写〉の客観性は、割引きされねばならない。たとえば、母の意識、言語による再構成の跡は、佐代の発話における自称代名詞に歴然としている。「安井さんへわたくしが参ることは出来ますまいか」は鉤括弧によって佐代の発話の引用であることが明示されているが、「あちらで貰うてさへ下さるなら自分は往きたい」の方は鉤括弧がなく、自称代名詞「わたくし」は「自分」となっている。長倉の御新造が豊に向かっては「わたし」、佐代の母に向かっては「わたくし」と自称し、豊が長倉の御新造に向かって「わたし」、佐代の母が長倉の御新造に向かって「わたくし」と自称していることからすると、佐代の自称もおそらく「わたし」もしくは「わたくし」であり、「わたし」と「わたくし」を使い分ける長倉の御新造から類推するに、リラックスした場面では「わたし」で畏まった時には「わたくし」、と自称するのがこの人たちの自称に対する感覚であったと思われる。とすれば、佐代の母の語りの中に出てくる佐代の発話の前者は佐代の肉声と見てよく、臨場感を保っていると言えるが、後者は物語る母がその語りの文脈に沿って佐代の言葉を再構成していると見てよい。しかも母は、語りの地の文で安井家を「あちら」と言っており、そもそもは佐代に帰属する後者の発話中の「あちら」と一貫する。

一方、「きつぱり」という佐代の申し出る様子を表現した言葉も、母がそう感じた、という限定を付けて受け取らなければならない。この限定は殊に大切であって、この場合、佐代を生み育てている母が捉えた「きつぱり」だからこそ、その平生と打って変わった様子が強調され、リアリティが保証されているのである。このように、佐代が結婚を申し出る場面は、伝聞の形を取りながら、佐代の生身が出ている重要な資料である。

第三の資料は、シチュエーションを有たない佐代の情報である。いずれも登場人物の意識を潜《くぐ》って表出される。まず長倉の御新造が頭の中に思い浮かべる「若くて美しいお佐代さん」、「控目で無口なお佐代さん」、彼女が佐代の母との会話の中で言う「あの内気なお佐代さんが、好くあなたに仰やつたものでございますね」があり、仲平の父滄洲翁がやはり頭の中で考える、「妹娘の佐代は十六で、三十男の仲平がよめとしては若過ぎる。それに器量好しと云ふ評判の子で、若者共の間では『岡の小町』と呼んでゐるさうである」、彼が長倉の御新造に言ったという言葉の中に、「お佐代は若過ぎる」「あまり別品でなあ」（これはいずれも長倉の御新造の思考の中に鉤括弧つきで出て来る）がある。

これらはそもそもそれぞれの登場人物固有の評判という背景を色濃く有っているのであるが、皆一致しているところから見ると、一般性を有つ認知と考えられる。

さて、残る資料は、語り手による年譜性を帯びた説明的記述である。

婚礼は長倉夫婦の媒妁で、まだ桃の花の散らぬうちに済んだ。そしてこれまで只美しいとばかり云はれて、人形同様に思はれてゐたお佐代さんは、繭を破つて出た蛾のやうに、その控目な、内気な態度を脱却して、多勢の若い書生達の出入する家で、天晴地歩を占めた夫人になりおほせた。

十月に学問所の明教堂が落成して、安井家の祝筵《しゅくえん》に親戚故旧が寄り集まつた時には、美しくて、しかもきつぱりした若夫人の前に、客の頭が自然に下がつた。人に揶揄《からか》はれる世間のよめさんとは全く趣を殊にしてゐたのである。

これが最もまとまった佐代に関する説明的記述であり、語り手が認定した佐代の結婚後の様子の概括である。この後は、江戸に出た仲平の留守を二度守ったこと、女四人、男二人計六人の子を生んだこと、二十八歳の時江戸の仲平の許へ移住し、五十一歳の正月に亡くなったという年譜的な事蹟と、それらよりはやや詳しい江戸での生活ぶりに触れた次の部分があるだけである。

仲平夫婦は当時女中一人も使つてゐない。お佐代さんが飯炊《ままたき》をして、須磨子が買物に出る。須磨子の日向《ひうが》訛《なまり》が商人に通ぜぬので、用が弁ぜずにすご〳〵帰ることが多い。

お佐代さんは形振《なりふり》に構はず働いてゐる。それでも「岡の小町」と云はれた昔の俤《おもかげ》はどこやらにある。

以上が読者に与えられた佐代に関する資料のほとんどである。〈描写〉、登場人物の語りの中に再現された〈描写〉に準ずるもの、登場人物の感受性や認識が捉えたもの、語り手の説明的記述、とその資料の位相はさまざまだが、これが後に作品の前面に顔を出して来る「わたくし」という名の語り手に意味づけされる以前の佐代である。これらの佐代は表現上から見ると、すべて語り手によって躊躇なく言い切られている。いわば、語り手の〈断定〉によって統括される言語の集積である。後の語り手の放恣な感情に晒される以前の、佐代に関するこの言語の集積、これを〈佐代像の資料〉と呼べば、読者は小説の様々な要素とこの〈資料〉とを反応させて、〈資料〉に意味づけをしたり、〈資料〉と〈資料〉との間に関係をつけたりして、佐代の像を紡ぎ、その像の完成を急ぐ。そして、「五十一になつた年の正月四日に亡くなつた」という佐代の死を語る一文に出会って、読者は佐代像の生成作用にひと区切りを入れようとする。その直後、読者は突然、「お佐代さんはどう云ふ女であつたか」に始まる語り手「わたくし」の熱っぽい記述に直面するわけで、そこで描かれる佐代像をどう考えるかによって佐代の実像が最終的に決定されることになる。

2　佐代の幻像

(A)　お佐代さんはどう云ふ女であつたか。美しい肌に粗服を纏つて、質素な仲平に仕へつゝ一生を終つた。飫肥《おび》吾田《わがた》村字星倉《ほしくら》から二里許《ばかり》の小布瀬《こふせ》に、同宗《どうそう》の安井林平と云ふ人があつて、其妻のお品さんが、お佐代さんの記念だと云つて、木綿縞の袷を一枚持つてゐる。恐らくはお佐代さんはめつたに絹物などは著なかつたのだらう。

お佐代さんは夫に仕へて労苦を辞せなかつた。そして其報酬には何物をも要求しなかつた。啻《たゞ》に服飾の粗に甘んじたばかりではない。立派な第宅《ていたく》に居りたいとも云はず、結構な調度を使ひたいとも云はず、旨い物を食べたがりも、面白い物を見たがりもしなかつた。

お佐代さんが奢侈《しやし》を解せぬ程おろかであつたとは、誰も信ずることが出来ない。又物質的にも、精神的にも、何物をも希求せぬ程恬澹《てんたん》であつたとは、誰も信ずることが出来ない。お佐代さんには慥かに尋常でない望があつて、其前には一切の物が塵芥《ちりあくた》の如く卑しくなつてゐたのであらう。

(B)　お佐代さんは何を望んだか。世間の賢い人は夫の栄達を望んだのだと云つてしまふだらう。これを書くわたくしもそれを否定することは出来ない。併し若し商人が資本を卸し財利を謀るやうに、お佐代さんが労苦と忍耐とを夫に提供して、まだ報酬を得ぬうちに亡くなつたのだと云ふなら、わたくしは不敏にしてそれに同意することが出来ない。

お佐代さんは必ずや未来に何物をか望んでゐたゞらう。そして瞑目するまで、美しい目の視線は遠い、遠い所に注がれてゐて、或は自分の死を不幸だと感ずる余裕をも有せなかつたのではあるまいか。其望の対象をば、或は何物ともしかと弁識してゐなかつたのではあるまいか。

（注）(A)、(B)、〰〰、——、……、〰……は小林が付けた。
〰〰は疑問、——は断定、……は推定、〰……は疑問推定を表し、語り手の表現態度上の区別で、文法上の区別ではない。

これが「わたくし」という自称で顔を現わした語り手の、佐代をめぐる言説のすべてである。もっともこの語り手は、それ以前にも、「父も小さい時疱瘡をして片目になつてゐるのに、又仲平が同じ片羽《かたは》になつたのを思へば、『偶然』と云ふものも残酷なものだと云ふ外ない」などと、父子二代にわたる疱瘡の因果に対する感想を述べて、自己を提示している。だから、ことさら「わたくし」という露《あらわ》な外貌をとって登場しなくてもよいような気もするが、どうやらこれには、この語り手にとっては必然とも言うべき内部事情があったようだ。

前述のように、この部分に至るまで、語り手は、自らに直結する言語（注1）においては〈断定〉の言語しか吐いていない。登場人物の内部に入ってこそ〈推定〉の言語を吐くものの、語り手の立場は一貫して〈断定〉の立場を示している。自ら記述する世界を根のところできっぱり見定めている。ところが、この部分を大きく統括しているのは、〈疑問〉〈推定〉の言語である。この構造を示せば次のようになる。

(A)「お佐代さんはどう云ふ女であつたか」（疑問）、「終つた」（断定）、「持つてゐる」（断定）、「のだらう」（推定）／「辞せなかつた」（断定）、「要求しなかつた」（断定）、「ではない」（断定）、「しなかつた」（断定）、／「出来ない」（断定）、「出来ない」（断定）、「のであらう」（推定

(B)「お佐代さんは何を望んだか」（疑問）、「だらう」（推定）、「出来ない」（断定）、「出来ない」（断定）、／「ゐたゞらう」（推定）、「あるまいか」（疑問推定）、「あるまいか」（疑問推定

佐代の内面に疑問を有つことから始め、彼女の中に「望」の存在を推定し(A)、その推定を事実とみなして次の疑問を発し、その「望」の存在故に不幸の感覚が芽の出ぬうちに封じ込められ、「望」の実体すら把握できなかった

のだろうと推定する(B)。このように、〈断定〉は〈疑問〉と〈推定〉に挟まれ、なかんずく〈疑問〉を解く証拠として位置し、最終的に〈推量〉の形をとる結論を析出させる役割を担っている。しかも、「誰も信ずることが出来ない」と読者の思惟の可能性を封じ、「出来ない」を多用して逆手に肯定してゆく言辞には、語り手が読者を強引に巻き込みつつ自分自身に言い聞かせるような騒立《さわだ》ちがある。これまで〈断定〉的世界をストイックに保持してきた語り手は、ここに来てにわかに精神の昂揚を見せる。その語り手の心の騒立ちが、「わたくし」という自己顕示的言語と〈疑問〉〈推量〉の言辞を生んだのである。この「わたくし」の出現は、想念を引っ下げる形で実体を晒しているようなものであるので、読者には一個の登場人物として映る。さらに読者にとって重要なことは、この語り手は、佐代の外貌や事蹟を記述しながら、その内面、殊に結婚後の佐代の内面について何も知らなかったのだ、ということとである。この語り手は自己の無知を暴露しているのであって、それを読者は知った瞬間、読者に一つの確実な変容が起こる。つまり、読者は語り手と対等な位置に浮上し肩を並べてしまうのである。この語り手には、語り手自身が私たちに提出した情報以上のものはないのだ、という見切りである。ということは、ここに読者の新しい可能性が開ける。語り手に伍し、または対抗して佐代の内面追究に乗り出すことである。もはや語り手も読者も同じ情報を平等に手にしているのだから。もちろん、その追究の果てに語り手「わたくし」と同一の見解に行き着くことは可能性としてはありうるが……。

考えてみると、佐代に関して全知視点を有たないこの語り手の知っていることと言えば、外貌、エピソードや事跡、履歴といった佐代の外部的事情のみである。そもそも人物の心理や感情といった内面を〈断定〉できるところに小説の語り手の奇妙な特権があるわけで、その特権は仲平などには充分使われているのだが、佐代に関しては全く使われていない。知り得た外部事情のみ示して、その内面に踏み込む際には〈断定〉を避ける。これは言うなれば誠実な伝記作者の態度である。「わたくし」という名の誠実な伝記作者の〈推定〉する佐代像をどう受け取るか、そこにこそ読者の活躍する場があるのだ。

さて、「わたくし」の佐代像はいかに組み立てられ、いかなる像を示しているか。その際のベースになっているのは先述の〈佐代像の資料〉であるが、その上にいままで読者に明かされなかった情報がこれ見よがしに使われる。「お品さん」が佐代の「記念」として持っている「木綿縞の袷」である。これを切り札として「美しい肌に粗服を纏つて、質素な仲平に仕へつゝ一生を終つた」という命題をゆるぎないものにした上で次のような像を結ぶ。

佐代は人並みに物質的欲望も精神的欲望も共に持ちながら、それに囚われず、「労苦」を厭わず「報酬」も求めずに一生夫に尽くした。そしてこのように現世的欲望を捨象できたのは、「尋常でない望」があったからで、その目が「遠い所に注がれて」いたからだろう。

ここに示された佐代像は、〈無償性〉と〈非在への憧憬〉に彩られ、「旨い物を食べたがりも、面白い物を見たがりもしなかつた」という記述からは〈知足の精神〉も揺曳する。一言で言えば崇高な佐代像である。従来、この佐代像は、「自己滅却の無償の道」（稲垣達郎[注2]）とか「高次の献身と犠牲の相」（分銅惇作[注3]）などと捉えられてきた。確かにそう言われていい佐代像であるが、これは語り手「わたくし」の〈疑問〉〈推定〉の言語に支えられた、いわば佐代の〈幻像〉であることを見落としてはならない。そして〈幻像〉であるからこそ、かえってそれを作り上げた手の内――語り手「わたくし」の固定観念が見えてくるのである。それは、物質的欲望を有たないことや、無償の行為というものが、何らかの根拠、殊に精神的なものを有たないかぎり起こり得ない、という目的論的認識である。だからこそ、「其望の対象をば、或は何物ともしかと弁識してゐな」くてもよいからともかく「慥かに尋常でない望があつ」たのだ、と思いたいのである。こういう固定観念があるからこそ、「自分の死を不幸だと感ずる余裕をも有せなかつたのではあるまいか」という一文に出ている、佐代の一生は不幸だった、という認識が「わたくし」に生まれるのであった。

さてここに、読者は二つの佐代に対する言語の集積を持った。一つは語り手によって〈断定〉的に提出された〈佐代像の資料〉、もう一つは同じ語り手によって〈疑問〉〈推定〉の言語で提出された〈佐代の幻像〉である。後者の前者における関係は、〈資料〉に対する〈解釈〉であり、読者は佐代に関する〈資料〉とその一解釈を突き付けられたわけである。

従来の見方は、この二種の言語の集積を全く同一レベルのものと考えたり、漠然とその差異を感じるもののそのまま等閑したり、その一方を作品から排除したりしていた。ところが、作者と作品の間に当然語り手がおり、その語り手がひとりの登場人物のごとく関わっている構造を読み、佐代に関する言語に歴然たる差異を見て取れば、この作品が読者にどのような行為を示唆しているか明瞭だろう。佐代の〈資料〉が「わたくし」の〈推定〉のように読まれていいのか、と作品は語っているのであり、これが作品の、読者に対する構造上のメッセージである。読者はこの二つの集積を見較べて混乱を起こすか、少なくとも立ち止まらなければならないわけで、「わたくし」の結んだ佐代像が脆弱な根拠しか持ち得ないことを感じた読者は、自らの〈解釈〉を求めて佐代の〈資料〉及びその周囲に目を配り直すはずである。あたかも一介の探偵のごとく自らの〈解釈〉を求めて読者をさ迷い出させる構造をもつ小説、読者にこのような形で開かれているのが『安井夫人』であると言えよう。「わたくし」の描いた〈佐代の幻像〉を横目で睨みながら、〈佐代像の資料〉相互やその周囲にわたりをつけてゆく作業、ここに読者の苦しみと愉楽がある。

3　許された者・許されぬ者

「仲平さんはえらくなりなさるだらう」と云ふ評判と同時に、「仲平さんは不男《ぶをとこ》だ」と云ふ蔭言が、清武《きよたけ》一郷に伝へられてゐる。

『安井夫人』の読者がのっけから立たされるのは、この冒頭の一文に記された「清武一郷」という磁場である。仲平という一人物をめぐってプラスの価値とマイナスの価値が同居している空間、語り手の言葉で言えば、「評判」と「蔭言」が渦巻く時空である。噂の言語そのものの構造を見ても、一方が尊敬表現「なりなさる」（傍点、小林。以下同じ）で捉えられ、他方が常体の断定表現「不男だ」で捉えられており、一郷の人々の仲平に対する相反する心の向きは露《あらわ》である。前者には未来が明るく先取られていて読者の目を遠くへ遊ばせて潤いを与えるが、後者には可能性としての未来は断ち切られている趣きで読者に現実の呪縛の強さを突き付ける。

そもそも噂には嘘とよく似た性質があって、根も葉もない噂と、根も葉もしっかりある噂とがある。仲平をめぐる噂は実はその後者であって、「評判」の背後には学問の力が、また「蔭言」の背後には「片目」で「大痘痕」であるという醜貌が、それぞれ控えている。清武一郷は、「交通の狭い土地で、行き逢ふ人は大抵識り合つた中であつた」というから、仲平の父が学者であることは当然知っていたであろうし、仲平が野良仕事の合間に書を読む姿も、その醜貌も、目撃できたわけである。その意味において、この噂は確かな情報に基づく噂、と言ってよい。

ところで、郷邑という言葉があるように、〈郷〉は村里、田舎、しかも限られた一範囲を指す。田舎の一般的な特性は、人の出入りが少なく、この小説にもあるように、互いに顔見知りもしくは何らかの形で互いに他に対する情報を有っていることである。つまり、〈郷〉においては互いに精粗の差こそあれ、〈認知する＝認知される〉の関係が成り立っており、そのような共同体の磁場が仲平という特定の個人の生きる社会だということである。このような磁場においては、噂は、単に知っている人は知っていて知らない人は全く知らない式の偏在的なものではなく、あまねく知れわたって共同体の共通意識となる。仲平の父滄洲が「仲平のよめは早くから気心を識り合つた娘の中から選び出す外ない」と考えるのも、嫁取りの使者を仰せつかった長倉の御新造が、「亡くなつた兄いさんのおよめになら、一も二もなく来たのでございませうが」と言い掛けて「少しためらつた」のも、仲平に対する〈郷〉の共通意識を充分に受け止めていたからである。そして、伝播した瞬間から強力なネットワークに変換してしまう〈郷〉における噂の属性を鑑みるとき、噂の対象たる個人はその噂の力の前に表立った反抗の無効性を了解してしまうことだろう。〈郷〉の人々の誹謗に対する仲平の無抵抗も、あながち彼の耐えるという精神性にばかり帰趨できない。

さて、〈郷〉の人々の仲平に対する共通意識である〈敬意〉と〈侮蔑〉の同時存在は、特定の個人をめぐる〈衆〉の精神の仕組みを垣間見せてくれる。

おそらく、仲平が学問の家に生まれてしまったことからしてすでに〈衆〉に抜ん出てしまうことになったのであろうが、基本的に言えることは、〈衆〉に抜ん出た優れた部分は〈衆〉に〈敬意〉を払わせると同時に一種の脅威を与えるものである。〈衆〉は自身と引き較べて、自分がそれを有たないことの反動から反感を覚える。中有に漂う感じ、居心地の悪い感覚である。仲平への〈敬意〉の裏にはおそらくこのような葛藤が抑圧として潜在していたはずである。だからこそ〈衆〉はその属性として、ヒーローのマイナス面に飛び付き、それをあげつらう。もちろんヒーローから受けた脅かしや不安を解消させるためである。仲平が〈敬意〉を払われる一方で〈侮蔑〉されているのは、抑圧されたエネルギーが恰好の標的を得ていることに他ならない。〈衆〉は威圧された分だけ逆に攻撃することで精神の揺れをプラス・マイナス・ゼロに保ち、自らの安定を確保している。だから、〈郷〉の一人が「お猿さん。けふは猿引はどうしましたな」と仲平に声を掛ける行為も、単なる〈侮蔑〉やいじめというようなものではなく、脅かしの受容とその排除解消という精神安定へ向けての運動の一環として捉えねばならないだろう。このときこの〈衆〉の一人は心の活性化を生き、勝利者の味、優位者の味をひと舐めしたはずだ。

一方、仲平の妻となった佐代にも噂があった。「器量好しと云ふ評判」が立ち、「岡の小町」と呼ばれている。そして、ここにも特定の個人をめぐる〈衆〉の精神的力学が見てとれる。佐代の場合、仲平と違って噂にマイナスの評価はなく、プラスの評価のみがあった。佐代の「器量好しと云ふ評判」は仲平の「『えらくなりなさるだらう』と云ふ評判」に相当し、仲平の抜きん出ていたものと同様、〈衆〉を威圧した。それには滄洲も例外ではなく、彼は仲平の嫁選びの際、次のように言う。

妹娘の佐代は十六で、三十男の仲平がよめとしては若過ぎる。それに器量好しと云ふ評判の子で、若者共の間では「岡の小町」と呼んでゐるさうである。どうも仲平とは不吊合なやうに思はれる。

佐代の年令が仲平の年令の前にあっさりと切られているのに対し、容貌の方は佐代の前に「どうも」という逡巡をともなう形で仲平が切られている趣きである。とすれば、結婚後の佐代が、「多勢の若い書生達の出入する家で、天晴地歩を占めた夫人になりおほせた」背後にも、「控目な、内気な態度を脱却」したからという精神的な理由ばかりではない、若い書生たちを粛然とさせる美貌の威力のあったことを匂ぎ取ってよいであろう。それを裏付けるかのように、学問所落成の祝宴に集まった人々は「美しくて、しかもきつぱりした若夫人の前に、（中略）頭が自然に下がつた」と美貌が頭の下がったことの条件とされ、また後年東京にて形振りかまわず働くところにおいても、「それでも『岡の小町』と云はれた昔の俤はどこやらにある」と美貌の記述が添えられている。

一方佐代には、「控目で無口なお佐代さん」（長倉の御新造の言）、「控目な、内気な態度」（語り手の言）という評判があり、どのくらい〈郷〉の人々に伝わっているか不明だが、それは少なくも美貌というプラス評価に抵触していない。とすれば、佐代はその美貌故に「岡の小町」として〈郷〉に認知され、その共通意識故にいわば〈貴〉なる存在として〈郷〉に許されていると言える。

それにひきかえ、仲平は学問と醜貌といういわば〈貴〉と〈賤〉の混合体として〈郷〉に認知され、それが〈郷〉の共通意識となっている。しかもその〈賤〉なるものの呪力は〈貴〉なるものに負けず劣らず強く、それ故に決して許されることはない。「岡の小町」とは対蹠的な「猿」という〈賤〉の徴《しるし》が貼られ、佐代が仲平を婿に選んだと知るや「近所の若い男達は怪訝すると共に嫉んだ」という具合に嫉妬を浴びる。結局、〈郷〉＝〈衆〉の最終意識は、美貌＝〈貴〉なるが故に佐代を無限に許し、醜貌＝〈賤〉なるが故に仲平を決して許さない。具体的には佐代にあこがれのまなざしを送り、仲平にさげすみのまなざしを送る。これが佐代と仲平が生きる〈郷〉のありようであり、二人を取り巻く〈衆〉の構造である。この基本は、江戸でも変わらない。外貌は明白なもの、佐代の美貌は許され仲平の醜貌は許されない。黒木孫右衛門は、佐代が茶を出して下がったとたん、「あれ程の美人でお出になつて、先生の夫人におなりなされた所を見ますと」と、佐代と仲平の美醜を口にし、仲平はその短軀までもが親友の塩谷宕陰と比較されて「塩谷一丈雲横腰、安井三尺草埋頭」と冷笑される。個と〈衆〉との関係において、佐代が常に〈許された者〉として扱われ、仲平が常に〈許されぬ者〉として扱われる現象、この外貌の呪力による基本的な二人の様態を抜きにして、佐代の生、仲平の生は語れない。

4　非制度を生きる

仲平の父滄洲が息子の嫁選びの際準拠したのは、〈吊合《つりあい》〉という価値観であった。まず夫と妻との間に懸隔の少ないことであった。仲平を鑑み、醜貌、短軀、智恵、才気、学問（書を読むこと）という要素に吊り合う女性の条件は、「形が地味で、心の気高い、本も少しは読む」娘であった。八重は合わない。「江戸風の化粧をして、江戸詞を遣つて、母に踊をしこまれてゐる」という万事に派手だからである。佐代も「器量好し」で歳が「若過ぎ」て合わない。豊なら「器量は十人並」で「素直」だから合うだろうというのである。つまり懸隔が少なければ本人たちも異議はないであろうし、世間も認めるだろうという発想である。これはまさに仲平と佐代を取り巻く〈郷〉の共通意識を正確に反映しているわけで、世間の眼に晒される仲平を鑑みたときの親滄洲の当然の帰結である。滄洲には、「顔貌《かほかたち》には疵があつても、才人だと、交際してゐるうちに、その醜さが忘れられる。又年を取るに従つて、才気が眉目をさへ美しくする。仲平なぞも只一つ黒い瞳をきらつかせて物を言ふ顔を見れば、立派な男に見える」という容貌の美醜を超える認識もあるのだが、現実に直面したところではついに「才気」を絶対優位に置けず、美醜にこだわるのである。それにはおそらく、「自分も痘痕があり、片目であつた」ことによる「異性に対する苦い経験」という現実の重みが介在しているのであろう。ともかく、滄洲は〈郷〉=〈衆〉の共通意識から割り出された価値観の次元を最終的に生きている。〈吊合〉の観念は遂に打破されない。

この滄洲の娘で仲平の姉にあたる長倉の御新造も、「亡くなつた兄いさんのおよめになら、一も二もなく来たのでございませうが」というためらいを示していることから〈吊合〉の観念がほの見え、身内という傍観視できない制約があるとはいえ、〈郷〉の共通意識に則っている。近所の若い男達はもちろん「岡の小町が猿の所へ往く」とその不〈吊合〉をあげつらう。と言うことは、滄洲も長倉の御新造も若い男たちも皆、〈吊合〉の観念を是とする〈郷〉の共通意識の中で精神を働かせているのであって、〈吊合〉の観念という〈制度〉に縛られているのである。

この事情は当事者の仲平にも言える。佐代の申し出に対して「一番意外だと思つたのは婿殿の仲平であつた」と書かれているように、仲平自身もその意識には〈郷〉の〈衆〉と径庭が無かったのである。

仲平はやがて江戸に住むが、そこでも自身と佐代に向けられた〈衆〉の共通意識をそのままに生き、〈吊合〉の観念は決して超克されてはいない。それを示していると思われるのが黒木孫右衛門来訪の場面である。清武で仲平が兄と離れてひとり歩いている時、〈郷〉の一人に奇襲されたように、ここでも強者佐代が勝手へ下がると、黒木に、「狡獪なやうな、滑稽なやうな顔」で、「あれ程の美人でお出になつて、先生の夫人におなりなされた所を見ますと」「御新造様の方が先生の学問以上の御見識でござりますな」と言われる。この時仲平は「失笑」し、「孫右衛門の無遠慮なやうな世辞を面白がつて、得意の笊棋の相手をさせて帰した」という。仲平の「失笑」が美醜のいわば〈制度〉内思考のためかそれとも〈制度〉の外に立っているかにわかには判断しがたいところだが、「世辞を面白がつ」たという「お世辞」に対する反応には少くとも〈吊合〉の観念に与している仲平の姿が認められよう。

ところで、仲平には、〈衆〉の目を気にしそれに積極的に対峙、対抗してゆく精神がある。

痘痕《あばた》があつて、片目で、背の低い田舎書生は、こゝでも同窓に馬鹿にせられずには済まなかつた。それでも仲平は無頓着に黙り込んで、独《ひとり》読書に耽つてゐた。座右の柱に半折に何やら書いて貼つてあるのを、からかひに来た友達が読んで見ると、

「今は音《ね》を忍が岡の時鳥《ほと丶ぎす》いつか雲井のよそに名告らむ」と書いてあつた。

「や、えらい抱負ぢやぞ」と、友達は笑つて去つたが、腹の中では稍気呼《きみ》悪くも思つた。これは十九の時漢学に全力を傾注するまで、国文をも少しばかり研究した名残で、わざと流儀違の和歌の真似をして、同窓の揶揄に酬いたのである。

これは仲平が江戸で修業しているときのことで、ここで仲平を〈侮蔑〉する同窓の書生は〈郷〉の〈衆〉のようには学問の威圧は受けていない。だから何らの葛藤もなく気軽にからかえる。その安直性は、仲平の和歌による無言のしっぺ返しによって「稍気呼悪くも思つた」という心持ちにも顕著であろう。仲平は、今は修業の身で雌伏しているがいつかは天下に名を轟かしてやろうという立身出世の信念に生きている。受けた屈辱を大学者として大成することで見返し、晴らそうという意識、これによってじっと耐えているのである。ことさら和歌を以てしたのも、漢学ばかりでなく国学の素養もあるとの誇示、同窓への威嚇である。「無頓着に黙り込んで」いる仲平は「無頓着」を決め込んでいるだけの話で、内心は〈侮蔑〉に傷つき、それにまっこうから全身全霊を賭けて対峙、対抗していたのであった。

ここに仲平の位相がはっきりする。周囲や世間と取り組んでしまうこと、それはその人物が周囲や世間と同じレベルを生きていることである。〈衆〉と同一の世界で精神を羽撃かせていることである。〈衆〉の共通意識の呪縛か

ら自由でないという意味で仲平は確実に美醜の〈制度〉を生きている。学問の世界という内なる乾坤を有っているとはいえ、彼の喜びや苦しみは彼を取り巻く〈衆〉との相関の中で感受されている。もし仲平の立派さを言うとすれば、それは〈許されぬ者〉としての宿命を有ちつつ、美醜の〈制度〉を自己の現実と受け止めて果敢に生きてゆく精神性にあるのであって、彼の意識が美醜の〈制度〉を超克しているがごとく錯覚してはならない。後に仲平は、「大儒息軒先生として天下に名を知られ」るようになる。まさに宿願どおり〈衆〉を見返し、溜飲を下げたわけだが、それが美醜の〈制度〉内の出来事であるという相対思考に仲平はもちろん無縁であった。

ところで、美醜の〈制度〉に囚われている人物がもう一人いる。語り手「わたくし」である。佐代と仲平の容貌の不〈吊合〉にこそ露《あらわ》な直接言及を避けているものの、「美しい肌に粗服を纏つて、質素な仲平に仕へつゝ一生を終つた」と、美肌と粗服・質素との不〈吊合〉に意識的である。そのかぎりにおいてやはり〈衆〉の一人と考えてよいであろう。

さて、佐代は、〈吊合〉の観念などを含む〈衆〉または〈郷〉の共通意識とどう関わっていたのであろうか。まず、佐代の〈資料〉の、基礎資料に準ずるものとして挙げた結婚の申し出の部分を分析してみると次のようになる。

佐代は「安井さんへわたくしが参ることは出来ますまいか」と単刀直入に申し出、「あちらで貰うてさへ下さるなら自分は往きたい」と「きつぱり」言う。滄洲が仲平の嫁選びの際「互に顔を見合ふ親戚の中で」と言っていることから、仲平の学問とその醜貌を知っていることは間違いない。と言うことは、佐代は仲平の学問と醜貌という〈郷〉の〈衆〉が有つ情報を同様に有ちつつ仲平を選択している。その選択、決意の強固さは「きつぱり」と母が捉えた言語に彷彿する。このことは佐代が〈吊合〉の観念というような〈衆〉の共通意識から全く自由であることを示しており、美醜の〈制度〉の呪縛から全く自由であること、ここに佐代の特性を認めなければならない。

この佐代の〈非制度〉が資質によるものか環境によるものか判断できかねるが、少なくとも佐代の周囲には、佐代を美醜の〈制度〉から自由にする条件は揃っていた。仲平の母は一度も小説にその生身を現さず生死も定かではないが、仲平と同様の外貌を有つ滄洲に嫁いだ人であり、佐代はその人の実家に生を享けている。それに佐代の母は「仲平贔屓」で、お豊の拒絶を聞き、「お豊にしつかり言つて聞せて見たいから、安井家へは当人の軽率な返事を打ち明けずに置いてくれ」と頼んでいるくらいだ。とすれば、姉のお豊にも〈制度〉的な思考から自由になる契機だけはあったと思われるが、おそらく佐代の、お豊との一線には、美貌故に〈許された者〉としての自由で余裕のある立場が、彼女の意識の届かぬところで微妙に作用したという一事があったのかも知れない。と言うより、純粋な尊敬は愛につながる、という意味での〈愛〉の存在を佐代に認めてよいかも知れない。母に「きつと往くのだね」と念を押されて、佐代は「耳まで赤くして、『はい』と云つて、下げてゐた頭を一層低く下げた」が、この耳の赤さと消え入りたいほどの羞恥は、自ら申し出たことへの羞恥と結婚そのものへの羞恥に加えて、少女の過激な潔さが絶対と認めたものに殉じてゆくときの、その内面に兆した〈愛〉を語ってはいないだろうか。佐代の、仲平を志向する内面を考えるとき、豊との一線に、純粋な尊敬としての〈愛〉があったことを認めたくなる。

さて、佐代の〈非制度〉は結婚後も変わることがない。江戸でも「形振に構はず働いてゐ」て、〈衆〉の目を顧慮しない。〈衆〉に与せず悠々と〈非制度〉を生きている。黒木の言動からも窺われるように、〈許された者〉として〈衆〉の羝触を受けずにすむアドバンテージは確実に保持されている。たとえいかなる利点に支えられていたとしても、佐代が〈非制度〉を生きたことは明らかであって、〈非制度〉を生きた佐代像を、〈制度〉に生きた仲平像との対蹠とともに確認しておかなければならない。

こうなれば、語り手「わたくし」の推定した佐代像がまさに〈幻像〉にすぎないことは明瞭であろう。美醜の〈制度〉内を生き、そのことを相対化できていない人間に、美醜の〈制度〉外に精神を佇ませている人物が捉えられるはずがない。おそらく「わたくし」の所有する目的論的認識と佐代は無縁なのである。

では、〈許された者〉として〈非制度〉を生きた佐代の内面をどう考えるべきか。仲平を伴侶に自ら選んだ佐代の決意は、自分自身を遂に裏切ることはなかったようだ。結婚して「繭」から「蛾」になったという比喩に、「内気な態度を脱却して」「天晴地歩を占めた」という記述に、生気に満ちた佐代が表現されている。なぜ生気に満ち、水を得た魚のようになるか、その根底にある理由は簡単である。川添家は父がすでに没していて母と姉豊と佐代という女世帯、しかも姉さん風を吹かす豊の前に佐代の自由は束縛されている。いわば女世帯の中の弱者で個我の伸長は抑制されている。一方、安井家は母親不在の男世帯（父と仲平）である。ゆえに男世帯の女一人になることで女の領分を自由に采配し個我を伸長できることとなったのである。江戸での佐代の「形振に構」わぬ働きようも、働かねばならないのではなく「働いてゐる」のである。このような能動性に佐代の生き生きとした生は明らかだろう。佐代は自己の生かせる道を正確に選びとり、自己充実を生きたのである。おそらく、純粋な尊敬としての〈愛〉を胸中深く秘めて。この充実、日々是充足の前に「労苦」の意識も物質欲望も「夫の栄達」も「尋常でない望」の存在も、「不幸」も、遠くを見つめるまなざしも、すべて無効である。(注4)「わたくし」の目的論的認識は無効である。だから、従来、〈佐代の幻像〉に相当する部分から主に導き出されて来た「自己滅却の無償の道」も「献身と犠牲」も、小説に現象する佐代に限っては無関係であり、それらの見解は、語り手「わたくし」と一緒に美醜の〈制度〉と目的論的認識とを生きてしまった読者の存在証明にすぎない。〈幻像〉は所詮実在せぬ夢、小説『安井夫人』に顕現する血肉の通った佐代はあくまでも〈許された者〉として〈非制度〉を潑剌と生き、一生を終えた。これが〈お佐代さん〉の正体である。

注1　たとえば、「『これがアヤメではないかしら』と彼女は言った」という文において、「これがアヤメではないかしら」は〈彼

女〉に直結した言語であり、「と彼女は言った」は〈語り手〉に直結した言語である。

注2　稲垣達郎「『安井夫人』ノート」（『関西大学国文学』、昭和26年6月）

注3　分銅惇作「安井夫人」（『言語と文芸』、昭和37年7月）

注4　「お佐代さんは何を望んだか」以下「弁識してゐなかつたのではあるまいか」までの部分を「尾ひれ」として却下し、鋭い分析を加えた論文に、栗坪良樹「安井夫人――主観的な意見二、三――」（『国文学解釈と鑑賞　臨時増刊号　森鷗外の断層的撮影像』、昭和59年1月）があり、示唆に富む。

V

森鷗外と過去・現在・未来

森鷗外の〈歴史〉意識

1　弥五右衛門景吉の〈歴史〉意識

興津弥五右衛門景吉は腹を切った。細川忠興《ただおき》（三斎公）への主命絶対に生きた景吉は、忠義一辺倒の愚直な侍であったか。いや、そうではない。精緻にものを考え、周到に神経を使い、自らをそして一族を、〈歴史〉という時間軸の中に位置づけようと試みた、いわば冷静な侍であった。

森鷗外の歴史小説の第一作である『興津弥五右衛門の遺書』の主人公弥五右衛門景吉とは、如上の人物と考えられる。この作品は、乃木大将希典の明治天皇への殉死（大正1年9月13日）に触発されて書かれた初稿（大正1年9月18日脱稿、同年10月号の『中央公論』に発表）と、その後新たに入手した資料を加えて歴史上の厳密性を期して改稿された再稿（大正1年12月末着手、翌2年4月3日から6日の間に脱稿、同年6月籾山書店刊行の歴史小説集『意地』に収録）と二種の本文が存在する。しかし、そのどちらの稿においても景吉の基本的な像は変わらない。と言うのも、作品中の最も大きな事件であり景吉の人と為りが表出している香木事件は、再稿においてもほとんど改変がないからである。景吉が精緻にものを考え、周到に神経を使っている様子は、次のような場面に顕著に見られる。

三斎公の命で相役横田と茶事に使う珍品を求めて長崎に出向き、珍品の伽羅の香木二つのうち良い方（本木）を景吉が伊達家の役人と競り合って買おうとしたとき、横田は諫めた。一国一城の存亡に関わるならまだしも、爐にくべる木切れに大金をはたくのは、もし主君がそうしようとした場合には諫め止めるのが臣下の務めであり、それを遂行させようとすることは「阿諛便佞《あゆべんねい》の所為」、つまり主君に対する媚び諂《へつら》いだと、横田は景吉に言ったのである。それに対して、景吉は次のように反応した。

当時三十一歳の某、此詞《ことば》を聞きて立腹致候へ共、尚忍んで申候は、それは奈何にも賢人らしき申條なり、乍去《さりながら》某は只主命と申物が大切なるにて、主君あの城を落せと被仰候はゞ、鉄壁なりとも乗り取り可申、あの首を取れと被仰候はゞ、鬼神《きじん》なりとも討ち果たし可申と同じく、珍らしき品を求め参れと被仰候へば、此上なき名物を求めん所存なり、主命たる以上は、人倫の道に悖《もと》り候事は格別、其事柄に立入り候批判がましき儀は無用なりと申候。（再稿）

二人の対立の根底には、横田の主君を諫めるのが忠義であるとする忠義観と、景吉の主命を絶対とする忠義観という、忠義に対する考え方の違いが横たわっているのであるが、景吉は、横田の考えを「それは奈何にも賢人らしき申條なり」と受け取り、それを踏まえた上で自分の考えを提出し、「人倫の道に悖り候事は格別」と、より根底的な基準を持ち出して自分の考えを述べている。その上、「阿諛便佞」と誹《そし》られても「忍んで」いる。このような景吉の思弁と身の処し方を見ると、景吉が単なる忠義一辺倒の愚直な侍ではなく、精緻にものを考え、周到に神経を使っていることが確認されよう。

このように、初稿においても再稿においても景吉の資質には変わりはないのであるが、一つ大きな相違が初稿と再稿の間に存在する。それが、冒頭に述べた、自ら及び一族を〈歴史〉に位置づけようとする意志である。これが再稿に出現しているのである。

初稿は、景吉が、香木事件で相役を殺した責任を取って切腹を申し出たにもかかわらず許されて生き延びた自分を、三斎公の十三回忌を機に本望の切腹を遂げようとするものである。切腹するに際して、景吉は自分の個人的な生き方しか考えていない。ところが、再稿では、切腹するいきさつは同一であるものの、景吉は自分の生以外に、祖父・父・兄の生を述べ、子々孫々に対してメッセージを述べている。この二点の存在が初稿とは大きく異なる。

これは、景吉において何を意味しているか。

祖父・父・兄は、次のように述べられている。

- 祖父（景通）は……今川治部大輔殿に仕へ、……今川殿陣亡被遊候時、……御供いたし候。
- 父（景一）は……赤松左兵衛督殿に仕へ、……田辺攻の時、……赤松家の物頭井門亀右衛門と謀り、田辺城の妙庵丸櫓へ矢文を射掛け候。翌朝景一は森を斥候の中に交ぜて陣所を出だし遣り候。森は首尾好く城内に入り、幽斎公の御親書を得て、翌晩関東へ出立いたし候。此歳赤松家滅亡せられ候により、……慶長六年御当家に召抱へられ候。……元和七年三斎公御致仕被遊候時、景一も剃髪いたし、宗也と名告り候。……景一も病死いたし候。
- 兄（一友）は……三斎公に召し出され、……妙解院殿の御代に至り、寛永十四年冬島原攻の御供いたし、翌十五年二月二十七日兼田弥一右衛門と倶に、御当家攻口の一番乗と名告り、海に臨める城壁の上にて陣亡いたし候。

（小林が（　）は補い、……は中略した）

祖父は今川家に仕えて殿とともに陣亡した。父は最初赤松家へ仕えて田辺攻のとき手柄を立て、赤松家滅亡の後その手柄が縁となって細川家に仕えるようになり、その殿三斎と去就を同じうした。そして兄は、その三斎と次代の妙解院殿（忠利）に仕え、島原攻の一番乗りとして功績を立て、陣亡した。このような記述内容である。ここには、興津家が細川家に仕えるようになったいきさつと、興津家三代の者がそれぞれに手柄を立て主君に忠実に生きたことが記されている。前者は興津家の履歴の確認及び提示であり、後者は興津家が忠義の血統であることへの自負である。死を前にした景吉は、〈歴史〉という時間軸の中に興津の家の歴史を刻んでみせたのである。その意味において、再稿の景吉には明確な〈歴史〉意識がある。

さて、再稿のみに存するもう一点、子々孫々に対するメッセージは、次のようなものである。

此遺書は倅《せがれ》才右衛門宛にいたし置候へば、子々孫々相伝、某が志を継ぎ、御当家に奉対、忠誠を可擢候。

この一文は遺書の末尾に置かれ、冒頭部に置かれた祖父・父・兄の事蹟の記述と対応して、遺書を統《す》ぶものである。ここで言う「某が志」とは祖父伝来の興津家の主家に対する「忠誠」であり、景吉は、祖父・父・兄そしてその弟の自分が体現してきた「忠誠」を再確認し、自己を基点として、興津家の誉れである「忠誠」の伝統を未来へ投げかけたのである。景吉の頭の中には、自己を基点にして、興津家の「忠誠」の過去の歴史と、「忠誠」の未来の歴史というパースペクティヴが展けている。景吉はこの遺書の中で、興津家の「忠誠」というアイデンティティーを創出し、過去の歴史を作り、未来の歴史を決定せんとしたのであった。ここに、景吉の〈歴史〉意識がある。

ところで、祖父と兄は陣亡し、父は二代の主君に八十四歳まで仕えて病死した。三者とも生きて「忠誠」を尽くしている途上の死であった。しかるに、景吉の死は、殉死という自らが選び取った「忠誠」の死である。同じ「忠誠」とはいえ、そこに景吉の固有性がある。腹を切って殉死するという死を前にして遺書を書くという行為には、その事態が必然的にもたらす心的現象があると考えられる。

景吉は、明日死ぬことが自身で分かっている。死という自己の消滅に立ち合っているとき、その立ち位置の後ろに自らの過去が広がっていることと、その前に未来が広がっていることが判然とする。つまり、確実な死の時点を所有することは、過去と未来とを同時に見はるかす眼を所有することなのである。これは、人間という個が時間軸上の存在であることを明視させることであり、自己が存立して来た所以を明らかにさせ、いまの自己とは何かを問い質《ただ》させ、死後の未来はいかになるのかという思いを育くませる機縁を醸成させる。このような磁場は、生きている途上に訪れた死においては成立しない、余裕や覚悟のある自死が有つ固有性である。おそらく景吉は、この、余裕と覚悟のある自死の有つ固有性を充分に生かしたのである。そこで成立させたものが、興津家の「忠誠」というアイデンティティーであり、その持続を夢見ることで死んでゆく自己に意味を有たせた、と解釈できる。そして、それが、景吉の獲得した〈歴史〉意識であった。

2　〈歴史〉を見倒す眼

景吉は、〈歴史〉意識を有した遺書を書いた。ここで小説が終っていれば、再稿『興津弥五右衛門の遺書』とはこのような小説であると言い切ることができる。しかしこの再稿は景吉の遺書だけでは終らず、その後に景吉の殉死の場面が描かれ、興津家の系図が掲げられ、その系図の説明が付いて、それを以て小説が閉じられる。ということは、この小説には、この四つの部分を統率する語り手が存在し、その語り手が、景吉の遺書を引用し、景吉の殉死場面を描写し、興津家の系図を記し、その系図に説明を加えるという形で編集、記述した小説ということになる。意識の表出の問題で言えば、遺書そのものに表出している意識は景吉のものであるが、他の三つの部分には語り手の意識が表出しているのである。

では、語り手の意識はどのように表出しているのか。

景吉の殉死場面は、次のように記述されている。

正徳四年十二月二日、興津弥五右衛門景吉は高桐院の墓に詣でて、船岡山の麓に建てられた仮屋に入つた。畳の上に進んで、手に短刀を取つた。背後《うしろ》に立つて居る乃美市郎兵衛の方を振り向いて、「頼む」と声を掛けた。白無垢の上から腹を三文字に切つた。乃美は項を一刀切つたが、少し切り足りなかつた。弥五右衛門は

「喉笛を刺されい」と云つた。併し乃美が再び手を下さぬ間に、弥五右衛門は絶息した。
仮屋の周囲には京都の老若男女が堵《と》の如くに集つて見物した。落首《らくしゆ》の中に「比類なき名をば雲井に揚《あ》げおきつやごゑを掛けて追腹《おひばら》を切る」と云ふのがあつた。

景吉はみごとに腹を切った。主君三斎に因んで「三文字」に切り、介錯の乃美が項を切り足りなかったことに「喉笛を刺されい」と言ったこともあっぱれである。見物の落首にもそのみごとさへの称賛が刻印されている。景吉は、遺書の中で「身不肖《ぶせう》ながら見苦しき最期も致間敷存居候」と言っていた。実際に行《おこな》ってみなければ立派に腹を切れるかどうかは分からない。果たしてみごとに腹を切れるか。景吉にも、景吉に沿って遺書を読んできた読者にも未定の未来は、この語り手の殉死場面の記述によって、景吉の期待と祈りを込めた予測どおり確定されたのである。そして、この殉死場面の記述そのものが存在することは、語り手自身も景吉が予測どおりみごとに腹を切れるかどうか意識を働かしていた証拠である。

次に系図とその説明はいかに書かれているか。景吉は遺書の中で兄について記述しているが、系図を見ると弟が四人いてその弟たちについては、末弟又次郎に殉死のため京都に着いてから世話になったこと以外触れていない。遺書の中で景吉は、祖父・父・兄・自分・嫡子才右衛門という流れに興津の家を見ている。兄が景吉殉死の十年前に陣亡していてなおかつ子がないことから二男の自分が興津の流れを背負うと考えていたと見られる。そして「子々孫々相伝」と言っていることから、祖父・兄・自分・その嫡子という流れの意識しか、景吉にはないと言える。つまり、景吉の意識においては、弟たちは見切られているのである。そのことが、語り手の系図の記述によって明らかとなるのである。その上で、景吉は、「子々孫々相伝、某が志を継ぎ、御当家に奉対、忠誠を可擢候」と、自らの死と引き替えに子々孫々の生に首枷《くびかせ》を課した。果たして、「子々孫々」は「忠誠」を遂行できるのか。これも、果たしてみごとに腹を切れるかという問題同様、未来の未定の事柄である。この件も、語り手の、系図に対する説明によって明らかとなっている。その説明によれば、明治三年の時点まで、景吉の家は続いており、主君に逆らった記述が無いところからすると「忠誠」を生きたと見られる。つまり、景吉の遺書は全うされたのである。(注1)そして、この、景吉以下の系図とその説明が存在することもまた、語り手が、景吉の「忠誠を可擢候」というメッセージが「子々孫々」に受け継がれたかどうか意識していたことを表わしている。そして、この語り手の意識は注目に価する。というのも、ここに語り手の〈歴史〉意識が濃厚に見られるからである。

景吉は、興津家の未来に向けて、自らの遺書を、「子々孫々相伝、某が志を継ぎ、御当家に奉対、忠誠を可擢候」と言って晴れがましく殉死した。このような死と引き替えにした一個人の意志が、果たしてその意志どおり遂行されるものかどうか、語り手は、「子々孫々」の行迹《こうせき》を追って記述することで確認したのである。長い血の繋がりにおける遺言の行方、長い時間の経過の中における意志と行為に語り手は意識を凝らしたのである。ここにはいわば、〈歴史を見倒す眼〉がある。この意味において、再稿『興津弥五右衛門の遺書』は、景吉の意識の物語だけではなく、語り手の意識の物語、つまり〈歴史を見倒す眼〉の物語でもあったのである。

さて、この〈歴史を見倒す眼〉の存在は、再稿『興津弥五右衛門の遺書』にのみ存在するものではない。大正三年一月号の『中央公論』に発表された『大塩平八郎』にも見られる。飢饉が続いて難儀する人民を救済するため蜂起し、富を蓄えた商人の家を襲って銭穀を取り上げた大塩は、予定に反して雑人たちが金銀を持って逃げ去ったり、同勢が無節制に射撃したりすることをまのあたりにした。それで戦いを止め、敗走する。そのとき、次のように言う。

「いや先刻考があるとは云つたが、別にかうと極《き》まつた事ではない。お前方二人は別格の間柄だから話して聞かせる。己《おれ》は今暫く世の成行を見てゐようと思ふ。尤も間断なく死ぬる覚悟をしてゐて、恥辱を受けるやうな事はせぬ」

大塩は戦いに敗れ、死ぬ覚悟をしている。しかし、「今暫く世の成行を見てゐようと思ふ」のである。この、見る意志は、自分の起こしたことがどのような結果を呈するのか確認したい願望に基づいている。事を起こしたことは世の中に対する一つのアプローチである。そのアプローチによって世の中がどう現象してゆくのか、そのありようを観察したいのである。しかも、「成行」と言っているように、時間の経過にともなう現象の推移に目を凝らしているのである。これは、興津弥五右衛門景吉の「子々孫々」へのメッセージを江戸初期から明治にかけてという長い時間を見るのとは異なり、事挙げからそのしばらくの間という短い時間ではあるが、事の発端とその後の関係を見ようとする点においては同一である。その意味で、大塩にも〈歴史を見倒す眼〉が存在しているのである。

森鷗外は、再稿『興津弥五右衛門の遺書』で〈歴史を見倒す眼〉を有つ語り手を登場させ、『大塩平八郎』では主人公大塩平八郎に〈歴史を見倒す眼〉を有たせた。そこには、鷗外の認識が存在すると見られる。人間は景吉のように言挙げをし、大塩のように事挙げをする。このような場合、多くの人はどうしても言挙げ・事挙げの衝撃性ゆえに言挙げ・事挙げそのものに注目し、そこで感受と思考を停止させる。それではその言挙げ・事挙げの有つ問題は完結していない。その後の現象・波紋を見届けてこそ言挙げ・事挙げの問題は完結する。このような、出来事に対する見方、認識を鷗外は有っているのである。これは、出来事というものの本質論であり、同時に出来事に対する鷗外の歴史認識である。出来事を出来事として終らせず、出来事を歴史に接続させた。ここに鷗外の歴史小説の特質がある。

3　閲歴という〈歴史〉

鷗外は、明治四十四年三月号及び四月号の『三田文学』に自伝の匂いの濃い小説『妄想』を発表している。主人公の「翁」が自らの来し方を回想する小説である。この小説の構造は、初稿『興津弥五右衛門の遺書』ならびにその再稿の「遺書」の部分と同一、と言ってよい。弥五右衛門景吉が死を目前にして、自らの過去を振り返り、生きている今を明視し、未来を遠く見遣ったように、この「翁」も、やがて迎える死を前提にして、自らの過去の閲歴を回想し、老いの現在を思量し、未来を見詰めている。「翁」は上総の別荘にひとりで住み、水平線から昇ってゆく太陽を見ながら、次のようなことを考える。

主人は時間といふことを考へる。生といふことを考へる。死といふことを考へる。

この翁が弥五右衛門景吉と異なるのは、景吉が自らの生の具体のみを考えたのに対して、生の具体とともに生きることの原理という抽象をも思索している点である。それを端的に示しているのがこの三文である。生を考えることは同時に死を考えることであり、それは時間を考えることだ、と言うのだ。この時「翁」は、自己の存在が時間軸の上に現象しているものであるという認識論の上に立っている。しかも、その自己の本体を「自我」に見て、「死といふものはあらゆる方角から引つ張つてゐる糸の湊合してゐる、この自我といふものが無くなつてしまふのだと思ふ」と考察し、死による「自我」の消失とその後の世界を、ハルトマンの思想を基軸に、マックス・スチルネル、ショウペンハウエルと溯って考える。ハルトマンは「個人の意識は死と共に滅する」ので、死後の世界に幸福を求めてもそれは不可能であり、「人間は生を肯定して、己《おのれ》を世界の過程に委ねて、甘んじて苦を受けて、世界の救抜を待つが好い」と言う。スチルネルは、人間は「あらゆる錯迷を破つた跡」でも「自我を残してゐる」ので「世界に恃《たの》むに足るものは自我の外には無い」と言う。またショウペンハウエルは、人間は「自殺をしたつて種類（「人間といふ種類」――小林、注）が残る。物その物が残る。そこで死ぬるまで生きてゐなくてはならない」と言う。これらはいずれも、錯迷であれ苦痛であれ「自我」を肯定して生きるしか人間にはない、という思想である。それはそれとしてここで注目すべきことは、これら三人の「自我」をめぐる考察が、死後や未来との関係において為されていることである。そして、それらを参照しながら「翁」は自我＝人間を考えていることである。「翁」の時間・生・死の考察は、人間のこれまでの生という過去と、その突端としての生の現在と、死後の未来という時間意識の中で為されているのである。これは、言葉を換えて言えば、〈歴史〉という時間のパースペクティヴの中で人間存在を捉えているということである。ここに「翁」の人間存在をめぐる〈歴史〉意識を認めることができる。

さて、弥五右衛門景吉がその自らの〈歴史〉意識の中で基点としたのは自己の履歴であった。それと同様、この「翁」も自己の「閲歴」をその〈歴史〉意識の基点としている。自然科学を学ぶために二十代でベルリンに留学し、「学業が成らずに死んでは済まない」と思って勉学に励み、「自我」の本体がわからぬ「心の空虚」と「苦痛」を感じつつ三年の留学期間が過ぎ、学問の未発達な日本へ帰ってきた。折しも日本は改良主義の時代であり、その中で自分は「本の杢阿弥説を唱へ」て「洋行帰りの保守主義者」となった。そして二年ほどは研究室に入って自然科学を遂行したが、その後は研究から離れて、そしてやがて今の、「人生の下り坂を下つて行く」隠居の身となったのである。

かくして最早幾何もなくなつてゐる生涯の残余を、見果てぬ夢の心持で、死を怖れず、死にあこがれずに、主人の翁は送つてゐる。

これが「翁」の現在の心的状態である。「翁」は過去の閲歴、その突端に立ち、来るべき死と対峙している。この姿は、精神内容こそは違え景吉と同一である。このような、閲歴と向き合う精神性とは、自己の過去を今の自分を形成し現象させている力と捉えていることであり、自己を時間の中に定位して考えているということである。〈歴史〉という言葉を使えば、自分の過去の閲歴は、自分の中の〈歴史〉であり、それを確認して把握することは〈歴史〉意識の一つである。鷗外の文学において注目される特質の一つは、景吉や「翁」のように自己の閲歴を生の中核に据えて生きてゆく人間の姿が造型されているということである。人間の生の現在は、その閲歴が大きく作用しており、閲歴を見据えることは自己明視を生み、その後の生を拓いてゆく基点たり得る――、このような人間認識を、これらの小説――再稿『興津弥五右衛門の遺書』『妄想』は指し示しているのである。

なお、生・死のパースペクティヴは有たないが、主人公の「性欲の歴史」という、性欲の発現に焦点を当てた閲歴の小説『ヰタ・セクスアリス』（明治42年7月、『スバル』）を、鷗外は書いている。

このような閲歴をめぐる小説を書いた鷗外は、エッセイというノンフィクションにおいても閲歴を語る作家であった。大正三年三月号の『番紅花』に発表された『サフラン』は、蘭和対訳字書で知った植物の名「洎夫藍」をめぐる話である。子供のとき字書で名を知り、蘭医の父に聞くと、父は薬箪笥から取り出して乾燥させたサフランを見せてくれた。その後図譜で生の花の形だけは知ったものの「半老人」になるまで生の花を見たことがなかった。そして二、三年前（明治44・45年、鷗外49〜50歳に相当する）上野でサフランが売られているのを人力車の上から見、去年の十二月には白山下の花屋で球根つきのサフランを買った。花が萎れたあとそのまま土鉢に植っぱなしにしていたら今年の正月、葉が出はじめた。そしていま書斎の中で青々と葉を繁らせている――。このような淡々たるエッセイであるが、鷗外は、「これはサフランと云ふ草と私との歴史である」とし、次のように締め括っている。

これを読んだら、いかに私のサフランに就いて知つてゐることが貧弱だか分かるだらう。併しどれ程疎遠な物にもたま〳〵行摩《ゆきずり》の袖が触れるやうに、サフランと私との間にも接触点がないことはない。物語のモラルは只それだけである。

宇宙の間で、これまでサフランはサフランの生存をしてゐた。私は私の生存をしてゐた。これからも、サフランはサフランの生存をして行くであらう。私は私の生存をして行くであらう。

鷗外は、草花サフランとの如上の関係を、「サフランと云ふ草と私との歴史である」と言った。いささか誇大な言辞である。しかし、この末尾の文章を読むと合点がゆく。一見疎遠で無関係に思える物と物の間にも関係はある。そして、微細な接触の一点一点を繫ぎ合わせてゆくとそこには歴史が形成される――。鷗外はこのような思索をしているのである。これは〈歴史〉意識である。『興津弥五右衛門の遺書』の景吉、『妄想』の「翁」ほどには大々的ではないが、やはりそれらに通じる〈歴史〉意識がここにはある。さらに言えば、景吉や「翁」が自らの生を対象とし、その時間軸上のみにおいて〈歴史〉を考えていたのに対して、ここでの鷗外は、サフランと自らと二つを対象として、時間軸に空間を含ませて〈歴史〉を意識している。同じ宇宙という空間に存在して各々時間を生きてゆく。時折、わずかに接触しながら。この鷗外の眼は、景吉や「翁」より複眼的である。富澤赤黄男の句に「草二本だけ生えてゐる　時間」[注2]という句がある。あたかもそんな光景を彷彿とさせる。

次いで鷗外は、大正六年九月号の『斯論』に、『なかじきり』というエッセイを書く。鷗外齢五十五、亡くなる五年前のことである。

　老は漸く身に迫つて来る。

前途に希望の光が薄らぐと共に、自ら背後の影を顧みるは人の常情である。人は老いてレトロスペクチイフの境界に入る。

鷗外はこう書き出す。老いが迫ってくると人はレトロスペクチイフ（仏語）、つまり回想的になると言う。「背後の影を顧みる」「境界」とは、過去の閲歴の中に自分とは何であったかということを確認しつつ今を生き、死という人生の最期と向き合うことを意味するものと思われる。そして、具体的に「わたくしは医を学んで仕へた」と回顧し始め、文士としては、短歌、小説、戯曲を書き、学問においては哲学に親炙し、歴史においては史伝を書いた。そして「是が過去である」と総括する。それを受けて「現在は何をしてゐるか」と続け、「一間人《かんじん》として生存してゐる」とし、中国の古書を読み、細々と抒情詩と歴史（古人の伝記と碑文）とを書いていると述べ、「是が歴史である。現在は此の如くである」と再び総括する。この再総括における「歴史」は、その前の総括にある「過去」に相当すると考えられるので、つまりは鷗外の閲歴を指している。この、閲歴を振り返り現在のありように言及する構造は、小説『妄想』と同一であり、鷗外において、過去の閲歴を確認することがいかに現在の生を支える基盤になっているかが窺われる。

この文章は、末尾に、文学・芸術・社会に対する意見や小説執筆を求める人への拒絶の意を込めている旨が書かれており、実用的な目的を有った文章でもあるのだが、注目されるのは、次の四文が書き込まれていることである。

歳計《さいけい》をなすものに中為切《なかじきり》と云ふことがある。わたくしは此数行《すうかう》を書して一生の中為切とする。しかし中為切が或は即総勘定であるかも知れない。少くも官歴より観れば、総勘定も亦此の如きに過ぎない。

「中為切」とは、年度の途中で収支、取引などの仮決算をすることである。「官歴」のことが記されているのは、この前年の大正五年四月に陸軍軍医総監兼陸軍省医務局長を退官したことに対応しているものと思われる。しかしこの文章発表後の十二月には帝室博物館総長兼図書頭に任ぜられるのであるから、実際は短い空白を経て官歴は続いたのである。だが、「中為切が或は即総勘定であるかも知れない」という言葉は重い。老いを意識して過去の閲歴を振り返った鷗外は、来るべき死を身近に感じ対峙していたのかもしれない。

4　閲歴の超克

鷗外の〈歴史〉意識において、閲歴はその核として存在した。だから閲歴は現在の生に大きく影響を与える。それが自意識の上でプラスに働くとよいのであるが、その閲歴が現在の生に逆に傷を負わせ、強いマイナスとして作用してしまうこともある。管見では、自らの閲歴が現在の生に大きくのしかかり、鷗外を圧殺しかねない事態が二度あった。その第一が、陸軍省内部の確執に敗れて小倉に左遷させられた時（明治32年6月）である。そこで鷗外は評論『鷗外漁史とは誰ぞ』（明治33年1月、『福岡日日新聞』）を発表している。これは、福岡日日新聞に「今の文壇の評」を書くように頼まれて書いたものであるが、「今の文壇の評」は少しあるものの、そのほとんどはこれまでの文学上の閲歴と現在の生き方についての記述である。この閲歴と現在という構造はやはり『妄想』や『なかじきり』と同一であり、この文章も、鷗外の〈歴史〉意識を表出する文章の系統に属している。鷗外は、鷗外漁史として『国民之友』に書きはじめ、『柵草紙』を創刊して議論を戦わせ、新文学士が多数出るに及んで批判をあまた受け陣亡した、と自らの文学上の閲歴を述べる。この陣亡に対して「鷗外漁史はこゝに死んだ」と述べ、この文章の末尾ではもう一度「鷗外は甘んじて死んだ」と述べている。そして死んだ後の自己について、次のように言う。

人が鷗外といふ影を捉へて騒いだ時も、その騒《さわぎ》の止んだ後も、形は故《もと》の如くで、我は故の我である。啻《たゞ》に故の我なるのみではない。予はその後も学んで居て、その進歩は跛鼈《ひべつ》の行くが如きながらも、一日《じつ》を過ぎれば一日の長を得て居る。

鷗外に「今の文壇の評」の依頼が来るのは、鷗外を文壇の人と見る目があるからである。その要請に対して「鷗外漁史はこゝに死んだ」と声高らかに宣言する鷗外には、一種の心的メカニズムが認められる。鷗外はその閲歴に明らかなように中央文壇の人であった。それが地方に職務上左遷させられた。当然の如くいままでのような文壇上の活動はできない。その時、これまでの文壇上の閲歴は自らを疎外するが如き抑圧として身に降りかかった。その閲歴の抑圧から解放される手段としてこの閲歴と等価である鷗外漁史を自らの内部において殺したのである。その言挙げが「鷗外漁史はこゝに死んだ」という一文なのである。閲歴を消去すれば閲歴の抑圧から解放され、精神は自由を取り戻せる。その表明が「形は故の如くで、我は故の我である」という一節である。「形」とは「故の我」の謂であり、社会的属性を帯びていない生身の自己のことである。このような観念操作を作った後に展けた現在の我が、学んでそして日々進歩している自己というわけだ。この一連の操作は、いわば〈閲歴の超克〉である。自己にのしかかる閲歴はその時空を生きた身とともに殺す、自己の精神の中から消去する――、これが過去に囚われない新たな生を展く鷗外の方法であったのだ。鷗外の事蹟に徴してみると、明治三十二年の末には公教会神父ベルトランからフランス語を、小倉安国寺の住職玉水俊虠から梵語及び唯識論を学び、クラウゼヴィッツ『戦論』やアンデルセン『即興詩人』の翻訳、『審美綱領』『審美新説』を出版するなど、過去の文壇上の閲歴と関わりのないところで鷗外の生は充実していた。

さて、鷗外が自らの閲歴から抑圧を受けた第二は、明治三十八年、日露戦争従軍中の戦地中国においてである。七月七日、古城堡において、鷗外は次のような詩（『うた日記』、明治40年9月、春陽堂、所収）を書いている。

あこがれ

馬蘭《ばりん》の晩花《おそばな》　しじまる野を
鈍色《にびいろ》ごろもと　夕《ゆふべ》おほふ
おもはずよ　人のかげ
垂るるくろ髪　ふさやかに
かこめり月の　淡き面

宣《の》らさく我《あ》こそ　係慕《あこがれ》なれ
ねがふは勝利か　敵《あた》みながら
あさ露と　消えしめん
かうべあぐれば　髪ゆらぐ
ををしき相や　いくさがみ
わが黙《もだ》あるみて　またのらさく

平和か還《かへ》りて　あひ見んひと
わが身には　似たらずや
玉のはだへに　血ゆらぎて
熱きうながし　目にあふる

なほ黙あり稍《や》や　ためらひつつ
あらずはつめたき　死やもとむる
あこがれの　的《まと》として
可惜《あたら》し石と　凝るすがた
うつぼまなざし　空《そら》をみる

夕暮の野に、月のように青白い顔《かんばせ》の黒髪ふさやかな女人が現われた。そして、「我こそは憧れの化身である、お前は勝利を願うのか」と問い、みるみるうちに軍神の姿に変身する。私が黙っていると今度は、「お前は平和を願うのか、帰国して会いたい人はこのような女《ひと》ではないか」と言って、熱き血潮が白い肌に透けていて、情の籠った誘惑を瞳に湛えた女人に変身する。それでも私が黙っていると、おそるおそる、「それでは勝利でも平和でもなく死を願うのか」と問うて、うつろなまなざしで空を眺める、名誉の戦死を遂げた人の石像に変身した。

おおよそ、このような意味の詩である。

この時期、首脳部では、講和に向けての微妙な動きがあり、鷗外の所属する第二軍においてはもはや戦闘は無かった。「平和」とは、講和が成り立って帰国することを指していると考えられる。詩の主体である〈我〉が、「勝利か」の問いに黙し、「平和か」の問いにも黙し、「死やもとむる」という最後の問いを「係慕」の化身から引き出したところでこの詩が終っていることからすると、〈我〉は確実に死を求めていると言える。

　では、なぜこの詩の〈我〉が戦地において死を求めるのか。それは、日露戦争に鷗外がいかに関わったかを見てくると明らかになる。(注3)鷗外は周知のように、日露戦争開戦論者であった。戦争勃発の前年、明治三十六年に鷗外は『人種哲学梗槩』『黄禍論梗概』と二つの演説を行い、すぐに出版している。これらにおいて鷗外は、西欧が非道であることを指摘し、「黄禍」論に対し「白禍」と逆襲して交戦の論理を主張している。そして、鷗外は明治三十七年四月第二軍軍医部長として出征した。意気軒昂に大陸へ向かった鷗外の様子は詩「でつくのひる」（明治37年4月21日作）などに見られる。しかし、死傷者四三〇〇人と言われる南山の戦闘を体験した鷗外は、その折の決死兵の様子を詩「唇の血」（同年5月27日作）に描き、それ以降、苦悩を深めてゆく。敵であるロシア兵の死にゆく心理を描いた詩「ぷろしゆちやい」（同年10月19日作）や、十里台子北方漫歩の帰り道に見た光景――山の麓一帯に林立している敵味方双方の白い杭《くい》の仮の墓の光景、これを描いた詩「新墓」（同年11月18日作）、さらには明治三十八年四月二十三日に奉天で書かれた、厭戦の心理が色濃く表出している詩「春」を見ると、鷗外は、憂鬱をかこつ人となっている。この、意気軒昂から憂鬱への変貌は、交戦の論理を掲げて戦争に赴いた自己に対する違和が原因であると考えられる。

　日露戦争交戦論者鷗外は、まぎれもなく自己の閲歴である。その閲歴にいま鷗外は抑圧されているのである。そして、その抑圧から逃れる術《すべ》が、交戦論者鷗外の閲歴を消去することであった。その消去の意志を示したのが詩「あこがれ」なのである。だから、鷗外は「あこがれ」において、死を求める詩の主体を出したのである。

　この「あこがれ」を書いた翌日の七月八日、鷗外は妻しげ子宛に書簡を出し、結婚の折の「花よめさんの写真」を送るよう頼んでいる。その写真は八月六日までには鷗外のもとに届き、その写真のしげ子の和装を見ながら、「新派の女王鳳晶子」の短歌に挑戦する歌を十数首作り、雑誌『明星』（明治38年9月）に発表している。また、七月二十八日には妹小金井喜美子に新体詩論ともいうべき書簡を送り、その中で「われ〳〵も一つ奮発して新詩連以上の新しい事をやりたいものだ」と、新詩の興隆に向けて積極的な意志を見せている。鷗外は、交戦論者であった自分を死なしめて、新たな文学者としての己を拓いたのである。この後凱旋帰国した鷗外は、詩と短歌に力を注ぎ、明治四十二年の文壇再活躍を成し遂げてゆく、というのが鷗外の文壇復帰に係る私の見取り図であるが、今は措く。

さて、このように見てくると、小倉左遷のときと日露戦争従軍の末期において、鷗外は二度にわたり、わが身を抑圧する過去の閲歴を、死という観念のもとに精神の上で殺し、その結果得られた自由によって新たな自己を形成していった。

鷗外において、閲歴の占める比重は重い。弥五右衛門景吉は自己の閲歴から自ら及び一族のアイデンティティーを形成してそれを未来に投げ、晴ればれと死んでいった。『妄想』の「翁」や『なかじきり』の「わたくし」は自らの閲歴を明視することによって現在の生を自己定位した。そして、『鷗外漁史とは誰ぞ』の「我」や詩「あこがれ」の〈我〉は、自己の閲歴を殺すという観念操作をすることによって危機を回避し新たな自己を摑んでいった。鷗外の文学と生涯に通底している一つの要素は、自己の閲歴を受け止めて明視しながら現在の生を紡ぐということである。それは、時間軸を意識して生きるということであり、自己の存在を歴史的存在と捉えていた証である。その歴史的存在としての自己を自己の生の範囲で考えるということから離れて、一個の人間が他の生命体や人間といかなる関係にあるのかを見詰めたとき、サフランの生が己と微かに接しながらも同じ時空を生きていることを発見したり、弥五右衛門景吉の生が子々孫々にいかに反映したかという長距離で人間という現象を見詰めたとき、〈歴史を見倒す眼〉を鷗外は摑んだのである。これらを以て、私は、鷗外の〈歴史〉意識、と見る。

注1　ただし、弟の四男四郎右衛門景時は行賞を辞退して追放となり、その四代目の子孫四郎右衛門は旨に逆らって知行宅地を没収されているので、弟やその一族においては、景吉の「忠誠」のメッセージは全うされていない。その問題については、拙稿「興津弥五右衛門の涙」(『日本文学』、昭和63年1月)を参照されたい。本書所収。

注2　富澤赤黄男『黙示』(俳句評論社、昭和36年9月)

注3　鷗外と日露戦争との関係については、拙稿「森鷗外と日露戦争——『うた日記』の意味」(『上智大学国文学論集』第13号昭和55年2月、後『日本文学研究資料新集13　森鷗外・初期作品の世界』、有精堂、昭和62年11月、に再録)に詳述したので、参照されたい。本書所収。

あとがき

森鷗外の勉強を始めてから三十年が経った。始めることに決めたのは、大学院に入学した直後であった。卒業論文では与謝野晶子の『みだれ髪』について書いたのだが、大学院では夏目漱石か森鷗外かともかく大きな作家に取り組んでみたいと思っていた。そんなある日、国文学専攻が入っている建物の下で指導教員のひとり村松定孝先生にばったり会った。「君は何をやるのですか」、先生はやにわに問われた。咄嗟に答えなければいけないと思った私の頭に漱石と鷗外が巡った。漱石は文学博士号を辞退するような潔癖な人だから着いて行けそうもない。鷗外は文学博士号を悠々ともらった人だから着いて行けそうな気がする。「森鷗外をやります」と答えた。「ああ、そう」と言って先生は去って行かれた。これで鷗外を勉強することになったのである。

その後、最初の論文「森鷗外と日露戦争――『うた日記』の意味」がきっかけとなって田中実さんと知り合い、多くのことを教えていただいた。山崎一穎さん、大屋幸世さんとも知り合い、学恩を得た。また、須田喜代次さんと松木博さんが中心となって森鷗外研究会ができたとき私も仲間に入れていただき、刺激を受けた。

このような経路で鷗外の勉強をほそぼそとしてきた。そのほそぼそを今回、鷗外の『なかじきり』ではないが、一つに纏めてみた。特別に主義を有ってしたわけではないので論の方向はあっちを向いたりこっちを向いたりしている。それでも密かに抱いていたことがある。鷗外の事跡から考えるのではなく鷗外が書き記した言葉を考えること、これが一つ。もう一つは、その言葉から鷗外の精神史を考えることである。前者は言葉の運動を捉える作品論になること、後者はその作品論そのものが同時に作家論になること、これを目指した。私のつもりでは、『金貨』論、『安井夫人』論などが作品論の方向で、『うた日記』論、「森鷗外の〈歴史〉意識」などが作家論の方向を意識した。このような意識があったので、この本のサブタイトルを「現象と精神」にした。「現象」には作品の言葉の運動という現象を見ようとした意図、「精神」にはその言葉の運動が示してしまっている鷗外という記述者の内面を見ようとした意図、それを込めたのである。私がこのように言葉の運動に寄り添おうとするのは、文学作品は言語の現象だと思うからである。実在する鷗外という実体は後景に温存しておいて、鷗外という署名のある作品の言葉を有限な人間の観点から解読したいのである。

ここには森鷗外を正面から扱った論を収めたため、鷗外に触れているものの収めなかった論が二つある。一つは『羅生門』の表現方法――森鷗外『金貨』の影」（『上智大学国文学科紀要』第12号、平成7年3月）で、『羅生門』の表現方法が『金貨』の影響によって成り立っていることを論じたものである。もう一つは「森鷗外の文学における神話・伝説と歴史」（小泉進・小倉博孝編『神話的世界と文学』、平成18年12月、上智大学出版）で、本書に収めた『かのやうに』論を事実と虚構の観点から書き直したものである。これで私が書いた鷗外に関するものはすべてである。振り返ってみると、『舞姫』以下の三部作や史伝など、まだ論じるまでに私の中で至っていない作品がたくさんあり、寂しいかぎりである。これからその一つでも書ければよいと思う。

鷗外の勉強に関しては、私のもうひとりの指導教員江頭彦造先生の教えがいつも頭の中にあった。先生は、漱石と鷗外の共通点を、〈倫理〉を書くところに見ておられた。そうして、今にしてしみじみ先生の言われたとおりだと思う。一言を体感するのにこんなにも時間がかかってしまった。

この本の出版に際してはうれしいことがあった。中学校、高校の同窓で出版を手がけている瑞原章君が私のことを気にしていてくれ、出してくれたのである。勉強の上でお世話になった方々とともに感謝したい。そして、校正を手伝ってくれた森井直子さん、原貴子さんにお礼申し上げます。

二〇〇九年二月二十六日

小林幸夫

初出一覧

Ⅰ

森鷗外と日清・日露戦争

……『国文学解釈と教材の研究　別冊　森鷗外必携』（平成元年一〇月、学燈社）

原題「鷗外とその時代――戦争」

第二軍軍医部長としての森鷗外

……『彷書月刊』第45号（平成元年五月、弘隆社）

森鷗外と日露戦争――『うた日記』の意味

……『上智大学国文学論集』第13号（昭和五五年二月、上智大学国文学会）

「夢がたり」論――森鷗外の〈生〉のかたち

……『上智大学国文学論集』第15号（昭和五七年二月、上智大学国文学会）

Ⅱ

森鷗外の〈腰弁当〉時代

……『上智大学国文学科紀要』第15号（平成一〇年三月、上智大学国文学科）

Ⅲ

「金貨」論――親和と連帯

……『上智大学国文学科紀要』第13号（平成八年三月、上智大学国文学科）

「鼠坂」論――ミステリーの意匠
……村松定孝編『幻想文学　伝統と近代』（平成元年五月、双文社出版）
原題「森鷗外『鼠坂』論――ミステリーの意匠」
『青年』論――反〈立身出世〉小説
……『上智大学国文学科紀要』第24号（平成一九年一月、上智大学国文学科）
原題「森鷗外『青年』論――反〈立身出世〉小説」
「かのやうに」論――神話と歴史
……『英・独・仏・国文学における神話・聖書の受容と変容――二〇〇二〜二〇〇四年度上智大学学内共同研究による研究成果報告書――』（平成一七年四月、上智大学文学部英・独・仏・国文学科学内共同研究グループ）
原題「森鷗外の文学における神話・伝説と歴史」

Ⅳ

興津弥五右衛門の涙
……『日本文学』第37巻1号（昭和六三年一月、日本文学協会）
「佐橋甚五郎」論――二つの物語
……『宇都宮大学教育学部紀要』第44号第1部（平成六年三月、宇都宮大学教育学部）
〈お佐代さん〉の正体――「安井夫人」論
……『日本近代文学』第37集（昭和六二年一〇月、日本近代文学会）

Ⅴ

森鷗外の〈歴史〉意識
……『文学』隔月刊第8巻第2号（平成一九年三月、岩波書店）

＊森鷗外の作品の本文および言説は、『青年』を除いて、『鷗外全集』（昭和46年11月～50年6月、岩波書店）を使用し、旧字は新字に改め、ルビは適宜省略した。なお、各論文は、本書収録に当たって書式の統一と若干の字句の修正を行った。

著者紹介

小林　幸夫（こばやし　さちお）

1952年生まれ。宇都宮大学卒業、上智大学大学院文学研究科国文学専攻博士後期課程中退。

作新学院女子短期大学、宇都宮大学を経て、現在、上智大学教授。

著書に『認知への想像力・志賀直哉論』（2004年、双文社出版）がある。

森鷗外論——現象と精神　■ 国研叢書　9

定価（本体5,000円＋税）

2009年8月10日　初版発行

著　者　小林幸夫
発行者　瑞原郁子
発行元　国研出版　〒301-0044　龍ケ崎市小柴2-1-3，6-204
TEL・FAX　0297(65)1899
振替口座　00110-3-118259
発売元　株式会社 星雲社　〒112-0012　東京都文京区大塚3-21-10
TEL　03(3947)1021
印刷所・製本所　壮光舎印刷株式会社

ISBN978-4-434-13246-9　C3395　Printed in Japan